I0573434

SCHMEICHLE MIR, COWBOY

Turner Creek Ranch Serie, Buch Vier
(Die Cowboys von Mule Hollow)

DEBRA CLOPTON

Schmeichle mir, Cowboy
Copyright © 2022 Debra Clopton Parks

Dieses Buch ist eine erfundene Geschichte. Namen und Charaktere sind der Fantasie der Autorin entsprungen oder werden fiktiv verwendet. Jede Ähnlichkeit mit lebenden oder toten Personen ist völlig zufällig.

Schmeichle mir, Cowboy

Kann Liebe einen Weg finden?

Die alleinerziehende Mutter Lynn Perry und ihre kleinen Zwillingsjungs sind endlich aus dem Frauenhaus Mule Hollow ausgezogen und werden ihr erstes Weihnachtsfest in ihrem neuen Zuhause verbringen. Ein Traum wird wahr, und absolut nichts könnte es besser machen … und dann schicken die Kupplerinnen den attraktiven Rodeopastor Chance Turner vorbei, um beim Aufhängen der Weihnachtslichter zu helfen. Plötzlich denkt sie an Mistelzweige und Küsse. Doch einem Mann zu vertrauen ist etwas, das sie nie wieder tun will, nicht jetzt, wo sie endlich das Leben für sich und ihre Söhne perfekt geplant hat.

Der frühere Bullenreiter und Rodeopastor Chance Turner hat nicht vor zu bleiben, und nach einer Glaubenskrise hat er nicht wieder vor zu predigen. Doch plötzlich zupft diese kleine Familie an seinem Herzen, und bevor er geht, kann er nicht anders, als zu versuchen, ihr Weihnachten so schön wie nie zuvor zu machen.

Können schelmische fünfjährige Zwillinge, eine ganze Wagenladung von Kupplern und ein entflogener Vogel diesem Paar helfen, die Liebe zu finden, bevor es zu spät ist? Es braucht vielleicht ein Weihnachtswunder, um all ihre Träume wahr werden zu lassen.

Willkommen auf der Turner Creek Ranch, wo das Vermächtnis der Liebe stark ist.

KAPITEL EINS

Chance Turner stieg aus seinem Truck, während der Countrysänger Justin Moore im Radio „Small Town USA" sang. Er lebte in Mule Hollow, Texas, was durchaus zum positiven Bild des Songs vom Kleinstadtleben in den USA passte. Ein Lächeln umspielte seine Lippen, als er nach der großen Kiste auf der Ladefläche des Trucks griff, die die Frau seines Cousins Seth ihn an die Kirche zu liefern aufgetragen hatte.

Bunte Weihnachtslichterketten quollen heraus. Melody war spät dran, hatte sie gesagt, und hatte keine Zeit, der Kirchensekretärin die Lichter zu bringen. Das war nur ein Vorwand gewesen, doch Chance machte sich keine Illusionen darüber, warum sie ihn gebeten hatte, es für sie zu erledigen. Es war die Kirche.

Sie wollte, dass er so nah wie möglich an der Kirche war. Sie hatte die Hoffnung, dass dort zu sein „sein

Problem" lösen würde ... wenn es nur so einfach wäre. Er hätte ihr sagen können, dass es ihm nicht helfen würde, die Kirche zu sehen und dort zu sein. Stattdessen hatte er getan, was Melody gesagt hatte – so war es leichter. Das Letzte, was er tun wollte, war, über sein Problem zu sprechen.

Und er wollte auch nicht daran denken.

Er schob die dunklen Gedanken beiseite und konzentrierte sich darauf, die Lichter abzugeben. Er würde das erledigen, dann würde er zurück zur Ranch fahren, zurück in die Einsamkeit, wegen der er nach Hause gekommen war. Nur er und sein Pferd und das Land, das seit sechs Generationen im Besitz seiner Familie war. Er war nicht der erste Turner, der über sein Leben nachdachte, während er Zuflucht auf der riesigen Ranch der Familie Turner suchte. Zuflucht – nicht gerade etwas, das er verdiente. Nicht, wenn er nicht über die Schuldgefühle hinwegkam, die an ihm nagten.

Trotzdem brauchte er gerade jetzt, was ihm die Einsamkeit der Ranch bot.

Er wollte über die Weide reiten, nur er und sein Pferd ... doch bevor er es satteln konnte, musste er die Lichter abliefern.

Er hob die Kiste hoch und ging auf die malerische weiße Kirche zu, die er den größten Teil seiner Jugend mit Unterbrechungen besucht hatte. Seine Stiefel knirschten auf dem weißen Kies, und seine Sporen klirrten, als er den Weg zum Pfarrbüro ging. Kinderlachen, schrill vor Aufregung, wehte mit dem kalten Novemberwind herüber. Chance hatte gerade die Tür erreicht, als zwei kleine Jungen wie wildgewordene Broncos um die Ecke gestürmt kamen, dicht gefolgt von einem Monster von einem Hund. Er versuchte, dem ersten Kind auszuweichen, doch er war bereits auf Kollisionskurs, und der Rest war nur noch Nebel. Als das erste Kind mit ihm zusammenstieß, kämpfte er um sein Gleichgewicht, bis sich das zweite Kind mit ihnen verhedderte, bevor das Kalb von einem Hund sich auf die Kiste mit den Lichtern in Chance' Armen stürzte.

Das war zu viel.

Chance verlor den Halt und ging zu Boden wie ein Achtzig-Kilo-Sack Mehl!

„Oh mein Gott", keuchte Lynn Perry, als sie die Tür des Pfarrbüros öffnete und ihre Zwillinge und einen langbeinigen Cowboy am Boden liegend fand. Sie stürzte heraus, packte Gavin am Gürtel und zerrte ihn von dem armen Mann, stellte ihn zur Seite, wo er kichernd blieb, während sie Jack packte. Der arme Cowboy war jedoch mit Tiny allein. Der riesige Hund lag der Länge nach auf ihm.

„Tiny, geh von ihm runter." Lynn packte den Hund am Halsband und zog daran. Nichts passierte. „Beweg dich, Tiny, du Kalb. Komm schon."

Der schöne, schiefergraue Catahoula hatte ein blassbeiges Gesicht, das von sattem Kastanienbraun gerahmt war. Der Riese blinzelte sie mit seinen silbrigblauen Augen an, denn er wusste nicht, was er falsch machte. Schließlich machte es Spaß, auf dem neuen Cowboy-Spielzeug zu sitzen.

Chance Turner sah alles andere als begeistert aus und runzelte die Stirn, als er den Hund von sich schob.

„Sind Sie verletzt?", fragte Lynn und hielt Tiny zurück, als er seine Zunge herausstreckte und einen letzten Versuch unternahm, dem Cowboy übers Gesicht zu lecken. „Das tut mir so leid", sagte sie.

Das Letzte, was sie erwartet hatte, als sie ihre Kinder quietschen gehört hatte, war, den Rodeo-Pastor unter ihren Zwillingen und dem Hund liegend zu finden. Dazu war der arme Mann in Weihnachtsbeleuchtung verheddert.

Nachdem sie jetzt schon zwei Jahre in Mule Hollow lebte, war der gutaussehende Pastor erst kürzlich nach Hause gekommen, um seinen Cousin zu trauen. Doch hier lag er ausgestreckt auf dem Weg, seine ernsten grünen Augen blickten durch den Vorhang aus Weihnachtsbeleuchtung, der an seinem Cowboyhut hing. Zum Glück tanzten Fältchen um diese wunderschönen Augen, und seine Lippen verzogen sich zu einem Lächeln.

„Wir hatten einen kleinen Zusammenstoß", sagte er und ließ sofort Schmetterlinge in ihrer Brust flattern.

Erschrocken ignorierte sie die Antwort. „Einen Zusammenstoß?"

„Ja, Mama", sagte Gavin und grinste wie ein Opossum. „Wir haben ihn umgerannt. Tiny hat es nicht mit Absicht gemacht."

Jack sah sie aufmerksam an. „Es war ein Unfall."

Sie musste lächeln und Chance auch. Seine Lippen zuckten zu einer Seite in diesem typischen Turner-Grinsen, das er mit seinen drei Cousins gemein hatte, ein bisschen schief mit einem Hauch von Schalk. Ihr Puls pochte, als er ihrem Blick mit Humor in den Augen begegnete.

„Also." Sie schob Tiny aus dem Weg und schluckte den Frosch in ihrer Kehle herunter. „Ich bin auf jeden Fall froh, dass es nicht Absicht war."

Er trug eine hellbraune Steppjacke mit Knöpfen an den Hüften. Er war groß und schlank, groß, dunkel und gutaussehend mit einem kräftigen Kiefer und sah besonders süß aus, als er die Lichter von seinem Hut pflückte. Bei ihren Worten zog er eine Augenbraue hoch.

„Ich meine, es war keine Absicht", protestierte sie.

Er lachte, als er sich mit einer geschickten Bewegung erhob. „Ich weiß. Ich hab ihnen einfach im Weg gestanden, als sie um die Ecke gekommen sind."

Er schüttelte den Kopf, und die Lichter rutschten auf seine Schultern. Die Jungen kicherten.

Peinlich berührt trat sie in Aktion und griff nach den Lichtern. „Hier, lassen Sie mich Ihnen helfen." Sie begann, die Lichterketten zu entwirren, ohne großen Erfolg. „Ich verstehe immer noch nicht. Wie ist ein großer Mann wie Sie am Boden gelandet? Ich meine, das sind kleine ..." Ihr Mund sagte Dinge, die ihr Verstand verzweifelt aufzuhalten versuchte.

„Ja, ich neige dazu, ein bisschen ungeschickt zu sein. Meine Mutter hat immer gesagt, ich habe zwei linke Füße."

„Oje, das wollte ich nicht unterstellen." Wenn dieser Mann einen ungeschickten Knochen in seinem Körper hatte, war ihr Name Reba McEntire!

Er lachte, und das Geräusch ließ sie sich ganz warm und glücklich fühlen, als würde sie heißen Kakao trinken – wo in aller Welt war ihr Verstand hin verschwunden?

Gavin meldete sich zu Wort. „Wir sind gerade um die Ecke gekommen, Mama, und zack, da war er." Er benutzte ausladende Gesten, um die Situation zu erklären.

„Wir wollten ihn nicht umreißen." Jack schüttelte den Kopf und seine großen blauen Augen sahen plötzlich besorgt aus. „Ist alles in Ordnung, Sir? Tiny tut es leid."

SCHMEICHLE MIR, COWBOY

Tiny tänzelte fröhlich um sie herum.

„Mir geht's gut. Aber ihr zwei habt ordentlich Schwung. Spielt ihr Football? Oder der Hund vielleicht?" Das brachte ihm allgemeines Gekicher ein.

Eine rote Welle der Scham kroch heiß in ihre Wangen, als Chance ihrem Blick begegnete.

„Tut mir wirklich leid. Ich kann nicht glauben, dass sie Sie umgerissen haben. So groß wie Sie sind – meine ich. Na ja, Sie sind ein erwachsener Mann." Auf jeden Fall ein Mann, daran bestand kein Zweifel.

Lachfalten tanzten wieder um seine Augen, und es schien fast so, als könnte er ihre Gedanken lesen. Ihre verrückten Gedanken, die sie selbst nicht verstand! Kein Zweifel, obwohl sie es nicht wollte, fühlte sie sich zu Chance Turner hingezogen. Herzklopfend, atemlos hingezogen. Okay, dann war sie also noch nicht tot.

„Als ich das letzte Mal in den Spiegel gesehen habe, war ich ein Mann. Doch Sie haben hier zwei Wirbelwinde. Sie haben mich wie Profis mit Hilfe ihres Linebackers umgeworfen."

Tiny setzte sich und sah ihn von der Seite an, als wüsste er, dass sie über ihn sprachen.

Sie scannte den Cowboy auf Schäden. Obwohl er ein bisschen zerknittert war, hatte er keine Risse in seiner Jacke oder seiner Jeans.

„Sind Sie verletzt?", fragte sie trotzdem.

„Mein Stolz ja, aber meine Knochen sind alle heil."

Lynn lachte mit einer Mischung aus Erleichterung und Nervosität. „Ich schätze, für einen ehemaligen Bullenreiter wie Sie ist das ein bisschen schwer zu schlucken."

„Sie sind ein *Bullenreiter*?", keuchten beide Jungen gleichzeitig.

Sie liebten Bullenreiter. Etwas, worüber sie nicht im Geringsten begeistert war. Für Lynn war das Reiten auf einem Bullen gleichbedeutend mit dem Schwimmen in einem Haifischbecken.

„Ich *war* einer", sagte er zu den Jungen und nickte ihr zu. „Sind wir uns schonmal begegnet?"

Lynn bemerkte ihren Fehler. „Nein, nicht wirklich. Ich bin Lynn Perry. Ich habe Sie bei der Hochzeit von Wyatt und Amanda gesehen, aber wir wurden einander nicht vorgestellt. Ich habe allerdings gehört, dass Sie Bullenreiter waren, bevor Sie Pastor wurden. Beim Rodeo brauchen sie alle Gebete, die sie bekommen können", fügte sie hinzu und stellte fest, dass sie ihm wahrscheinlich ein bisschen auf die Zehen getreten war, als er sich versteifte, bevor er die Hand nahm, die sie ihm entgegenstreckte.

Sie bemerkte sofort die Kraft seiner großen Hand, als er sie um ihre schloss. Ein warmes Prickeln schoss bei der Berührung seiner schwieligen Handfläche über ihre Haut. In seinen Augen sah sie einen Funken des Wiedererkennens – als ob er das Gleiche empfand – sie zog ihre Hand aus seiner, doch ihr Puls schlug schneller.

„Schön, Sie kennenzulernen, Lynn. Ich bin Chance, aber das wissen Sie ja schon." Wenn ihn ihre Reaktion erschreckte, verbarg er es gut, und er zog eine Lichterkette von seiner Schulter, als wäre es nichts Außergewöhnliches. „Ich nehme an, diese Lichter sind für die Kirche? Melody hat gesagt, ich soll sie herbringen und der Sekretärin geben. Sind Sie das?"

„Das bin ich." War Melody sicher, dass sie für sie bestimmt waren? Sie hatten nicht über Lichter gesprochen. „Ich wusste aber nicht, dass sie welche schicken würde."

„Gehören die *uns*?" Gavins Augen weiteten sich, als er ehrfürchtig zu Chance aufsah.

„Wir brauchen ein paar Lichter für unser Haus", meldete sich Jack und strahlte das Sortiment an. „Wir ham keine, oder, Mama?"

Zu jeder anderen Zeit hätte sie seine Grammatik korrigiert, doch nicht in diesem Moment. Es war ein harter Monat gewesen, in dem sie vom Frauenhaus in das Haus gezogen waren, das sie gemietet hatte. Es hatte mehr gekostet, daraus ein Zuhause zu machen, als sie geplant hatte, und mit Weihnachten gleich um die Ecke war das Geld knapper denn je. Sie hatte in den letzten zwei Jahren, in denen sie im *Sicheren Hafen*, dem Frauenhaus, gelebt hatten, jeden Penny gespart, den sie konnte. Der größte Teil ihrer Ersparnisse war für Miete,

Kaution und die Nebenkostenvorauszahlungen draufgegangen. Zum Glück gab es ein paar Probleme mit dem Haus, wie zum Beispiel die Veranda, die repariert werden musste, sodass der Eigentümer die Miete gesenkt hatte, als Gegenleistung dafür, dass sie die Reparaturen selbst vornahm … oder jemanden damit beauftragte. Sie musste eins nach dem anderen angehen, sobald sie es sich leisten konnte. Das Budget war knapp, sodass Weihnachtsbeleuchtung nicht enthalten war, und trotzdem sprachen die Jungs die ganze Zeit darüber. Sie versuchte, nicht darüber nachzudenken, was sie den Jungs nicht geben konnte, konzentrierte sich auf das, was sie geschafft hatte, und rang schnell den Anflug von Selbstmitleid nieder. Sie weigerte sich, diesen Gefühlen nachzugeben, wenn sie sich an sie heranschlichen. Stattdessen lächelte sie die Jungs an.

„Lasst sie uns einsammeln. Wir bringen sie ins Büro, bis ich mit Melody gesprochen habe und herausfinde, wofür sie sind."

Gavin und Jack flüsterten miteinander und starrten dann zu Chance auf.

„Sie sind ein Pastor?", fragte Jack.

Chance zögerte, bevor er antwortete, was Lynn seltsam vorkam.

„Ich gönne mir eine Pause, aber ja, ich bin Rodeopastor." Chance kniete nieder und begann, einen der Lichtstränge zu einem Ball zusammenzurollen.

Lynn tat dasselbe, und jeder Junge schnappte sich eine andere Lichterkette und imitierte genau die Art und Weise, wie Chance seine aufwickelte.

„Ihr Jungs macht das wirklich gut."

Chance drehte die umgestürzte Kiste um und legte seinen Lichterkettenball hinein. Die Jungs folgten seinem Beispiel. Sie strahlten ihn mit Augen voller Ehrfurcht an ... sie verstand es. Trotz ihrer Bedenken fühlte sie sich von diesem hübschen Cowboy angezogen. Sie ließ ihre Lichterkette in die Kiste fallen und schalt sich innerlich – sie hatte kein Interesse an Männern. Noch nicht. Sie hatte einen langen Weg hinter sich, seit sie vor über zwei Jahren mit ihren Söhnen ins Frauenhaus geflüchtet war, doch sie war noch nicht weit genug gekommen, um darüber nachzudenken, einen Mann in ihr Leben zu lassen. Sie baute sich mit ihren Jungs ein neues Leben auf, und das war alles, was ihr wichtig war.

Das war, was sie brauchte.

Gavin ließ eine weitere unordentliche Spule in die Kiste fallen, stemmte dann die Hände in die Hüften und sah Chance direkt in die Augen. „Wenn Sie ein Pastor sind, wir brauchen hier einen."

Jack nickte. „Aber sowas von."

Lynn lächelte über seine Wortwahl. Jack hatte gehört, wie Applegate Thornton, einer der alten Männer aus dem Ort, das am Sonntag in der Kirche gesagt hatte.

„Ja, ganz dringend", wiederholte Gavin. „Werden Sie am Sonntag predigen?"

Chance lachte in einem sattem Bariton. „Nein, ich predige zur Zeit nicht. Ich nehme mir eine Auszeit." Die Kiste war voll, und er hob sie auf. „Wo soll ich das hinstellen?"

Sie war überrascht von seiner Antwort. „Hier rein." Sie ging ihm voraus ins Büro, und er folgte ihr hinein, während die Jungen ihm folgten. Sie konnte sich nicht erinnern, dass sie schon einmal von einem Mann so angetan gewesen waren.

Er stellte die Kiste auf den Tisch und sah sich im Büro um. Es war ein gemütliches Zimmer mit einem Schreibtisch aus dunkler Eiche, der von der Politur glänzte, die sie jede Woche darauf auftrug. Die Bücherregale waren voll mit Nachschlagewerken für einen neuen Pastor, der das sein Büro nennen würde, wenn er kam. Sie fragte sich, was Chance über das Büro dachte. Er passte nicht so recht hinein. Er war zu herb, zu männlich – nicht, dass ein Pastor nicht beides sein könnte. Es war nur, dass die Rolle eines *Rodeopastors* zu Chance Turner passte.

„Danke, dass Sie die Weihnachtsbeleuchtung hergebracht haben", sagte sie und wusste nicht, was sie sonst sagen sollte.

Er nahm seinen Hut vom Kopf und enthüllte pechschwarzes Haar mit sanften Wellen. „Gerne geschehen." Sein Blick war stark und fest, als er sie ansah, und ließ ihren Puls schneller trommeln – auch, wenn sie es nicht wollte. Im Raum zwischen ihnen herrschte eine Anspannung, die ihr den Atem raubte. Er unterbrach den Moment, indem er seinen Blick wieder durch das Büro schweifen ließ.

Sie riss sich zusammen und holte tief und zitternd Luft.

„Ist ein bisschen traurig, finde ich." Sie fühlte sich von ihm verunsichert, versuchte aber, unbeeindruckt zu wirken. „Es scheint einfach falsch, dass dieses Amt niemandem gehört. Seit Pastor Allen gegangen ist, haben wir Probleme, einen Pastor zu finden, der sich berufen fühlt, hier zu bleiben."

„Das habe ich gehört. Aber der richtige Mann wird kommen", sagte er und fügte dann hinzu: „Wenn Gott es für richtig hält."

„Warum kann ein Rodeopastor hier nicht predigen?", fragte Gavin und stellte sich direkt neben Chance, damit er ihn ansehen konnte. „Weil wir einen Pastor für die Kanzel brauchen. Das hat der alte App gesagt."

„Das kann er, wenn er nicht gerade beim Rodeo predigt", erklärte Chance.

„Predigen Sie diese Woche bei einem Rodeo?", fragte Jack. Mit nicht einmal ganz fünf Jahren waren er und sein Bruder schon ziemlich schlau.

Sie übersah nicht den besorgten Ausdruck, der wie ein Schatten über Chance' blaue Augen huschte. Während er nach einer Antwort suchte, trat er unbehaglich von einem Bein aufs andere. Seltsam.

Sie beschloss, ihm zu helfen. „Hey, Leute, warum geht ihr nicht wieder raus und spielt weiter? Ich komme gleich nach. Und bitte keine Besucher mehr über den Haufen rennen."

„Okay, Mama", sagte Jack ernst. „Wollen Sie mit uns schaukeln kommen?" Die Frage war seine Art, sich dafür zu entschuldigen, dass er Chance umgeworfen hatte. Die Unschuld eines Kindes.

Chance sah überrascht und ein wenig erfreut aus. „Ich komme und sehe euch zu, bevor ich gehe. Aber zuerst muss ich mit eurer Mutter sprechen."

Jack nickte. „Versprochen?"

„Versprochen."

Gavin blieb an der Tür stehen und hielt sie für seinen Zwilling auf. „Wir warten draußen. Denken Sie daran, dass Sie es versprochen haben."

Chance lächelte ihnen hinterher, als sie davonstapften, doch ihre Singsangstimmen sagten ihr, wie viel ihnen sein Versprechen bedeutete.

„Sie haben zwei gute Jungs", sagte er in dem Moment, als sich die Tür schloss.

„Ja, ich denke schon. Wild, aber so sind Jungs eben. Also, ich weiß, dass Sie gesagt haben, dass Sie gerade nicht predigen. Aber machen Sie Hochzeiten? Ich weiß, dass Sie Wyatt und Amanda verheiratet haben. Und meine Freundin braucht wirklich einen Pastor."

Fast zu schnell schüttelte er den Kopf. „Nein. Ich arbeite zur Zeit nicht."

„Ich denke, ich habe nicht daran gedacht, dass ein Pastor Urlaub macht", bemerkte Lynn, die nicht genau wusste, wie sie damit umgehen sollte. „Es ist nur eine Hochzeit, und es würde ihr so viel bedeuten."

„Es tut mir leid, aber ich habe mir eine Auszeit genommen."

Er sagte es nicht unfreundlich, doch er wirkte gerade so, als hätte sie ihn gebeten, sich vor einen entgegenkommenden Zug zu stellen.

„Vielleicht, wenn Sie Stacy und Emmett kennenlernen würden. Sie sind –"

„Es tut mir leid, wirklich, aber ich arbeite gerade nicht", sagte er, und sein Ton ließ keine Widerrede zu.

Sie war sprachlos. Der Mann war noch keine dreißig und seit etwa vier Jahren Rodeopastor – zumindest hatte sie das jemanden im Diner sagen hören. Und er hatte so zufrieden gewirkt, als sie ihn bei Wyatts Hochzeit beobachtet hatte. Vielleicht brauchte er einfach nur eine Pause. Pastoren konnten sich freinehmen, nicht wahr? Sie wusste nicht, was sie sonst noch sagen sollte, also deutete sie nur mit der Hand auf die Lichter. „Dann nochmal danke, dass Sie die vorbeigebracht haben. Ich rufe Melody an und finde heraus, für wen sie sind." Sie nahm ihre Handtasche und ging zur Tür. Der Mann hatte das Recht zu tun, was er wollte, doch seine Weigerung, Stacy zu trauen, ohne ihre Geschichte überhaupt gehört zu haben, ärgerte sie. Es machte sie wütend, und das kam nicht oft vor. Immerhin war das die süße Stacy, von der sie sprach.

„Es tut mir wirklich leid."

Sie konnte nicht anders, als ihn mit hochgezogener Augenbraue anzusehen. „Da bin ich mir sicher. Machen Sie sich nichts draus. Es tut mir leid, dass meine Jungs Sie umgerannt haben."

„Das war ja keine Absicht. Ich hätte besser aufpassen sollen. Es war ein harter Schlag für meinen Stolz, so viel ist klar." Er hielt ihr die Tür auf, und sie ging an ihm vorbei und war sich seiner dabei mehr als nur ein bisschen bewusst.

„Ich kann abschließen. Gehen Sie nur vor."

Er nahm den Hut von seinem Kopf und begegnete ihrem starren Blick. „Ist es okay, wenn ich den Jungs eine Minute beim Schaukeln zusehe, wie ich es versprochen habe?"

„Sicher." Ein Teil ihrer Verärgerung über ihn verflog, während sie ihm nachsah, als er in Richtung des Gelächters der Jungen ging. Chance Turner wollte im Moment vielleicht nicht als Pastor arbeiten, doch er hatte ihren Jungs versprochen, dass er ihnen beim

Schaukeln zusehen würde, und genau das tat er.

Ein solches Versprechen war für zwei kleine Jungen, die das nie von ihrem Vater bekommen hatten, mehr wert, als sich die meisten Leute vorstellen konnten.

Daran wollte Lynn jedoch nicht denken. Sie holte tief Luft, ging zur Seite des Gebäudes und beobachtete das Strahlen in ihren kleinen Gesichtern, während Chance auf sie zuging. Als ihre Augen aufleuchteten, musste sie gegen den Kloß in ihrem Hals und eine plötzliche Flut von Tränen aus einer Vergangenheit ankämpfen, an die sie nicht wieder denken wollte.

Als das Frauenhaus in L.A. abgebrannt war, war sie begeistert gewesen, als sie in den verschlafenen Rancherort Mule Hollow, Texas, umgezogen waren. Hier hatten sich die Cowboys und Kleinstadtbewohner zusammengetan und einen sicheren Hafen geschaffen, wie sie ihn sich nie zu erträumen gewagt hatte. Ihre kleinen Jungen waren zu jung gewesen, um sich an das Leben zu erinnern, das sie gelebt hatten, bevor sie … Hier in Mule Hollow hatten sie jede Menge gute Vorbilder, wie echte Männer sein sollten. Hier hatten ihre Söhne die Chance, mit liebevollen, loyalen, ehrlichen Männern und Frauen um sie herum aufzuwachsen.

Was sie nicht hatten, war ein Vater. Und daran würde sich nichts ändern. Lynn war klar, dass Verlieben nichts war, was sie zu riskieren bereit war. Der sicherste Weg, ihren Jungs ein gutes Leben zu ermöglichen, war, es unkompliziert zu halten. Außerdem hatte sie nicht das Zeug dazu, diese Grenze zu überschreiten und nach Liebe zu suchen. Zu lieben bedeutete zu vertrauen und sie hatte kein Vertrauen mehr. Sie würde nie wieder jemandem mit ihrem Herzen vertrauen.

Aber … Chance Turner war immer noch faszinierend.

Lynns Herz flatterte, als ihre Jungs vor Freude quietschten, weil er etwas zu ihnen sagte. Das Flattern bewies nur, dass sie immer noch eine Frau war, die einen gutaussehenden, netten Mann zu schätzen wusste, wenn sie ihn sah. Und Chance Turner war ein netter Mann. Er wäre netter gewesen, wenn er sich nicht geweigert hätte, Stacys Hochzeit zu übernehmen.

Faszinierend oder nicht, er war nur ein weiterer freundlicher Cowboy, zu dem ihre Jungs aufblicken konnten. Er war nicht anders als Sheriff Brady Cannon oder Deputy Zane Cantrell. Oder Dan Dawson oder einer der anderen wunderbaren Männer der Gemeinde, die sich zu Vaterfiguren für die Kinder im Frauenhaus geworden waren.

Er blieb mit schulterbreit gespreizten Beinen stehen und verschränkte die Arme vor seiner Brust, während er Gavin und Jack beobachtete. Warum predigte er nicht mehr? Die Frage nagte in ihrem Hinterkopf. Das ging sie jedoch nichts an, oder?

„Okay, Jungs, es ist Zeit. Wir müssen los!", rief sie. Es nutzte nichts, Chance zu nötigen, ihnen zu lange beim Schaukeln zuzusehen, oder selbst hier zu stehen und über Dinge nachzudenken, die nichts mit ihr zu tun hatten … außer sie wünschte, er würde darüber nachdenken, Stacy und Emmett zu trauen. *Es geht dich nichts an, Lynn.*

„Aber Mama …"

„Kein Aber, junger Mann", sagte sie zu Gavin. „Es ist Zeit, nach Hause zu gehen."

Sie wollte plötzlich die Jungs packen und davonlaufen, bevor sie den Mund öffnete und sich in etwas einmischte, das sie nichts anging. Der Mann hatte das Recht zu predigen oder nicht zu predigen. Außerdem war das eine traditionelle Kleinstadtkirche. Chance war ein Rodeopastor. Er zog mit dem Rodeo-Zirkus durchs Land, hielt Gottesdienste ab und betreute die Cowboys, die es wegen des Zeitplans des Rodeos nicht in die Kirche schafften. Es war eine ehrenvolle Berufung. Ihr gefiel die Vorstellung von dem, was er tat … trotzdem, während er hier war, konnte er nicht ein paar trauen?

Wem würde das schaden?

Hör auf, Lynn, der Mann hat deutlich gemacht, dass er sich freigenommen hat. Mit geschlossenem Mund ging sie zu ihrem Auto. Sie musste sich erneut auf die Zunge beißen, als Chance seinen Truck erreichte und ihr zunickte, nachdem er ihren Jungs einen großartigen Tag gewünscht hatte.

„Mama, wir mögen ihn", sagte Jack in dem Moment, als er in den Sitz kletterte und sich anschnallte.

„Ja", fügte Gavin hinzu und begegnete ihrem Blick im Rückspiegel. „Vielleicht kann er mir das Bullenreiten beibringen."

„Für dich gibt es kein Bullenreiten, Mister."

„Ach, Mama. Ich werde mir keinen Kilt oder sowas anziehen. Chance ist nicht tot und Bob oder Trace auch nicht."

Bob Jacobs war ein Stierkämpfer gewesen, und Trace Crawford war auch Stiere geritten. Beide Männer hatten es überlebt und viele andere Cowboys in der Stadt auch. Der Gedanke, dass ihre kleinen Jungs zu Bullenreitern heranwachsen könnten, gefiel ihr immer noch nicht.

„Du konzentrierst dich darauf, ein kleiner Junge zu sein und überlässt das Bullenreiten den Männern."

„Oh, Mama, du brauchst dir keine Sorgen zu machen. Weißt du nicht, ich werde der Beste sein, den es je gegeben hat."

Ihre Nackenhaare stellten sich auf, doch sie beschloss, dass es im Moment das Beste wäre, es auf sich beruhen zu lassen. Je weniger zu diesem Thema gesagt wurde, desto besser. Zumindest betete sie dafür.

SCHMEICHLE MIR, COWBOY

„Sugarbaby, ich denke, du bist schon jetzt der Beste, den es je gegeben hat."

„Was ist mit mir, Mama?", fragte Jack. Sie drehte sich auf ihrem Sitz um. „Du weißt, dass ich auch von dir rede. Ich bin gesegnet mit den beiden besten Jungs der Welt."

KAPITEL ZWEI

„Und wie geht's dir? Hast du dich schon gut im Postkutschenhaus eingerichtet?", fragte Wyatt.

Chance war nach seinem Treffen mit Lynn Perry und ihren Zwillingen sofort zur Ranch zurückgefahren. Er hatte sich gerade in den Sattel geschwungen, als Wyatt in den Hof ritt.

„Mir geht's gut. Und ja, passt alles. Wie geht's dir? Siehst gut aus. Freut mich, dich wieder im Sattel zu sehen."

Wyatt hatte darauf bestanden, ein Pferd zu satteln und mit ihm zu reiten. Wyatt im Sattel zu sehen, war wirklich gut, da er vor weniger als sechs Monaten nach seinem Flugzeugabsturz an einen Rollstuhl gefesselt gewesen war.

Wyatts Lippen zuckten, als er sein Pferd voran trieb. „Ich habe die beste Physiotherapeutin der Welt."

Wyatts Frau war seine Therapeutin. Sie hatten

einander kennengelernt, als sie gekommen war, um ihm bei der Genesung zu helfen. Chance hatte die beiden vor zwei Monaten verheiratet und nie damit gerechnet, jetzt hier zu sein. „Du siehst nicht so aus, als ginge es dir gut", sagte Wyatt und warf Chance einen seiner durchdringenden Blicke zu. „Also sag mir nicht, dass es dir gut geht. Schau, Chance, ich weiß, dass du dich irgendwie für den Tod dieses Bullenreiters verantwortlich fühlst, aber du weißt so gut wie ich, dass das ein Beruf voller Risiken ist."

Schweiß perlte unter seiner Hutkrempe, und seine Finger schlossen sich zu fest um die Zügel. Chance zwang sich, sich zu entspannen, betrachtete die ebene Weide und begrüßte den kalten Wind auf seinen Wangen und das Brennen in seinen Augen. Es schützte ihn vor der bitteren Kälte, die ihn jedes Mal packte, wenn er an Randy dachte. Wie konnte er schwitzen und gleichzeitig bis auf die Knochen frieren? Schuldgefühle, das war der Grund. Bauchzerreißende, seelenzerfetzende Schuldgefühle konnten einen Mann krank machen wie einen Hund, und sie zerrissen ihn.

„Sprich mit mir, Chance."

„Ich habe ihn sterben lassen. Nichts, was du sagen kannst, wird mich davon überzeugen, dass ich nicht mehr hätte tun sollen."

Ich bin einfach nicht soweit, waren Randys letzte Worte zu Chance gewesen, bevor er über den Zaun geklettert war und sich auf den Rücken des Bullen gesetzt hatte. In den letzten fünf Jahren hatte Chance jeden Sonntagmorgen vor einem Rodeo Gottesdienst gehalten und dann mit jedem Cowboy, der ihn darum gebeten hatte, auf der Plattform gestanden. Randy hatte ihn bis wenige Wochen vor seinem Tod dort haben wollen. Er hatte aufgehört, Gottesdienste zu besuchen, und ihn wochenlang vor seinem letzten Ritt gemieden. Anstatt zu Randy zu gehen und mit ihm zu reden und ihm zu zeigen, dass er sich Sorgen machte, hatte Chance sich von anderen Dingen davon ablenken lassen. Chance hatte gewusst, dass er mit zweifelhaften Typen herumhing. Er hatte gewusst, dass Randy in Gefahr war, und doch war er nicht diesen einen Schritt weiter gegangen, um ihm seine Hilfe anzubieten.

„Randy hat den Herrn nie akzeptiert." Wyatt hörte aufmerksam zu. „Es verfolgt mich." Chance senkte angesichts der Last der Schuld einen Moment lang den Kopf. „Ich bin nicht zu ihm gegangen, als er mich am meisten gebraucht hat."

„Aber du warst bei seinem letzten Ritt dabei."

Er riss den Kopf hoch. „Ja, das war ich. Aber er war immer noch nicht bereit, sich *Ihm* zuzuwenden. Ich weiß nicht, warum er mich an diesem Abend gefragt hat. Es ist, als ob ihm ein Bauchgefühl gesagt hat, dass seine Zeit abläuft, doch er konnte es nicht. Ich weiß nicht, Wyatt. Ich habe tausendmal darüber nachgedacht und weiß einfach nicht, was ich falsch gemacht habe. Ich habe mit ihm über jeden Vers und jedes Beispiel von Seelenrettung gesprochen, das mir eingefallen ist. Und immer ohne Erfolg … und nichts kann ihn zurückbringen. Ich werde das Gefühl einfach nicht los, dass ich mehr hätte tun sollen. Ich hätte ihn zumindest davon abhalten sollen, auf diesen Bullen zu steigen, da ich vermutet habe, dass er vielleicht Drogen nimmt. Es _"

„Dafür kannst du dir nicht die Schuld geben."

Doch er tat es, und die Auswahl an verschreibungspflichtigen Medikamenten, die in Randys Ausrüstung gefunden worden waren, machte es nur noch schlimmer. „Ich hätte eingreifen sollen. Ich hatte Gerüchte gehört, dass er nach seiner Schulterverletzung süchtig nach Schmerzmitteln geworden war. Seine Augen waren glasig, als ich ihn in dem Moment angesehen habe, bevor sich das Tor geöffnet hat. Und ich habe nichts gesagt."

Die Worte auszusprechen fiel ihm schwer. Aus intellektueller Sicht wusste Chance, dass Randys Tod nicht seine Schuld war, doch das änderte nichts an seinen Gefühlen.

„Was hättest du sagen können? Der Ritt war schon im Gange. Du musst es auf sich beruhen lassen, Chance. Ich sage dir, es war nicht deine Schuld." Wyatts Gesichtsausdruck war von Entschlossenheit geprägt.

Das war Wyatt, der immer anpacken und den Tag retten wollte. Doch nicht dieses Mal.

Chance schüttelte kurz den Kopf und starrte in die Ferne. Er hatte es vermasselt. Es gab keinen Weg, Randys Blut von seinen Händen zu waschen.

„Durch Unterlassung habe ich diesen Jungen sowohl körperlich als auch geistig sterben lassen. Wie soll ich damit leben?"

„Das ist nicht wahr", knurrte Wyatt, seine Augen blitzten. „Absolut nicht. Du bist kein Superheld. Der Junge war auf Drogen und hat dich gemieden. Ich verstehe, dass du deine Messlatte höher anlegst, aber komm schon, Chance, lass es gut sein."

„Ich kann nicht, Wyatt. Und bis ich mich damit abfinden kann, kann ich auf keinen Fall vor einem Haufen Cowboys oder einer Gemeinde stehen, so, wie ich mich fühle. Wo ich weiß, was ich getan habe."

„Lynn, du musst bei der Auktion am Sonntagabend auf einen Junggesellen bieten."

Lynn blickte von dem Gesteck auf, das sie für einen der vielen in Reihen aufgestellten Tische im Gemeindezentrum arrangierte. Mehrere Damen waren im Raum verstreut, um ihn für die Spendenaktion am Sonntagabend für das Frauenhaus zu dekorieren.

„Ich helfe mit der Spendenaktion, Norma Sue, aber

ich nehme nicht daran teil. Das habe ich dir schonmal gesagt."

Norma Sue Jenkins hakte ihren Daumen um den Träger ihrer weiten Latzhose, neigte ihren struppigen grauen Kopf zur Seite und brummte: „Unsinn."

„Bitte, Norma, nicht", ermahnte Adela Ledbetter-Green mit einer sanften Stimme, die Lynn immer an eine gute Fee erinnerte. Güte und Anmut strahlten einfach mit einer Aufrichtigkeit von ihr aus, die jeden um sie herum glücklicher machte, einfach, weil sie da war. Es war dieser liebevolle, süße Geist, der einen manchmal irreführen konnte. Denn in der eleganten, fast zerbrechlich wirkenden Gestalt von Adela schlug das starke Herz einer weisen Frau, die keine Angst hatte, ihre Meinung zu sagen und Ratschläge und Anweisungen zu geben, wann immer sie das Bedürfnis verspürte. Offensichtlich hatte sie jetzt das Bedürfnis, und dafür war Lynn dankbar.

„Danke", sagte Lynn, mehr als froh, ihre Unterstützung zu haben.

Adela lächelte und betrachtete sie mit lebhaften strahlend blauen Augen. „Nun, Liebes, ich habe nicht gesagt, dass ich Norma Sue nicht zustimme, denn das tue ich. Ich denke einfach, dass sie dich nicht so drängen sollte."

Und dabei hatte Lynn all diese guten Gedanken über sie gehabt!

„Honey, schau mich nicht so überrascht an. Wir lieben dich einfach zu Tode und wollen, dass du glücklich bist."

„Ich bin glücklich. Ich will einfach nicht gedrängt werden." Nicht einmal von diesen älteren Damen, die sie so sehr liebte. Und sie wusste, wie sie Druck machen konnten, wenn sie sich in den Kopf gesetzt hatten, eine Frau und einen Mann zusammenzubringen und zu verheiraten. „Es gibt genug Frauen hier, da braucht ihr mich nicht auch noch."

„Aber was ist mit deinen Jungs?", schnaubte Esther Mae Wilcox, die dritte Komplizin, als sie auf der anderen Seite von Norma Sue vom Tisch rutschte. Sie trug einen roten Velours-Jogginganzug, dessen Farbe sich grässlich mit ihrem rötlich-orangen Haar biss. „Glaubst du nicht, dass es an der Zeit ist, wenigstens mal ein Date zu versuchen?" Angesichts ihres ungeduldigen Tons warf sie einen Blick in Adelas Richtung. „Ja, ich weiß, dass ich Druck mache, obwohl wir gesagt haben, dass wir es ruhig angehen lassen würden. Aber Adela, ich kann einfach nicht." Sie begegnete Lynns Blick mit ihren grünen Augen. „Du bist die stärkste Frau, die vor zwei Jahren aus diesem Bus gestiegen ist. Du bist mit Leichtigkeit ins Leben hier in der Stadt gesprungen und hast all die anderen Frauen, die durch die Türen des *Sicheren Hafens* gegangen sind, moralisch unterstützt und ermutigt. Du arbeitest immer daran, anderen zu helfen, ihr Leben weiterzuleben, doch du selbst tust es nicht."

Lynn konnte nichts davon leugnen. Es war wahr. Sie hatte jeden Kurs im Frauenhaus besucht, in dem es darum ging, das Leben als misshandelte Ehefrau zu verarbeiten und hinter sich zu lassen. Jeden Kurs zum Thema Bewältigung. Jeden Kurs unter jedem Namen, alles, was ihr helfen könnte, die Frau zu sein, die sie für ihre Jungs sein musste. Sie konnte anderen sagen, wie es ging, und sie konnte ihren Freundinnen helfen, wenn sie sie brauchten. Äußerlich schien sie alles im Griff zu haben, und so nahmen alle an, dass sie es tat.

„Esther Mae, ich bin gerade mit meinen Jungs in unser erstes eigenes Zuhause gezogen. Das läuft gut. Ich bin glücklich. Ich bin zufrieden und werde nicht auf einen Junggesellen bieten."

„Habe ich gehört, dass du nicht bieten willst?", fragte Lacy Brown Matlock, die hinter Lynn auftauchte. Die hochschwangere Friseurin zog einen Stuhl neben Lynn und ließ sich darauf nieder. „Ich sage euch, der Arzt meint, dass mein kleines Mädchen frühestens in zwei Wochen kommt, aber glaubt mir, es wird eher früher als später sein. Dieses Baby hat seinen eigenen Kopf und versucht gerade, ein Loch in meinen Bauch zu treten!"

Erleichtert darüber, dass sich noch jemand an der Unterhaltung beteiligte, kicherte Lynn. „Sie ist unabhängig wie ihre Mama."

Und unabhängiger als Lacy ging nicht. Sie war nach Mule Hollow gezogen, nachdem sie die Anzeige der Kupplerinnen des Ortes in der Zeitung gelesen hatte. Einfach so war die lebensfrohe Blondine ihrem Herzen gefolgt, fest entschlossen, dass, wenn Frauen auf die Anzeige antworteten, sie nicht nur Haare und Nägel gemacht haben wollten, um ihre Männer zu angeln, sondern dass sie vielleicht auch etwas Ermutigung brauchen würden. Lynn war mit fast gebrochenem Geist im Frauenhaus angekommen, doch Lacy war von Anfang an eine Inspiration gewesen. Sie wusste auch, dass Lacy genauso gerne Amor spielte wie die anderen drei Damen.

„*Unabhängig* kannst du laut sagen", wiederholte Norma Sue. „Ich habe das Gefühl, dass Lacys kleines Mädchen voll durchstarten wird."

Esther Mae grinste. „Keiner von uns wird mit dem kleinen Wirbelwind Schritt halten können, der sie ganz sicher sein wird."

„Lacy schon", fügte Adela hinzu und streckte die Hand aus, um Lacys Arm zu tätscheln. „Du siehst aber müde aus."

Und das war die Wahrheit. Lynn konnte die Müdigkeit in Lacys leuchtend blauen Augen sehen. Sie war froh über die Ablenkung vom Thema Junggesellenversteigerung, doch sie wünschte sich,

Lacy wäre nicht so erschöpft.

„Schläfst du nicht gut?"

Lacy winkte ab. „Schlaf, was ist das? Das habe ich vor Wochen aufgegeben." Sie lachte. „Clint sagt, das Baby kommt mit seiner ungestümen Art nach mir. Wir wissen nie, wann sie sich beruhigt und wann nicht. Wenn ich es wüsste, würde ich vielleicht ein bisschen Schlaf bekommen. Aber wenn ich mich hinlege – nachts oder auch nur für ein kleines Nickerchen – fängt sie sofort an zu treten."

„Wie geht's Clint?" Lynn mochte Clint. Dem fleißigen Viehzüchter war manchmal anzusehen, dass er nicht verstand, was seine Frau wieder vorhatte, doch in seinen Augen lag immer eine glühende Bewunderung und Liebe … obwohl sie ihn ein oder zwei Mal empört gesehen hatte. Lacy neigte tatsächlich dazu, Leute aus dem Konzept zu bringen. Sie war so in das vertieft, was sie sich für dieses oder jenes Paar vorstellte, dass sie oft handelte, bevor sie alles bis zu Ende durchdacht hatte. Trotzdem liebte er sie … oder eigentlich, nach allem, was Lynn beobachtet hatte, liebte er sie *deswegen*. Lynn würde nicht wissen, wie das war. In ihrer Ehe hatte sie gelernt, ihre Meinung nicht zu äußern, geschweige denn einen impulsiven Schritt zu machen. Es war im Laufe der Zeit passiert, hatte sich praktisch eingeschlichen. Die seelischen Misshandlungen hatten lang vor den körperlichen angefangen.

„Es geht ihm ziemlich gut, er ist nervös", lächelte sie. „Lynn, aber sag mir, warum willst du nicht bieten?"

Lacys Worte schossen wie Schrot durch den Nebel der Erinnerung. „Ich werde es einfach nicht." Sie bereitete sich darauf vor, dass Lacy auf den fahrenden Zug aufspringen würde.

„Schade. Ich habe gebetet, dass der richtige Mann für dich und deine Jungs in die Stadt kommt." Lacy rieb ihren Bauch und holte tief Luft.

„Lacy, du siehst wirklich müde aus", sagte Lynn besorgt.

„Warum machst du nicht Schluss für heute?", sagte Norma Sue. „Du bist sowieso zu viel auf den Beinen."

Lacy lächelte – nicht ihr normalerweise überschwängliches Lächeln, aber dennoch ein Lächeln. „Du hast mit Sheri gesprochen! Ich setze mich hin, wenn ich …"

„Ha!", rief Sheri von ihrem Platz auf einer Leiter quer durch den Raum aus. Sie neigte ihren stacheligen braunen Kopf zur Seite und blickte von dort hinunter, wo sie rot-blaue Bandana-Dekorationen befestigt hatte. „Du lügst, Lacy Matlock! Du sitzt nicht annähernd so viel wie du solltest. Wenn es nach mir ginge, würde ich dich an eine Couch fesseln und dich dazu zwingen, dort zu bleiben, bis unser Baby kommt."

Lacy lachte. „Okay, okay, ich versteh's ja. Ich habe Clint versprochen, dass ich auf die Bremse treten werde,

also entspannt euch und lasst mich mit Lynn reden."
Lacys Augen funkelten wie gewöhnlich, wenn sie
inspiriert war. „Du solltest wirklich auf Chance bieten.
Wenn nicht für dich, dann für ihn. Der Mann könnte ein
bisschen Ablenkung gebrauchen, denke ich. Und du und
deine süßen Jungs könntet genau das sein, was der gute
Doktor da oben für ihn im Sinn hat."

Innerlich stöhnte Lynn, als alle Augen zu ihr
zurückkehrten. Lacy versuchte auf hinterhältige Art und
Weise, sie unter Druck zu setzen. „Ich werde nicht auf
Chance oder sonst jemanden bieten …"

Chance fuhr in eine Parklücke vor Sam's Diner und
stieg aus dem Truck. Es war unmöglich, nach Hause zu
kommen, ohne bei Sam zum Frühstück
vorbeizuschauen. Die Trucks seiner Cousins standen
auf dem holzbeplankten Bürgersteig, und er wusste,
dass er spät dran war. Er beeilte sich, stieß die schwere
Schwingtür des Diners auf und sah Lynn Perry auf der
anderen Seite stehen. Sie trug einen Stapel
Mitnahmebehälter und Kaffee in einem Pappbecher.
Als sie ihn sah, blieb sie wie angewurzelt stehen.

Am Tag zuvor war ihm für eine ganze Weile ihre
Begegnung nicht aus dem Kopf gegangen, und er
konnte beim besten Willen nicht aufhören, an sie zu
denken. Sie hatte etwas an sich, das sich unter seinen

Kragen geschlichen hatte und ihn nicht mehr losließ. Sie war hübsch, mit ihrem hellbraunen Haar und den schimmernden Mitternachtsaugen, doch er hatte ein starkes Mädchen unter ihrem sanften Aussehen gespürt. Eine starke Frau, die entschlossen war, es für sich und ihre Jungs zu schaffen. Das gefiel ihm.

Aber sie hatte eine Mauer um sich herum errichtet, und sie war jetzt fest an Ort und Stelle, obwohl sie ihn anlächelte.

Er tippte an seinen Hut und schenkte ihr sein freundlichstes Lächeln. „Wie geht's Ihnen heut' morgen?"

„Großartig. Und Ihnen? Ich hoffe, Sie hatten gestern nicht lange Schmerzen. Die Jungs wollten Sie wirklich nicht so umhauen."

„Mir geht's gut. Machen Sie sich keine Sorgen um mich. Ich wurde von Pferden und Bullen geworfen, da ist es ein Kinderspiel, von zwei Dreikäsehochs umgerissen zu werden."

Sie schnitt eine süße Grimasse. „Es muss trotzdem wehgetan haben, aber ich bin froh zu sehen, dass Sie nicht hinken."

„Wie ich schon sagte, nur mein Stolz war verletzt."

„Ja, also das ist gut – ich meine, es ist gut, dass das alles ist, was verletzt wurde."

Sie wich ihm aus, um zur Tür hinauszugehen. „Hier, lassen Sie mich helfen", sagte er, drückte seinen

Rücken gegen die Schwingtür und öffnete sie. Sie schob sich an ihm vorbei, und er nahm den süßen Duft von Schokolade wahr, als sie vorbeiging. Er konnte nicht anders, als sich in ihre Richtung zu lehnen – und typisch für sein Glück drehte sie sich um und ertappte ihn dabei.

„Sie, *ähhhm* …" *Was?* „Sie duften gut. Ist das Schokolade?" Ganz toll, Turner. Zielgenau in den erstbesten Fettnapf.

Sie wurde rot, und er konnte sehen, dass er sie verwirrt hatte. Er war selbst nervös! Er konnte mit den besten Flirtern mithalten, doch es war eine Weile her, seit er es getan hatte. Er war so rostig wie ein Eimer mit nassen Nägeln.

„Ich habe seit sieben Schokolade gemischt."

„Süß. Ich meine, süße Arbeit."

Er ging davon aus, dass sie wahrscheinlich kurz davor war, ihm ihren Kaffee ins Gesicht zu schütten, doch sie kicherte stattdessen und ging ohne ein weiteres Wort davon. Sie musste ihn für einen hoffnungslosen Fall halten. Und wenn er darüber nachdachte, war er das vielleicht. Er sah ihr nach, als sie die Straße überquerte und die Tür zum Süßwarenladen aufstieß.

„Willst du den ganzen Tag dastehen und glotzen, oder kommst du rein und isst einen Happen?"

Er hätte wissen müssen, dass Applegate Thornton an seinem gewohnten Platz am Fenster sitzen würde. Die dröhnende Stimme des alten Mannes war wahrscheinlich noch auf der anderen Straßenseite vor dem Süßwarenladen zu hören. Doch wenigstens brachte es Chance wieder in das Diner zurück.

Er ignorierte das Gelächter vom Tisch in der Mitte des Raums, wo seine Cousins saßen, und ging zum Fenstertisch, um App und seinen Kumpel Stanley Orr zu begrüßen. „Schön zu sehen, dass ihr beiden immer noch die Stellung haltet. Wie geht's?"

Applegate grinste. „Uns geht es nicht annähernd so gut wie dir, Junge. Lynn hat dich mächtig süß angeschaut. Stanley, hast du jemals gesehen, dass Lynn jemanden so angeschaut hat?"

Stanley war fast kahl, rundlich und so ziemlich der unkomplizierteste Mann, dem Chance je begegnet war. „Nein, kann ich nicht sagen. Hast du ein Ticket für das Steak-Dinner morgen Abend?"

„Ja, er hat ein Ticket!", rief Cole von dem Tisch aus, wo er, Wyatt und Seth Chance mit Argusaugen beobachteten.

„Ich habe kein Ticket gekauft."

„Die Ranch hat es für dich gekauft", sagte Seth.

Er zog den vierten Rohrstuhl unter dem Tisch hervor und ließ sich darauf nieder. „Ich kann mich nicht erinnern, gesagt zu haben, dass ich an einem Steak-Dinner teilnehmen will."

„Es ist für einen guten Zweck", sagte Seth und trank einen Schluck von seinem Kaffee, als Sam, der

Besitzer des Imbisses, mit einer Kaffeekanne in der Hand an ihren Tisch kam.

Klein und drahtig lächelte Sam ihn herzlich an. „Schön, dich zu sehen, mein Sohn!" Er stellte eine Kaffeetasse vor Chance ab und schüttelte dann kräftig seine Hand. „Es hat mir so leidgetan, von diesem Bullenreiter zu hören. Eine Schande." Kopfschüttelnd goss er Kaffee in die Tasse.

Chance legte seine Hände um die warme Tasse und spürte den Stich tiefen Bedauerns. „Ja, das war es." Alle Augen waren jetzt auf ihn gerichtet. Darüber wollte er nicht reden.

„Alles, was du tun konntest, war, für ihn da zu sein, als er dich gebraucht hat."

Chance sah in Sams weise, graue Augen. Wie konnte er sagen, dass er nicht für Randy da gewesen war? Dass er tief in seinem Herzen glaubte –

„Sein Tod hat dich ziemlich hart getroffen, nicht wahr?"

„Ja, das hat er", antwortete Cole für ihn.

Chance begegnete seinem Blick über den Tisch hinweg. Sein Cousin war nach dem Tod seiner Verlobten jahrelang vor der Vergangenheit davongelaufen. Er war jetzt verheiratet und glücklich, dank einer schönen Landtierärztin namens Susan. Cole war zufriedener als je zuvor, und er und Susan hatten vor, bald eine Familie zu gründen. Er hatte viel durchgemacht und Trost darin gefunden, Opfern von Naturkatastrophen beim Wiederaufbau ihrer Häuser zu helfen, während der Zeit, in der er seinen Weg nicht hatte sehen können. Chance starrte in den schwarzen Kaffee und fragte sich, ob es ihm genauso ging. Seit dieser schrecklichen Nacht konnte er sich ein Leben als Pastor einfach nicht mehr vorstellen. Dieser Gedanke nagte an ihm.

„Darum bist du so gut in dem, was du tust, Chance", fuhr Cole fort. „Du kümmerst dich um die Leute. Du kannst kein Pastor sein, ein Hirte deiner Schafe, wenn sie dir egal sind."

Er fühlte sich so weit davon entfernt, ein Hirte zu sein, wie es nur ging.

„Also mach dich nicht ständig wegen etwas fertig, das nicht in deiner Kontrolle lag", fügte Seth, der Kontrollfreak unter den Turners, hinzu. Chance sah ihn ungläubig an. Seth grinste. „Ja, du hast richtig gehört. Das kommt von mir. Ich habe gelernt, Gott mehr die Zügel zu überlassen. Nicht, dass das leicht gewesen wäre. Alte Gewohnheiten und so ... Aber ich arbeite daran."

Chance hatte rechts und links Ratschläge erteilt, weil er geglaubt hatte, dass das, was er tat, einen Sinn ergab. Komisch, wie ihm im Moment alles unscharf vorkam. „Können wir über was anderes reden?" Er wollte nicht unhöflich sein, aber er hatte das Gefühl, keine Luft zu bekommen.

Sam drückte seine Schulter. „Du warst immer ein Draufgänger, aber du warst immer einer, der die Welt auf seine Schultern genommen hat. Du hast ein großes Herz, Chance, selbst nach allem, was du durchgemacht hast. Ich muss zurück an die Arbeit, aber du hörst auf diese Jungs und kommst aus deinem Loch raus. Meine Eier und mein Speck werden dir dabei helfen. Ist das okay, Jungs?"

Alle stimmten herzlich zu und Sam ging auf seinen O-Beinen davon. Chance wusste, dass Sam seine Kindheit gemeint hatte … er hatte sich schon vor langer Zeit damit abgefunden, dass sein Vater Besseres zu tun gehabt hatte, als seinen Sohn großzuziehen. Schon in jungen Jahren war es schwer gewesen, Chance zu bändigen, und seine Mutter hatte nicht gewusst, was sie mit ihm anfangen sollte. Darum hatte er viele Sommer hier in Mule Hollow mit seinen Cousins verbracht. Ihr Vater hatte ihn geliebt und wie seinen eigenen Sohn behandelt, hart gearbeitet und ihm so viel Anleitung und Liebe gegeben, wie er seinen eigenen Söhnen gab. Doch in seiner frühen Jugend hatte Chance gegen das Desinteresse seines Vaters rebelliert und war von Zuhause weggegangen, auf die Straße … es war eine harte Zeit gewesen. Zu hart, um darüber nachzudenken.

„Schau, Chance, ich sehe das so." Seth blickte um den Tisch herum zu seinen Brüdern. „Gott hat die Kontrolle, auch wenn wir es nicht verstehen oder nicht seiner Meinung sind. Du hast das irgendwann zu uns allen gesagt."

„Ja, ich war ziemlich großzügig, wenn es darum ging, Ratschläge auszuteilen, was?", brummte er. Mit seiner Stimmung ging es jetzt immer schneller bergab.

Wyatt runzelte die Stirn. „Du gibst ausgezeichnete Ratschläge. Ich schulde dir was dafür. Du hast mir diesen Rat gegeben, als ich ihn gebraucht habe. Ich war so weit unten, wie ein Mann nur sein konnte, und du hast mir geholfen zu sehen, was ich tun musste, um Amanda zu helfen. Du musst jetzt nur deinen eigenen guten Rat beherzigen. Wir waren alle mal da, wo du bist, und da ist es nicht schön."

Applegate und Stanley hatten so getan, als wären sie in ihr morgendliches Damespiel vertieft – warum sie überhaupt so taten, war Chance ein Rätsel. Denn die zwei Männer, die angeblich nichts hören konnten, hörten *alles*. Es war ein unbegreifliches Wunder, das Chance zum Lächeln brachte – eine dringend benötigte Aufmunterung nach dem Weg, den das Gespräch eingeschlagen hatte. App spuckte einen Sonnenblumenkern in den Messingspucknapf zu seinen Füßen, und Stanley tat dasselbe. Beide trafen mit voller

Wucht auf die Öffnung des Containers.

„Klingt für mich so, als wäre dieses Steak-Dinner genau der Ort, an dem du sein musst. Denkst du nicht auch, Stanley?"

„Jupp. Es geht nichts über ein gutes Steak und die Gesellschaft hübscher Frauen, um einen Mann aus einem Loch zu holen."

„Eine Frau ist das Letzte, was ich brauche."

„Wir sind es nicht, bei denen Lynn rot geworden ist", brummte App. „Du hast ein Ticket und brauchst dringend Aufmunterung. Zieh dir eine gestärkte Jeans und ein frisches Hemd an, klatsch dir ein bisschen Aftershave ins Gesicht und geh da hin."

Sam kam aus der Küche, beladen mit Tellern. Chance war in seinem ganzen Leben noch nie so froh gewesen, einen Teller mit Rühreiern zu sehen. Vielleicht würde Essen sie von ihm ablenken.

„Und wo wir gerade von anderen Dingen sprechen", sagte App gedehnt, und sein mageres Gesicht verzog sich zu einem säuerlichen Ausdruck. „Wir brauchen einen Pastor. Da führt kein Weg dran vorbei. Du bist nicht zufällig hier, mein Junge." App hatte bei Wyatts Hochzeit deutlich gemacht, dass er der Meinung war, dass Chance nach Mule Hollow zurückkehren und der Gemeindepastor werden sollte. Chance hatte ihm damals gesagt, dass er sich nicht berufen fühle, in einer Kirche zu predigen. Das hätte die Diskussion beenden sollen, doch App war nicht dafür bekannt, Dinge auf sich beruhen zu lassen, und es sah so aus, als hätte er das auch nicht vor. „Also, was sagst du?"

Chance blickte auf den dampfenden Frühstücksteller und holte tief und langsam Luft. So viel zu dem Gedanken, dass das Essen ihn vom heißen Stuhl retten würde.

KAPITEL DREI

A m Morgen, nachdem Chance sie verwirrt hatte, indem er ihr sagte, sie rieche süß, träumte Lynn von ihm. Oh ja, doch zum Glück wurde sie von ihrem Kalb von einem Hund, Tiny, aus dem Traum über den attraktiven, dunkelhaarigen Junggesellen gerissen. Ihr Held sprang auf ihr Bett und stürzte sich mit allen vier seiner riesigen Pfoten auf sie. Die Wucht seiner Landung raubte ihr den Atem und den Traum.

„Danke", keuchte sie und versuchte, wieder zu Atem zu kommen, während sie in Tinys Gesicht starrte. Seine aufgeregten Augen tanzten und fragten „Bist du bereit zu spielen?", während er sie mit offenem Maul anstarrte. Sie entspannte sich, erleichtert, wach zu sein … es war nicht ungewöhnlich, dass sie Alpträume hatte. Obwohl sie mit der Zeit seltener geworden waren und es darin immer um ihren Ex-Mann gegangen war … Von Chance Turner zu träumen war auf einer ganz anderen Ebene beunruhigend. Gott sei Dank für Tiny.

„Was machst du im Haus?", fragte sie und achtete darauf, den Hund nicht zu schimpfen. Die Jungs versuchten manchmal, das riesige Tier ins Haus zu schmuggeln, oder wenn sie nach draußen gingen, vergaßen sie, die Tür zu schließen, und Tiny kam dann allein ins Haus. Bei diesen Gelegenheiten war nie abzusehen, was passieren würde. Und wenn man ihn schimpfte, hinterließ er Pfützen – was natürlich nicht gut war.

Das Geräusch unregelmäßigen Hämmerns vor ihrem Fenster drang herein. Sie warf einen Blick auf die Uhr auf dem Nachttisch – sieben Uhr. Tiny stand über ihr, mit wedelndem Schwanz, schnaufendem Atem und funkelnden Augen, bellte aufgeregt und sah zum Fenster.

„Okay, okay. Ich hab' dich verstanden." Sie schob den übergroßen Welpen sanft von sich, trottete zum Fenster und zog den Vorhang beiseite.

Bevor sie bei der Dekoration für die Auktion geholfen hatte – und von ihren Freundinnen überfallen worden war – hatte sie den ganzen Tag im Süßwarenladen gearbeitet. Ihre Jungs hatten den Tag bei Amanda Turner verbracht. Amanda konnte keine eigenen Kinder bekommen, und seit sie Chance' Cousin Wyatt geheiratet hat, liebte sie es, Gavin und Jack so oft wie möglich zum Spielen bei sich zu haben, wenn Lynn einen Babysitter brauchte.

Sie und Wyatt versuchten gerade, ein Kind zu adoptieren, und niemand zweifelte daran, dass jedes Baby gesegnet wäre, sie und Wyatt als Eltern zu haben.

Kurz nachdem Lynn allen gesagt hatte, dass sie nicht für einen Junggesellen bieten würde, waren Amanda und ihre beiden Schwägerinnen Susan und Melody mit den Kindern angekommen.

Melody hatte nach den Lichtern gefragt, und die Jungs hatten sofort allen erzählt, wie sie Chance zu Boden gerissen hatten, die Lichter über ihm ausgebreitet. Alle hatten herzhaft gelacht, und sie hatte gesehen, wie der Funke der Aufregung in den schelmischen Augen der drei örtlichen Kupplerinnen vom Dienst heller gebrannt hatte. Das war alles, was sie gebraucht hatten, um Geschichten über Chance als Kind zu erzählen – Chance Turner war ein kleiner Rabauke gewesen. Natürlich waren ihre Jungs direkt ins Getümmel gesprungen und hatten über die Geschichten von dem Ärger, den sich Chance und seine Cousins eingehandelt hatten, gekichert.

Sie war auch von Melody darüber informiert worden, dass die Weihnachtsbeleuchtung, die er in die Kirche gebracht hatte, für sie war und dass sie sie zur Dekoration ihres neuen Hauses verwenden sollte. Lynn war von dem Geschenk gerührt und hatte es Melody auch gesagt. All ihre Fragen über Chance und was sie von ihm hielt, hatten sie überrascht und misstrauisch gemacht. Mule Hollow war schließlich bekannt für seine kuppelnden Einwohner.

Sie und die Jungs waren zu spät nach Hause gekommen und alle müde gewesen. Als sie heute Morgen aus dem Fenster geblickt hatte, war das Letzte, was sie erwartet hatte, dass Gavin und Jack draußen mit Hämmern auf die große Eiche im Garten hinter dem Haus losgingen.

„Was tun sie da?", fragte sie und sah auf Tiny hinunter.

Der Hund legte seine Pfoten auf die Fensterbank und winselte, während er die Kinder beobachtete. Er wedelte ungeduldig mit dem Schwanz und signalisierte damit, dass er mit seinen Jungs da draußen sein wollte. „Komm, lass uns rausgehen." Das war alles, was es brauchte. Der Hund schoss wie ein Blitz aus ihrem Schlafzimmer. Lynn nahm im Vorbeigehen ihren Morgenmantel vom Bett. Es war kühl im Haus, und sie blieb stehen, um den Thermostat ein paar Grad höher zu stellen. Sie zog ihre Lederpantoletten neben der Hintertür an, die einen Spalt offen war, aber nicht weit genug, dass der Hund das Haus verlassen konnte. Lynn vermutete, dass er hereingeschlichen war, als die Jungs die Tür offengelassen hatten, und dann musste ein Luftzug sie zugestoßen und ihn gefangen haben.

Tiny tänzelte erwartungsvoll, und sobald sie die

Tür öffnete, schoss er nach draußen und war verschwunden. Lynn seufzte – mit Gavin und Jack war das Leben nie langweilig. Sie folgte ihm hinaus.

Jack hatte beide Hände um die Mitte eines Hammers geschlungen, der so lang war wie sein Arm. Gavin hielt ein zwölf Zoll langes Stück altes Scheunenholz gegen den Baum. Beide sahen zu ihr auf, als sie näher kam. Tiny steckte seine Nase zwischen sie und Gavin schob sie weg.

„Was macht ihr zwei kleinen Unruhestifter?"

„Arbeiten, Mom", antwortete Jack und schlug mit dem Kopf des Hammers auf den Nagel, der schräg aus dem Holzstück herausragte. Er traf nicht.

„Wir bauen ein Baumhaus." Gavin nickte in Richtung der alten Scheune hinten im Hof. „Da ist ein Haufen Holz drin, das wir verwenden können." Seine hohe Stimme war schrill vor Begeisterung.

Jack schlug erneut auf den Nagel, der sich umbog und sich der Länge nach ins Holz drückte. Sie zuckte zusammen – besser das Holz als sein Finger. Seine Schultern sackten nach vorn, und er sah enttäuscht aus, als er den Hammer sinken ließ. Er sah so niedergeschlagen aus, dass Lynn nichts anderes tun konnte, als ihn hochzuheben und fest zu umarmen.

Gavin runzelte die Stirn und sah ihn an. „Schon gut, Jack. Ich habe es nicht besser geschafft."

Meine kleinen Männer. „Ein Baumhaus zu bauen,

klingt nach einem großartigen Plan. Aber lasst uns jetzt die Hämmer weglegen. Zeit, uns für die Kirche fertig zu machen. Wenn wir nach Hause kommen, kommen wir zusammen raus und sehen uns an, was in der Scheune ist und was wir damit machen können." Als könnte sie tatsächlich irgendetwas bauen! Wem versuchte sie etwas vorzumachen?

„Aber du bist ein Mädchen, Mama."

Oh, die Herausforderung eines zu sein. „Ja, Jack, das bin ich. Aber auch Mädchen können Baumhäuser bauen." Sie war sich sicher, dass einige Mädchen das konnten. Ob sie es könnte blieb abzuwarten.

„Bist du sicher?", fragte Gavin und sah so skeptisch aus, wie sie sich fühlte.

„Ja, Gavin, das bin ich. Jetzt komm rein und lass uns uns für die Kirche anziehen."

„Mom, ich wette, Chance kann ein Baumhaus bauen."

Nicht schon wieder. Ihre Jungs kannten Chance erst kurz, und aus irgendeinem Grund waren sie von allem an diesem Mann fasziniert. „Gavin, ich habe euch schon gesagt, dass er für euch beide Mr. Turner ist. Und er ist wahrscheinlich sehr gut darin, Dinge zu bauen", gab sie zu, als sie ihnen die Tür öffnete. „Tretet die Stiefel ab." Sie wischten übertrieben die Stiefel am Fußabstreifer ab und eilten dann in ihre Zimmer. Tiny versuchte, ihnen zu folgen, doch Lynn packte ihn. „Oh, nein, das tust du nicht, Buster." Sie zog ihn nach draußen, tätschelte seinen Kopf und schloss dann entschlossen die Tür.

Sie ging zum Waschbecken und starrte aus dem Fenster auf den Baum, an dem das Brett hing, und die Hämmer am Boden davor. Wahrscheinlich könnte Chance ein Baumhaus bauen, auf das ihre Jungs stolz wären. Der Mann sah aus, als könnte er alles tun. Da war einfach etwas an ihm, das diese Kompetenz ausstrahlte. Sie spürte es, und das musste es sein, was ihre Jungs auch spürten, obwohl sie zu jung waren, um es zu wissen.

„Mom! Jack will mir mein Hemd nicht geben!", schrie Gavin aus dem Zimmer der Jungs.

„Das ist mein Hemd", schrie Jack zurück.

Sie schloss die Augen und schüttelte den Kopf. Ihre Jungs kamen meistens gut miteinander aus, doch Brüder waren Brüder … Sie verdrängte die Gedanken an Chance aus ihrem Kopf und ging zu ihnen. Sie war so glücklich, das kleine Haus für sich allein zu haben, dass sogar das aufgeregte Geschrei ihrer Jungen es heimelig wirken ließen. Es war wunderbar zu wissen, dass sie ihren Söhnen in dieser friedlichen Ranchergemeinde ein Dach über dem Kopf bieten konnte.

Auch die anderen Frauen, die mit ihr im Van aus L.A. angekommen waren, fassten Fuß, langsam, aber sicher, genau wie Esther Mae es gesagt hatte. Lynn hatte vielen von ihnen auf irgendeine Weise geholfen. Rose, die einzige Mutter mit einem Sohn im Teenageralter, war als erste aus dem Frauenhaus ausgezogen und hatte nicht allzu lange danach geheiratet. Nive war immer noch im Frauenhaus, und Stacy, die kurz vor der Hochzeit stand, auch. Sie alle hatten einen langen Weg hinter sich, seit sie hier in Mule Hollow angekommen waren. Und nach ihnen waren andere gekommen. Einige hatten die Einrichtung als vorübergehenden Unterschlupf genutzt, bevor sie woanders ein dauerhaftes Zuhause gefunden hatten, doch für die ursprünglichen vier war Mule Hollow jetzt ihr Zuhause. Es war ein großartiger Ort, um Jungen großzuziehen. Das Landleben tat ihnen gut und Lynn auch.

„Das gehört mir!"

„Nein. Es gehört mir!"

Sie fand sie beim Tauziehen mit einem blauen Hemd. „Leute, was ist hier los?"

„Das ist mein Hemd", klagte Jack.

Gavin schüttelte den Kopf. „Es gehört mir."

Lynn betrachtete das Hemd. „Ihr beide habt genau das gleiche Hemd ... Schauen wir sie uns an." Sich für die Kirche anzuziehen war nicht immer einfach. Zwei Jungen großzuziehen war eine Herausforderung, doch sie würde es für nichts in der Welt aufgeben. Manchmal machte sie sich jedoch Sorgen um die Zukunft und darum, dass sie keinen Mann in ihrem Leben hatte, der ihr half, die Jungen anzuleiten. Sollte sie anfangen, nach einem Mann zu suchen, um die Lücke zu füllen, die ihr Vater hinterlassen hatte? Der Gedanke kam ihr in Zeiten wie diesen. Wenn Projekte wie das Baumhaus auftauchten. Sie fühlte sich schuldig, dass sie noch nicht dazu bereit war.

Auch die Frauen, die sie wegen der Junggesellenauktion unter Druck setzten, halfen nicht. Sie verstanden es nicht – wie konnten sie wissen, wie sie sich fühlte, wenn sie es ihnen nie gesagt hatte? Ihr ganzes Leben lang hatte sie, wenn es um Männer ging, in Angst gelebt – bis jetzt.

Niemand wusste genau, wie schlimm ihr Leben vor ihrer Flucht in das Frauenhaus gewesen war. Sie wollte, dass es auch so blieb. Ihre Gefühle zu verbergen hatte sie zermürbt, doch zum ersten Mal seit Jahren lebte sie ihr Leben zufrieden und sicher.

Ohne einen Mann in ihrem Leben bestand keine Gefahr. Kein gebrochenes Vertrauen, kein Risiko, verletzt zu werden … es war einfacher. Sicherer.

Sowohl körperlich als auch emotional. Liebe und Angst um ihre Söhne waren nötig gewesen, um sie aus der Spirale des Missbrauchs zu treiben. Zu wissen, dass sie ohne sie vielleicht immer noch da wäre, untergrub ihre Selbstachtung und machte ihr Angst.

Nein. Es war besser so. Besser, sich stark und zufrieden damit zu fühlen, dass ihre Jungs ihr Leben waren. Sie waren sicher und glücklich, so, wie sie waren. Und egal wie schuldig sie sich fühlen mochte, weil sie keinen Vater in ihrem Leben hatten, sie war nicht bereit, das zu ändern, nicht einmal für sie.

Der Gottesdienst hatte schon angefangen, als Chance in die hinterste Bank rutschte. Es war ihm unangenehm, zu spät zu kommen, doch er hatte nicht vorgehabt, überhaupt zu kommen. In letzter Minute hatte ihn die Gewohnheit dazu gebracht, zur Kirche zu gehen. Normalerweise war seine Kirche vor dem Start eines Wettkampfs eine staubige oder nasse Arena.

Miss Adela hatte ihr ganzes Leben lang Klavier für die Mule Hollow Church of Faith gespielt. Sie hatte gerade das Begrüßungslied „When We All Get To Heaven" zu Ende gespielt, als er neben Applegate in die Bank glitt.

„Die hinterste Bank ist nicht der richtige Ort für dich, Chance Turner." App beugte sich vor und flüsterte laut.

So viel zu dem Gedanken, dass er gestern seinen Standpunkt klargemacht hatte. „Dir auch guten Morgen, App."

Applegate zog eine buschige Augenbraue hoch. „Was ist daran gut? Wir sind in der Kirche, und der einzige Pastor, den wir haben, sitzt mit mir in der letzten Reihe."

Mehrere Leute drehten sich bei seinen Worten um. Da App schwerhörig war und laut genug „flüsterte", um im Chorraum gehört zu werden, war es ein Wunder, dass sich nicht die gesamte Gemeinde umdrehte und ihn anstarrte. Okay, die meisten von ihnen taten es. Chance hatte gewusst, dass das passieren würde, aber hier war er trotzdem. Es war, als würde der Herr ihn nicht gehen lassen, selbst wenn er wusste, dass Chance zu kämpfen hatte. „App", flüsterte er, „jetzt ist nicht die Zeit für mich, da oben zu sein."

App verschränkte die Arme und grunzte, als Brady Cannon auf das Podium trat. Der Sheriff unterrichtete die Sonntagsschulklasse der Singles, und er und seine Frau Dottie hatten ein Frauenhaus als Zuflucht für misshandelte Frauen auf seiner Ranch eröffnet. Chance respektierte die beiden sehr. Dottie betrieb einen Süßwarenladen auf der Main Street, wo sie den Frauen aus der Unterkunft beibrachte, wie man ein eigenes Geschäft führte. Autark zu sein war ein Ziel des Frauenhauses genauso wie die Familien bei der Überwindung ihrer Vergangenheit zu unterstützen.

Wyatt hatte ihm erzählt, dass Lynn, die Frau, die er gestern kennengelernt hatte, kürzlich mit ihren beiden Söhnen aus dem Frauenhaus in ihre eigene Wohnung gezogen war. Er dachte über Lynn nach. Es hatte ihm leidgetan zu hören, dass sie eine schwere Zeit in ihrem Leben durchgemacht hatte. Wie ein Mann eine Frau verletzen konnte, war ihm ein Rätsel ... doch wie ein Mann schwören konnte, sie zu lieben und zu schätzen, und sie dann zu misshandeln, war noch unbegreiflicher.

„Wie die meisten von euch wissen, bin ich Sheriff, kein Prediger", begann Brady. „Ich bin heute Morgen einfach das, was ihr habt. Zumindest hat mir das der Kirchenrat gesagt. Ich bin mir ziemlich sicher, dass einige unter euch sind, die heute Morgen viel besser predigen könnten als ich. Ich hoffe, wer auch immer da ist, dass derjenige aufsteht und übernimmt."

App warf Chance einen scharfen Blick zu, und er spürte aus allen möglichen Richtungen Blicke auf sich. Als er nach rechts blickte, sah er zwei kleine Köpfe, einen dunklen und einen blonden, die sich in seine Richtung drehten. Gavin und Jack konnten ihn über die Lehne der Bank kaum sehen, aber sie beobachteten ihn. Ihre Mutter saß neben ihnen und starrte Brady geradeaus an. Als die Jungs Chance sahen, hob der Blonde die Hand und winkte. Der Dunkelhaarige folgte ihm. Lynn bemerkte ihre Bewegung aus dem Augenwinkel und drehte sich automatisch um. Ihre dunklen Augen begegneten Chance' Blick und unerwartet wurde sein Mund trocken, und sein Puls stolperte und hämmerte unregelmäßig.

Etwas in diesem Blick war vorher nicht da gewesen. Irgendetwas in der Art, wie ihre Augen in seine blitzten, hatte ihn gestern nicht so tief getroffen.

Der Moment dauerte weniger als eine Sekunde, bevor sie ihren Blick den Jungs zuwandte, ihnen sanft auf den Kopf tippte und mit einer Bewegung ihres Fingers bedeutete, sich umzudrehen. Weniger als eine Sekunde, doch der Blick hatte ihn tief getroffen …

App stieß ihn mit dem Ellbogen an. „Wie ich gestern schon gesagt habe, sie sieht niemanden so an. Wenn du auf der Kanzel wärst, müsstest du jetzt nicht auf ihren hübschen Hinterkopf schauen."

Die Frau vor ihm erstickte fast an ihrem Lachen, als sie versuchte zu verbergen, dass sie gehört hatte, was App gesagt hatte. Warum verstecken? Jeder musste ihn gehört haben, doch alle lauschten aufmerksam Bradys Worten. Chance wusste, dass es unmöglich war, dass sie App nicht gehört hatten, doch alle bemühten sich, den Gottesdienst nicht noch mehr zu stören.

„App, Schluss damit", knurrte er.

Zum Glück entschied App, dass er genug gesagt hatte. Er verschränkte die Arme und starrte für den Rest von Bradys Unterricht geradeaus.

Der Sheriff leistete in den nächsten zwanzig Minuten gute Arbeit. Seine Worte handelten davon, ein guter Hirte zu sein, etwas, von dem Chance bis zu Randys Tod geglaubt hatte, dass er es war.

Obwohl Chance zuhörte, war sein Herz für jede emotionale Reaktion verschlossen. So war es, seit Randy unter die Hufe dieses Bullen gefallen war und

Chance begriffen hatte, dass er die Arena wahrscheinlich nicht lebend verlassen würde. App konnte drängen, so sehr er wollte, doch Chance war im Moment nicht in der Lage, da oben zu stehen. Und ehrlich gesagt war er sich nicht sicher, wann oder ob er jemals wieder bereit sein würde. Er fühlte sich, als wäre eine schwere Pferdedecke um sein Herz geworfen worden, die alles Licht erstickte. Alle sagten ihm immer wieder, er brauche Zeit – darum war er nach Hause gekommen, denn Zeit heilte fast alle Wunden.

Chance hoffte zumindest, dass dem so war.

Er hatte vielen Cowboys zu verschiedenen Zeiten der Prüfung in ihrem Leben einen ähnlichen Vortrag gehalten. Jetzt sah er, wie viel einfacher es war, jemand anderem Ratschläge zu erteilen, als die Worte selbst zu hören. Es war anders, wenn man selbst mitten im Sturm war.

Er ließ seinen Blick wieder zu Lynn wandern. Irgendetwas schien sie auch zu stören. Er sah es in diesem Moment in ihren Augen, und es traf ihn bis ins Mark.

KAPITEL VIER

„Hallo! Mr. Chance, warten Sie."

„Ja, warten Sie!"

Chance hatte abgeschaltet in dem Moment, in dem das Gebet zu Ende gewesen war. Er wollte weitergehen, doch er konnte die hohen Stimmen, die ihn riefen, auf keinen Fall ignorieren. Er war in Richtung Parkplatz gegangen und hatte fast den Rand der Wiese erreicht, fast den weißen Felsen fünf Meter von seinem Truck entfernt … Er hatte es fast geschafft.

Apps Murren während der Predigt hatte Chance davon überzeugt, dass sie ihm keine Ruhe lassen würden, wenn er lange hier blieb. Doch auf keinen Fall konnte er Gavin und Jack ignorieren.

Er fühlte sich wie mit einem Lasso gefangen und gefesselt und drehte sich auf dem Absatz um, um zu sehen, dass beide Jungen hinter ihm her stürmten. Lynn folgte in einem langsamen, widerwilligen Tempo. Und er stöhnte beim Anblick der alten Ladys von Mule Hollow hinter ihr. Norma Sue Jenkins und Esther Mae Wilcox waren zwei der älteren Damen, die dafür sorgten, dass Mule Hollow reibungslos lief. Zusammen mit ihrer Komplizin Adela hatten sie die kleine Stadt mit ihren Kuppeleien gerettet.

Sie waren vor ein paar Jahren auf die Idee gekommen, Frauen für all die einsamen Cowboys, die auf den Ranches hier lebten und arbeiteten, nach Mule Hollow zu bringen. Trotz des Unglaubens aller um sie herum lasen interessierte Frauen die Anzeigen, die sie geschaltet hatten, und begannen, in die Stadt zu kommen. Seitdem ließen sich die drei und ihre Freundinnen immer wieder besondere Events einfallen, die neue Frauen in die Stadt lockten. Wie das Dinner-Theater mit singenden und servierenden Cowboys oder Jahrmärkte. Bisher hatte es gut funktioniert. Er schätzte die drei Frauen, doch sie gehörten auch zu denen, die darauf drängten, dass er nach Hause kam, um zu predigen.

Als er sie auf sich zukommen sah, bereitete er sich auf einen Vortrag vor.

„Jungs!", rief Lynn und blieb hinter den beiden Kleinen stehen.

Er konnte nicht anders, als sich zu fragen, was sie so beunruhigte … warum sie nachdenklich und fast ängstlich aussah. Hatte sie Angst vor ihm?

SCHMEICHLE MIR, COWBOY

„Mr. Turner ist auf dem Weg zu seinem Fahrzeug. Haltet ihn nicht auf."

„Das tun wir nicht, Mama." Gavin sah sie mit großen Augen an und dann ihn. „Wir haben uns nur gefragt, ob Sie wissen, wie man ein Baumhaus baut?"

„Ja", Jack zog das Wort düster in die Länge, während er seinen dunklen Schopf hin und her drehte. „Wir haben ein *Schlamassel* in unserem Haus. Ein reines Schlamassel."

„Jungs!", rief Lynn und wurde rot wie ein Weihnachtsstern, ihre großen dunklen Augen weiteten sich, als wäre sie gerade mit einem elektrischen Viehtreiber gestoßen worden. Esther Mae und Norma Sue blieben stehen, als sie das Ende von Jacks Erklärung mitbekamen. Chance hatte das Gefühl, dass Lynn in ihrer Gegenwart genauso argwöhnisch war wie er. Kupplerinnen. Gruselig für Leute, die mit dem Thema nichts zu tun haben wollten.

„Ihr baut ein Baumhaus – wie lustig!", rief Esther Mae. Ihr rotes Haar passte fast zu der Farbe auf Lynns Wangen, als sie noch mehr errötete.

„Wir – na ja, die Jungs – haben heute Morgen damit angefangen."

„Das ist eine wunderbare Idee", dröhnte Norma Sue. „Ihr Jungs braucht wahrscheinlich einen Mann, der euch hilft, das Baumhaus zu bauen."

Chance entging das Aufblitzen des Schrecks in

Lynns Augen nicht, als Norma Sue sprach. Er verstand sie. Er wusste nicht, was er sagen sollte. Er wollte kein Baumhaus bauen. Er wollte gerade allein sein. Zurück ins Postkutschenhaus gehen, wo er wohnte, um über sein Leben nachzudenken. Allein. Und er konnte sehen, dass sie das auch wollte.

Aber Jack und Gavin sahen ihn mit bewundernden Augen an. Bewunderung? – Was genau hatte er getan, um diesen Ausdruck in ihren Augen zu verdienen?

Er begegnete Lynns jetzt feurigem Blick, und sein Mund wurde zum zweiten Mal an diesem Tag trocken. Sie hatte Mühe, sich zu beherrschen. Es war offensichtlich, dass sie seine Hilfe nicht wollte. Er sagte sich, dass das mit ihrer Vergangenheit zu tun hatte. Das war Vorsicht oder vielleicht Misstrauen, das von ihr auszugehen schien. Ihm gefiel nicht, was er in den Tiefen ihrer Augen sah, und seine eigenen Nackenhaare stellten sich bei der Vorstellung auf, dass sie misshandelt worden war. Wie schlimm war es für sie gewesen? Die Frage grub sich wie Sporen unter seine Haut.

„Ich kann helfen, wenn ihr mich braucht." Was hätte er sonst sagen sollen? Die Jungen jubelten und begannen vor Freude herumzuspringen.

Lynn straffte ihre Schultern und schüttelte den Kopf. „Danke", sagte sie steif, „aber wir brauchen keine Hilfe beim Bau unseres Baumhauses."

„Es macht mir nichts aus." *Chance, was redest du da?*

„Es macht ihm nichts aus, Mama."

„Gavin, du legst ganz schlechte Manieren an den Tag. Nochmal vielen Dank, aber wir kommen schon klar", sagte sie entschlossen. „Kommt, Jungs, wir müssen los."

„Aber Mom ..."

„Jack, wir müssen nach Hause. Denk dran, dass wir auch die Weihnachtsbeleuchtung aufhängen müssen."

Beide Jungen sahen ihn widerwillig an, folgten ihr jedoch gehorsam zum Auto. Lynn begegnete seinem Blick nicht, als sie sich von Norma Sue und Esther Mae verabschiedete. Er dachte, sie würde einfach gehen, doch dann hielt sie inne. „Es tut mir leid. Aber danke für das Angebot", sagte sie und ging dann mit großen Schritten davon.

Was hatte sie durchgemacht?

Chance' Cousins kamen hinzu. „Worum ging es?", fragte Wyatt.

„Das war Lynns Sturheit", meinte Norma Sue. „Gavin und Jack haben versucht, Chance dazu zu bringen, ihnen beim Bau eines Baumhauses zu helfen, aber Lynn ist Miss Unabhängig und will nichts davon wissen."

Esther Mae räusperte sich. „Sie muss ihre Unabhängigkeit runterschlucken. Das schafft sie nicht allein."

Wyatt bekam ein nachdenkliches Funkeln in seinen Augen.

„*Wirklich*."

Cole grinste. Er war der jüngste Bruder, ungefähr in Chance' Alter und sein ehemaliger Komplize. „Hast du ihnen erzählt, dass du ein Baumhausmeister bist?"

„Ich glaube, wir können beide heute den Hammer besser schwingen als damals." Chance lachte. Er und Cole hatten versucht, ein Baumhaus zu bauen, als sie ungefähr acht Jahre alt gewesen waren. „Damals sind wir allerdings stur gewesen. Wir haben die Hilfe von allen abgelehnt."

„Bis Dad eingegriffen hat", fügte Wyatt hinzu. „Was ihr hattet, war eine windschiefe Katastrophe. Dad musste schließlich darauf bestehen, es für euch sicher zu machen."

„Gott sei Dank." Seth stieß ein Lachen aus, das eher ein Grunzen war. „Oh, übrigens, ich habe vergessen, dir zu sagen, dass Melody sich dafür bedankt hat, dass du ihr diese Lichter in die Kirche gebracht hast."

Esther Mae strahlte. „Lynn hat uns von diesem Freitagabend erzählt, als wir für die Spendenaktion dekoriert haben. Was für eine süße Art, sich kennenzulernen", schwärmte sie. „Kommst du heute Abend zur Spendenaktion?"

Chance hatte Wyatt und all den Jungs bereits am

Tag zuvor gesagt, dass er nicht gehen würde. Wyatt hatte es nicht gefallen, und er hatte ihm gesagt, dass es ihm guttun würde, unter Menschen zu kommen, doch er verstand. Als er nun Esther Mae und Norma Sue ansah, wusste Chance nicht, was er sagen sollte. Sie hatten offensichtlich hart an dieser Spendenaktion gearbeitet, und es war für einen guten Zweck. Sein Gewissen quälte ihn. Er war erschrocken, dass sie das Thema Predigt noch nicht angesprochen hatten, und erleichtert über die Gnadenfrist. „Ich bin mir nicht sicher–"

„Sicher bist du das." Norma Sue sah ernst aus. „Chance, wir haben gerade gehört, wie schwer es dir fällt, mit dem Verlust dieses jungen Mannes umzugehen. Die beste Medizin ist, etwas mit deiner Familie zu unternehmen … und wir sind deine Familie. Ich erwarte, dich dort zu sehen." Sie warf Wyatt einen strengen Blick zu. „Sorg dafür, dass er kommt."

Wyatt grinste langsam. „Ja, Ma'am. Du hast die Lady gehört, Chance."

Er rang um Geduld.

Esther Mae senkte ihr Kinn, was dazu führte, dass sich die gelben Narzissen auf ihrem Hut nach vorn neigten, als würden auch sie Chance beobachten. „Ich erwarte dich auch da. Also enttäusch' mich nicht. Ich weiß, dass es dir Spaß machen wird. Und es wird dir guttun. Lynn kommt auch."

Großartig, genau das, was er brauchte. Chance

fragte sich, was Lynn denken würde, wenn sie wüsste, was vor sich ging.

„Und die Auktion wird dir auch gefallen", sagte Cole gedehnt.

„Welche Auktion? Davon habe ich noch gar nichts gehört."

Seth hob eine Schulter. „Ach, das ist nur was für die Ladys."

„Aber ihr werdet trotzdem Spaß haben, ihnen beim Bieten zuzusehen", fügte Norma Sue schnell hinzu, und Esther Mae grinste und nickte.

Alle benahmen sich ausgesprochen seltsam. Er wusste, dass sie sich um ihn sorgten, und vielleicht hatten sie recht. „Vielleicht komme ich", sagte er vage.

Chance dachte den ganzen Weg zurück zum Postkutschenhaus über Norma Sues Worte nach. Als er die Schotterstraße hinunter zu dem Haus fuhr, das seit über hundertfünfzig Jahren im Besitz der Turner-Familie war, verspürte er ein klein bisschen Frieden. Sein Zuhause war im Grunde auf der Straße, doch wenn er eine Auszeit brauchte, kam er hierher – so war es schon immer gewesen. Alle Erinnerungen, die er an die Jahre hatte, die er auf der Ranch verbracht hatte, waren gut. Ja, er war nach Hause gekommen, um sich in der dringend benötigten Einsamkeit Zeit zum Nachdenken zu nehmen. Doch als er vor dem Postkutschenhaus anhielt und aus dem Truck stieg, wusste er, dass er um sechs Uhr wieder in den Truck steigen und zurück in die Stadt fahren würde.

Das war eine Spendenaktion … und das Mindeste, was er tun konnte, war, hinzugehen und ein Steak zu essen, um Geld für das Frauenhaus zu sammeln. Es war nicht zu leugnen, dass das Frauenhaus Gutes tat. Es war offensichtlich in Lynn und ihren Jungs. Er würde morgen einige Zeit allein verbringen, doch er wusste, dass er sich nicht wohlfühlen würde, wenn er heute nicht dorthin gehen und seinen Beitrag für das Frauenhaus leisten würde. Es hatte viele Spendensammlungen gegeben, um Randys Familie nach seinem Tod zu helfen. Er hatte es nur zu einer davon geschafft und war gebeten worden zu sprechen. Das hätte er fast nicht durchgestanden … Nein, hier zu Hause dem Frauenhaus zu helfen, war das Mindeste, was er tun konnte.

Den Frauen des Ortes musste wirklich gefallen, was zur Auktion stand. Sie waren überall.

Chance ging durch die Tür des Gemeindezentrums, das gleich hinter Petes Futterladen lag. Er hatte am anderen Ende der Hauptstraße hinter Sam's Diner parken müssen, so viele Fahrzeuge säumten die Straße.

Es saßen viele Paare herum und mischten sich unter kleine Gruppen, doch es war sofort ersichtlich, dass der

Raum von alleinstehenden Frauen dominiert wurde. Er hätte wissen müssen, dass jede Veranstaltung, die die Stadt organisierte, noch mehr Frauen nach Mule Hollow bringen würde, die alleinstehende Cowboys treffen wollten. Seine Cousins hatten ihren Viehbetrieb erweitert, ebenso wie mehrere andere große Ranches in der Gegend, wodurch die Cowboy-Population wuchs. Alles in allem war Mule Hollow im letzten Jahr gewachsen, und das war der Menge der Teilnehmer anzusehen.

Als er sich umsah, hatte Chance erwartet, vielleicht ein paar Körbe mit Schönheitsutensilien und Behandlungsgutscheinen oder Schmuck oder Dinge zu sehen, die Frauen gerne ersteigerten. Doch da war nichts.

„Chance, hier drüben!", rief Wyatt und winkte ihm zu, sich der Familie anzuschließen. Er schob sich zwischen den Tischen hindurch und grüßte dabei ein paar Leute.

„Junge, du hast keine Witze gemacht, als du gesagt hast, die Frauen würden bieten. Was wird versteigert?", fragte er und setzte sich neben Wyatt. Am Tisch vor ihm saßen zwei Frauen, die ihn sehr genau musterten – und er fühlte sich, als wäre er derjenige auf dem Auktionsblock.

Wyatts Frau Amanda starrte ihn an, als wäre er verrückt. „Du weißt es nicht?"

„Was weiß ich?" Er sah sich am Tisch um. Seth, Cole und Wyatt hatten ihre Pokergesichter aufgesetzt, die ihren Ur-Ur-Ur-Ur-Ur-Großvater Oakley stolz gemacht hätten. Oakley war nicht der respektabelste Turner im Clan gewesen, und Chance war sofort alarmiert. Die ungläubigen Mienen von Melody, Amanda und Susan weckten ein ungutes Gefühl in seiner Magengrube. „Was habe ich verpasst?"

Amanda strich sich ihr kurzes dunkles Haar hinter das Ohr. „Ich kann nicht glauben, dass dir das niemand gesagt hat." Sie warf Wyatt einen niedlichen finsteren Blick zu. „Oder dass du die Flyer in den Schaufenstern der Geschäfte nicht gesehen hast, die den heutigen Abend als Dinner mit Junggesellenauktion angekündigt haben."

Chance keuchte. „Was? Welche Flyer? Hast du gerade *Junggesellenauktion* gesagt?" Er richtete seinen Blick auf Wyatt, dann auf Cole und Seth, und er war sich ziemlich sicher, dass sein finsterer Blick nicht süß war. Er war nicht allzu oft in der Stadt gewesen, aber jetzt, wo er darüber nachdachte, hatte er gelbe Zettel in den Fenstern gesehen.

Plötzlich erinnerte er sich, dass er gesehen hatte, wie Sam am Tag zuvor etwas Gelbes zusammengeknüllt hatte, als er aus dem Truck gestiegen war. Er hatte gegrinst, als er Chance an der Tür begrüßt hatte. „Was habt ihr vor?", fragte er, wohl wissend, dass er hereingelegt worden war.

„Es ist harmlos", sagte Susan und warf Cole einen ungläubigen Blick zu. „Die Frauen oder jeder, der möchte, kann auf die Junggesellen bieten, die an der Versteigerung teilnehmen. Die Höchstbietenden müssen dem Cowboy, den sie gewinnen, ein Abendessen zubereiten, und dann muss er ein paar Stunden in ihrem Haus arbeiten."

Melody lehnte sich um Seth herum und lächelte süß. „Weißt du, wie Hilfe beim Aufhängen von Weihnachtsbeleuchtung oder sowas", sagte sie und betonte das Offensichtliche. „Oder den Hof aufräumen, um alles auf die Feiertage vorzubereiten."

Hatte sie Lynn deshalb all diese Lichter gegeben? Erwartete Melody, dass Lynn für einen Junggesellen bieten würde? Dann bemerkte er die Kellner, ungefähr fünfzehn Cowboys, die Teller zu den Tischen trugen.

„Sind das die Cowboys, die der Versteigerung zugestimmt haben?", fragte er Wyatt.

„Ja, das sind sie."

„Du kennst sie ja", sagte Cole gedehnt. „Immer bereit, sich für einen guten Zweck opfern."

Ja, genau. Dem Grinsen auf ihren Gesichtern nach zu urteilen, war es kein allzu großes Opfer. Chance massierte den Knoten, der sich in seinem Nacken gebildet hatte. Es war sicher kein Zufall, dass alle *vergessen* hatten, ihm zu sagen, dass das eine

Junggesellenauktion war. Aber wieso?

Auf der anderen Seite des Raumes erblickte er Lynn. Sie war mit mehreren anderen Frauen und Männern in der Küche beschäftigt. Applegate und Stanley waren am Grill draußen. Hin und wieder sah er sie Pfannen mit Steaks hereintragen, und Lynn portionierte Essen auf die Teller. Sie sah so hübsch aus wie ein Sommertag und trug einen gelben Pullover zu ihrer Jeans. Sie erwischte ihn mehrmals dabei, wie er sie anstarrte – er bemühte sich, damit aufzuhören, doch im nächsten Moment ertappte er sich wieder dabei. Es war unhöflich, also warum tat er es?

Als er Blicke auf sich spürte, sah er sich um und bemerkte, dass Brady ihn vom Nebentisch aus beobachtete. Der Sheriff beugte sich über den Platz zwischen den Tischen zu Chance, um leise mit ihm zu sprechen.

„Es war schön, dich am Sonntag in der Kirche zu sehen. Du wärst jedoch viel qualifizierter als ich, da vorn zu stehen."

„Du hast es gut gemacht."

Brady stützte seinen Ellbogen auf seinen Oberschenkel. „Keine Ahnung, aber im Ernst – ich weiß, dein Herz schlägt für die Cowboys in der Arena, aber wir könnten dich wirklich gebrauchen, solange du in der Stadt bist. Weihnachten steht vor der Tür, und wir haben keinen neuen Pastor in Sicht … Ich meine, um ehrlich zu sein, haben wir nicht eine Antwort auf unsere Anfragen bekommen. Ich tue, was ich kann, aber das hat alles seine Grenzen, weil ich kein Pastor bin. Ich weiß, dass der richtige Mann für den Job kommen wird, aber ich bin mir nicht sicher, wann das sein wird."

Chance bewunderte Brady aufrichtig für das, was er tat. Wenn es jemals einen geborenen Anführer gegeben hatte, dann Brady. Er war nicht nur körperlich ein großer Mann, sondern auch ein Mann von großer Integrität. Er verdiente eine ehrliche, offene Antwort. Chance beugte sich näher, damit niemand ihre Unterhaltung hörte. „Schau, Brady, ich bin gerade dabei, ein paar persönliche Probleme zu klären, bevor ich wieder vor einer Gemeinde stehen kann. Ich muss mit mir im Reinen sein, und seit Randy gestorben ist …"

„Das ist der Bullenreiter, der vor ein paar Wochen totgetrampelt wurde?"

„Ja, das ist er. Ich hatte seit einiger Zeit versucht, ihn auf den Weg des Glaubens zurückzuführen. Er war in unschöne Sachen verwickelt, aber alles, was ich gebraucht hätte, wäre ein bisschen mehr Zeit, um ihm zu helfen. Ich weiß nicht, warum Gott das nicht zugelassen hat."

Brady nickte und erwiderte seinen Blick mit Bedauern in den Augen. „Ich denke, Pastoren sind auch Menschen, nicht wahr? Wir können einen Pastor ansehen und erwarten, dass er niemals eine Krise hat oder Wut empfindet … aber es passiert."

Wut. Es stimmte, dass er wütend war. Und er war in einer Glaubenskrise. Brady hatte es erkannt. Doch er war natürlich auch ein Sheriff mit Geschick im Lesen von Situationen. „Ja, das passiert. Es tut mir leid. Ich würde gerne helfen, aber obwohl ich gerade selbst nicht kann, habe ich immer noch Vertrauen, dass Gott den richtigen Mann nach Mule Hollow schicken wird."

Brady nickte. „Du hast recht. Ich werde einfach weitermachen, so gut ich kann. Ich werde auch beten, dass Er dir hilft, Klarheit zu finden." Er fing an, sich aufzurichten, und wollte Chance zu seinem Tisch zurückgehen lassen, hielt aber auf halbem Weg inne und lehnte sich zu ihm zurück, wobei er wieder leise nur für Chance' Ohren sprach. „Lynn da drüben ist ein tolles Mädchen. Sie verarbeitet ihre eigenen Probleme in ihrem eigenen Tempo. Dottie und ich beten, dass der richtige Mann in ihr Leben kommt, wenn die Zeit reif ist. Sie hat es verdient."

Chance war sich nicht sicher, ob es eine Warnung war, doch er nickte. „Sie scheint ein guter Mensch zu sein."

„Das ist sie. Alle Frauen im Frauenhaus sind das. Sie haben eine harte Zeit hinter sich, aber sie sind Kämpfer. Lynn ist in vielerlei Hinsicht eine Fürsprecherin für sie, die sie davon überzeugt, ihr Leben weiterzuleben und ihr Leid zu überwinden, aber …" Er hielt inne, als Steaks an seinen Tisch gebracht wurden. „Ich rede zu viel. Es ist Zeit zum Essen, dann muss ich mit der Auktion anfangen. Denk über das nach, was ich gesagt habe. Wenn du reden willst, kannst du jederzeit in mein Büro kommen."

„Das werde ich." Chance blickte auf und sah, dass Lynn auf ihn zukam. Sie nahm den leeren Platz an Bradys Tisch ihm gegenüber ein, und als sie sich setzte, bemerkte sie, dass Chance sie beobachtete. Wieder. Sie schenkte ihm ein zaghaftes Lächeln und begann dann, mit einer hübschen Blondine zu sprechen, deren Blick auf einen der Cowboys geheftet war – ein nervöser Typ, der kaum servieren konnte, weil er den Blick nicht von ihr losreißen konnte.

„Wer ist die Frau, die neben Lynn sitzt?", fragte er Wyatt.

„Das ist Stacy. Sie und Emmett haben vor zu heiraten – falls sie jemals entscheidet, wer die Zeremonie durchführen wird. Und wenn du noch nicht herausgefunden hast, wer Emmett ist – er ist der Cowboy, der ständig gegen Tische und Stühle stößt, weil er nicht funktionieren kann, ohne Stacy anzusehen."

Es war ziemlich offensichtlich, wer Emmett war. Der rotgesichtige Cowboy würde noch jemandem ein Steak an die Brust drücken, wenn er nicht aufpasste, wohin er ging. Chance erinnerte sich daran, dass Lynn gefragt hatte, ob er jemanden trauen könnte. „Also, wenn sie heiraten, warum ist er einer der Kellner? Hast du nicht gesagt, dass die Kellner versteigert werden?"

„Sie haben mehr Männer gebraucht, und da er ein guter Kerl ist, der dankbar ist, dass das Frauenhaus Stacy in sein Leben gebracht hat, hat er angeboten, einzuspringen."

„Ich verstehe", sagte er, tat es aber nicht wirklich. Er schnitt ein Stück von seinem Steak ab. Es war zart und, wie alle Steaks bei einer Veranstaltung wie dieser, medium gegart, um Verwirrung und Zeit zu sparen. Er sah zu, wie die Cowboys die letzten Teller verteilten und mit den Damen flirteten, während sie servierten. „So wie es aussieht, könnte das Frauenhaus ordentlich Geld einnehmen." Sein Blick glitt zu Lynn. Sie beobachtete ihn, obwohl sie schnell wegsah und sich in dem Moment, in dem sich ihre Blicke trafen, auf ihr eigenes Essen konzentrierte.

„Hey, Cousin, wir wollen dich versteigern." Cole zog eine Augenbraue hoch.

„Das ist der Plan", stimmte Wyatt zu, und der Rest des Tisches nickte begeistert.

„Oh nein, das werdet ihr nicht." Chance wurde ganz heiß unter dem Kragen, als er sie ansah – seine Ohren glühten, so angespannt war er. „Ich habe euch gesagt, ihr sollt nicht auf dumme Gedanken kommen", warnte er, blickte zu Lynn hinüber und sah die Röte auf ihren Wangen. Obwohl sie ihn nicht ansah, hatte er das Gefühl, dass sie alles mitgehört hatte.

Wyatt warf ihm einen seiner durchdringenden Blicke zu, und Chance konnte sehen, wie die Räder im Kopf seines Anwalts tuckerten. Das war nicht gut. Wenn Wyatt sich etwas in den Kopf gesetzt hatte, gab es nicht viel, was ihn aufhalten konnte. Trotzdem versuchte Chance es. „Wyatt, denk nicht einmal darüber nach." Konnten sie nicht sehen, dass sie kein Interesse an der Versteigerung hatte?

„Ich habe heute Morgen nur an diese kleinen Jungs gedacht, die wollten, dass du ihnen mit dem Baumhaus hilfst. Es wäre schön, wenn du ihnen dabei helfen würdest."

Chance sah, wie Lynn sich versteifte, und ihr scharfer Blick begegnete kurz seinem, bevor sie wegsah – kein Zweifel, sie hatte zugehört. „Sie wollte meine Hilfe nicht", sagte er mit leiser Stimme. „Das hat sie deutlich gemacht." Er sah Wyatt mit einer Warnung in den Augen an. Da bemerkte er, wie still es um den Tisch herum geworden war, und seine Aufmerksamkeit wurde auf die strahlenden, wohlmeinenden Augen seiner Familie gelenkt. Keiner von ihnen schenkte seiner Warnung Beachtung.

Sein Blick wanderte zurück zu Lynn. Randy hatte seine Hilfe auch nicht gewollt, und Chance hatte ihn im Stich gelassen, weil er sich keine große Mühe gemacht hatte, ihm zu helfen. Doch das war nicht dasselbe.

Überhaupt nicht dasselbe.

KAPITEL FÜNF

„Wer gibt mir fünfzig Dollar für Emmett? Er ist ein harter Arbeiter und ..." Brady hielt inne, um den Raum voller Menschen anzugrinsen, bevor er sich Stacy zuwandte, die heftig errötete, als sich alle Augen auf sie richteten. „Soweit ich gehört habe, ist er auch ein guter Koch. Ein bisschen schüchtern, also könnte es schwer sein, ihn zum Reden zu bringen." Gelächter brach quer durch den Raum aus. Mit rotem Gesicht stand Emmett neben Brady.

Als sofort eine lebhafte Bieterrunde folgte, wirkte er noch verlegener. Lynn tat der schlaksige, stille Cowboy leid. Der arme Kerl war nicht der hübscheste Cowboy im Raum – manche würden ihn sogar als unattraktiv bezeichnen, weil er so dünn und rot im Gesicht war. Doch in seiner mageren Brust war ein treues Herz aus Gold. Als bodenständiger Ehrenmann hatte er sein Herz nur einer Glücklichen im Raum geschenkt. Er hatte sich an dem Tag in Stacy verliebt, als sie aus dem Lieferwagen gestiegen war, der Lynn und die anderen in den *Sicheren Hafen* gebracht hatte. Gott hatte wirklich auf mysteriöse Weise gewirkt, sie hierher zu bringen, und sie war ihm für immer dankbar dafür.

Stacy hatte so viel durchgemacht, war mit einem Vater aufgewachsen, der sie geschlagen hatte, und hatte dann den Kreislauf fortgesetzt, indem sie einen Mann geheiratet hatte, der sie misshandelt hatte. Das Frauenhaus hatte sie gerettet, und als sie nach Mule Hollow gezogen waren, war Emmett in den letzten zwei Jahren geduldig und liebevoll für sie da gewesen, während sie emotional genesen war. Sowohl er als auch Stacy waren von der ruhigen Sorte, und es hatte ein Jahr gedauert, bis sie angefangen hatten, mehr als ein paar Sätze miteinander redeten. Es war ein rührender Anblick gewesen. Lynn wusste, dass sie dazu beigetragen hatte, Stacy dabei zu helfen, einen Teil des Schmerzes aus ihrer Vergangenheit zu überwinden und nach der glänzenden Zukunft zu greifen, die sie mit Emmett haben könnte. Das zu wissen, erfüllte Lynn mit Wärme.

Als das Bieten schließlich langsamer wurde und jemand das Gebot weitere hundert Dollar in die Höhe getrieben hatte, trat Emmett unruhig von einem Bein aufs andere und sah gequält aus. Er schien kurz davor zu stehen, die Flucht zu ergreifen. Als er sich für die Auktion gemeldet hatte, hatte er gewusst, dass Stacy nicht viel Geld haben würde, um für ihn zu bieten, und er war sicher gewesen, dass das in Ordnung war, weil er nicht damit gerechnet hatte, dass viel für ihn geboten werden würde. Trotzdem hatte er ihr anvertraut, dass er sich Sorgen wegen der Situation machte. Er hatte nicht damit gerechnet, dass Norma Sue und Esther Mae mitbieten würden. Sie waren fest entschlossen, sich gegenseitig zu überbieten, mussten sich aber mehr darauf konzentrieren, eine junge Blondine zu überbieten, die offensichtlich entschieden hatte, dass Emmett der Mann war, für den sie ihr Geld ausgeben wollte.

Sobald Brady nach weiteren Angeboten fragte, hob Norma Sue ihre Hand und funkelte Esther Mae an. „Du kannst dich genauso gut zurückziehen. Oder besser ihr beide."

Brady kicherte, bestätigte ihr Gebot und bat um mehr. „Wer bietet hundertsechzig?"

Die junge Frau warf ihren Konkurrentinnen einen beunruhigten Blick zu und hob dann die Hand zum Gebot.

Der arme Emmett wurde langsam grün.

Stacy hatte ihre Papierserviette schon und begann jetzt mit Lynns. „Warum will sie Emmett so unbedingt ersteigern?", flüsterte sie alarmiert.

Lynn tätschelte ihren Arm. „Es ist alles für einen guten Zweck. Ich wünschte, du könntest bieten, aber alles ist gut. Emmett hat nur Augen für dich."

Die jüngere Frau war offensichtlich auf der Suche nach einem Date und erkannte etwas Gutes, wenn sie es sah. So wie sie bot, dachte Lynn, dass sie vielleicht nicht aufgeben würde, bis sie ihn gewonnen hatte.

„Wer gibt mir hundertsiebzig?"

„Ich!", rief Esther Mae und schüttelte begeistert ihren roten Schopf.

Emmett sah erleichtert aus.

Die entschlossene junge Frau war nicht glücklich, und in der Minute, in der Sheriff Brady um ein weiteres Gebot bat, sprang sie auf. „Ich biete zweihundert!"

„Was?" Stacy schnappte nach Luft und riss Lynns Serviette in zwei Hälften.

Chance und seine Familie hatten zusammen mit all den anderen Leuten im Raum fröhlich die Gebote angefeuert. Lynn war von Chance abgelenkt worden, und es fiel ihr schwer, ihn nicht anzustarren – der Mann hatte grüne Augen, die so klar waren wie kühles Bachwasser. Sie hatte ihn mehrmals dabei ertappt, wie er sie beobachtet hatte, und jedes Mal hatte sie Schmetterlinge im Bauch gespürt. Sie bemerkte, dass ihr Blick jetzt wieder von ihm angezogen wurde, gerade als Brady rief: „Zweihundertzwanzig?" Chance zupfte an seinem Ohr.

Sie setzte sich aufrechter. War das ein Gebot? Hätte der scharfäugige Brady es nicht als solches interpretiert, hätte sie es vielleicht nicht bemerkt. Doch er bestätigte ihren Verdacht, indem er es sofort akzeptierte und nach dem nächsten Gebot fragte.

Esther Mae, Norma Sue und die entschlossene Blondine sahen sich um, um zu sehen, wer sonst noch geboten hatte, doch Chance ließ sich nicht anmerken, dass er es gewesen war.

Wenn jemand anderes sein unauffälliges Gebot gesehen hatte, verriet derjenige ihn auch nicht.

Er war gut. Als die nächsten paar Minuten in einem schweren Bieterkrieg verstrichen, war Lynn von ihm fasziniert. Als das Gebot zweihundertfünfzig erreichte, schnaubte die Blonde schließlich und gab auf. Norma Sue und Esther Mae sahen sich um, um zu sehen, wer gegen sie bot.

„Wer ist es?", flüsterte Stacy zum vierten Mal.

Brady amüsierte sich prächtig mit dem Geheimnis, und Lynn konnte nicht umhin, sich darüber zu freuen. „Es wird alles gut", versicherte sie Stacy.

Norma Sues Blick landete auf Chance, als er mit dem Kopf nickte. Brady, ein guter Auktionator, hatte darauf geachtet, Chance nicht direkt in die Augen zu sehen, seit er mitbekommen hatte, dass er an der Auktion teilnahm. Norma Sue zog eine Augenbraue hoch, grinste dann, verschränkte ihre Arme und lehnte sich ohne ein Gebot zurück auf ihrem Platz. Esther Mae, die nicht so schnell begriffen hatte, wollte ihren Mund öffnen, doch Norma Sue stieß sie mit dem Ellbogen an, schüttelte heftig den Kopf und flüsterte ihr dann etwas zu.

„Oh. Oh!", rief die aufgeregte Rothaarige aus, und mit einem Glucksen setzte sie sich hin.

„Zum ersten, zum zweiten …"

Chance kratzte sich am Kinn, und Lynn sah, wie sein Finger subtil in Stacys Richtung wies.

„Verkauft an einen anonymen Bieter und Stacy geschenkt."

„Was?" Stacy keuchte im selben Moment wie Emmett.

Im Raum tuschelten und klatschten alle begeistert. „Du hast ihn gewonnen, Stacy!", rief Lynn und umarmte ihre Freundin, als Sheriff Brady mit dem Hammer auf den Auktionsblock schlug.

„Aber ich habe nicht geboten."

„Das ist okay, jemand hat es in deinem Namen gemacht. Jetzt kannst du Emmett ein schönes Essen kochen, und er kann dir beim Dekorieren des Frauenhauses helfen. Es ist perfekt."

Das war das Ende der Auktion, und Lynn war erleichtert. Sie war angespannt gewesen, als die Cowboys versteigert worden waren. Sie hatte gehört, was Chance' Cousins gesagt hatten, und sie hatte Angst, dass einer von ihnen etwas Verrücktes tun würde. Doch sie hatten sich benommen.

„Nun, damit ist unsere Junggesellenauktion beendet, und wir haben heute Abend eine schöne Summe für das Frauenhaus gesammelt. Ich danke euch allen und hoffe, Sie, meine Damen, lassen diese Cowboys hart für ihr Abendessen arbeiten. Als zusätzliches Bonbon für den Abend haben wir heute Nachmittag eine Spende an den *Sicheren Hafen* von Wyatt, Seth und Cole Turner im Namen ihres Cousins bekommen. Ihr alle kennt Chance."

Stühle kratzten über den Boden, als alle sich umdrehten, um Chance anzustarren. Lynns Magen sackte mit einem unguten Gefühl gen Süden. Chance setzte sich aufrechter auf seinen Stuhl. Als hätte er ihre Gedanken gelesen, schoss sein Blick zu ihr und dann direkt zu Wyatt und dem Rest seiner Familie. Alle grinsten ihn an.

Lynns Wangen begannen zu brennen, noch bevor Brady mehr sagte.

Sheriff Brady sprach weiter. „Die Spendenpflicht ist ein Bonus für den Abend. Chance hat zugestimmt, sich versteigern zu lassen, um Lynn Perry und ihren Jungs für einen ganzen Tag in ihrem neuen Zuhause zu helfen. Helfen wir ihm und allen anderen, die an dem Abend teilgenommen haben."

Lynn war platt. „Ich brauche keine Hilfe", sagte sie

und starrte auf Chance und den Tisch mit den Verantwortlichen. Chance hatte einen resignierten Gesichtsausdruck, der sie noch verlegener machte. Es war offensichtlich, dass er sich nicht freiwillig gemeldet hatte, ihr und ihren Jungs zu helfen. Und wenn der Mann nicht helfen wollte, wollte sie seine Hilfe ganz bestimmt nicht. Sie hatte nicht darum gebeten, soviel war sicher. Wenn es eines gab, das sie hasste, dann, sich hilfsbedürftig zu fühlen. Oh, sie war dort gewesen – in großer Not – darum gefiel es ihr nicht. Und gerade jetzt war sie in einer Position, in der sie sich selbst helfen konnte, auf ihren eigenen zwei Beinen zu stehen. Das war ein Gefühl, das sie mochte.

Sie brauchte weder die Hilfe von Chance Turner noch die seiner wohlhabenden Cousins!

Es war eine Sache, Stacy zu helfen, aber das … *Das ist zum Wohle des Frauenhauses*, sagte eine kleine Stimme in ihrem Hinterkopf.

Sie ignorierte sie und marschierte direkt zu der Gruppe hinüber. „Danke für die Idee, aber ich brauche die Hilfe nicht." Sie versuchte, ihre wachsende Verärgerung aus ihrer Stimme herauszuhalten. „Ich hoffe, ihr gebt die Spende trotzdem an das Frauenhaus."

Wyatt schenkte ihr ein schiefes Grinsen, eines, das alle Turner-Männer in unterschiedlichen Ausprägungen besaßen. „Lynn, er kommt nur raus, um ein paar Lichter aufzuhängen."

Ein heftiges Zucken der Verlegenheit überkam sie. „Ich weiß das. Es ist nur so, dass ich keine Hilfe brauche." Ihr Blick wanderte zu Chance, der genauso unglücklich mit der Situation zu sein schien.

Amanda sah sie besorgt an. „Wir dachten nur, es ist Weihnachtszeit, und da du und die Jungs das erste Mal in eurem eigenen Haus seid, wäre es schön, ein bisschen Hilfe zu haben."

„Und wir wollten dafür sorgen, dass Chance sich nicht langweilt oder ein Einsiedler da draußen im Postkutschenhaus wird", sagte Cole langsam. „Wenn nicht für dich selbst, denk an unseren armen Cousin."

Chance warf Cole einen langmütigen Blick zu. Es war offensichtlich, dass er es gewohnt war, von seinen Cousins aufgezogen zu werden. „Ja, denk an mich", sagte Chance schließlich. „Wenn du sie das nicht tun lässt, werden sie mir ewig damit in den Ohren liegen."

Nicht, weil er wollte. „Ich glaube nicht." Sie weigerte sich, einen Mann in ihrem Haus arbeiten zu lassen, der nicht dort sein wollte. Vor allem, wenn sie *ihn* nicht dort haben wollte. Trotz ihrer Worte sahen sie alle weiterhin erwartungsvoll an. Dachten sie, dass das alles war, was nötig war, um sie umzustimmen? Sie hatte ihren eigenen Kopf.

„Nein, danke", sagte sie zur Klarstellung mit mehr Nachdruck. Sie hatte das Recht, ihre eigene Entscheidung zu treffen, ohne sich dabei schuldig zu fühlen! Bevor sie sich wie ein Vollidiot benehmen konnte, drehte sie sich um und ging mit aufrechter Haltung zur Tür hinaus. Sie wusste, dass alle sie wahrscheinlich für unhöflich hielten, doch sie konnte nicht anders. Sie und ihre Jungs konnten ihre eigenen Lichter aufhängen. Ja, das konnten sie.

Sie war nur noch wenige Schritte von der Sicherheit des Ausgangs entfernt, als sie ihren Namen hörte.

„Lynn, warte." Norma Sue ließ Esther Mae zurück, die mit einem sehr erleichtert aussehenden Emmett und einer immer noch verblüfften Stacy sprach. „Habe ich gehört, dass du gerade gesagt hast, du willst Chance' Hilfe nicht annehmen?"

Die Leute liefen in Grüppchen herum, und Lynn wich einer Welle von Leuten aus, die sich angeregt miteinander unterhielten. Sie blickte zur Tür. „Du hast richtig gehört, Norma Sue, das werde ich nicht."

„Aber du musst, Honey. Sie haben das Geld bezahlt, und es wird niemandem wehtun. Und du hast wirklich ein bisschen Hilfe verdient, bei allem, was du zu tun hast, arbeiten, dich um die Jungs kümmern und mit der bevorstehenden Show der Kinder."

Der Festzug würde keine großen Probleme bereiten. Die Kinder übten die Lieder am Sonntagmorgen, und Adela und Esther Mae kümmerten sich um die Kostüme, also musste sie nur eine Generalprobe beaufsichtigen. Überhaupt kein Problem.

„Norma Sue, es ist peinlich", sagte sie. Norma Sue, Esther Mae und Adela waren wunderbar, Freiwilligenarbeit im Frauenhaus zu leisten. Sie waren als Babysitter für die Kinder eingesprungen, wenn es nötig war, und hatten den Frauen moralische Unterstützung und Schultern zum Ausweinen geboten. Dadurch hatten Lynn und alle anderen Frauen im Frauenhaus sie wie eine Familie lieben gelernt. Sie wussten auch, dass Lynn Probleme hatte – Probleme, über die sie nicht nachdenken wollte. Oder darüber reden. Sie wussten das. Warum also setzten sie sie unter Druck?

„Kommt bloß nicht auf irgendwelche Ideen über mich und … *ihn*. Wagt es nicht. Ich habe dir neulich schon gesagt, du sollst das nicht." Sie flüsterte ihr scharf zu und warf der berüchtigten Kupplerin einen warnenden Blick zu, als unangenehme Gedanken, mit einem Mann allein zu sein, ihr die Luft nahmen. Sie ließ ihre Gedanken nicht bei alten Ängsten verweilen, die sich tief in ihr verwurzelt hatten. Sie hielt ihre Gefühle streng unter Kontrolle.

Diese ganze Situation stank nach Kuppelei – genau wie sie es befürchtet hatte. Lynn war bis jetzt nicht klar gewesen, dass Wyatt Turner seine Brüder mit ihren Frauen zusammengebracht hatte, bevor er sich selbst verliebt und Amanda geheiratet hatte. Doch jetzt war ihr klar, dass er auch seinen Cousin unter die Haube bringen wollte.

Mit mir sicher nicht.

Sicherlich ja, und sie wusste, dass sie dachten, es könnte funktionieren. Chance' Aufenthalt in der Stadt wäre seine perfekte Gelegenheit. Sie hatten keine Ahnung, wie sehr sie sich irrten.

Der Raum fühlte sich plötzlich viel zu eng an. Sie schwankte ein wenig und kämpfte darum, ruhig zu bleiben, als ihre Vergangenheit sie wie ein dunkler Schatten würgte – wie Drew es so viele Male getan hatte. Sie konnte nicht atmen. Konnte nicht denken.

Esther Mae kam in ihrem gelb-schwarzen Velours-Jogginganzug wie eine aufgeregte Hummel auf sie zu, dicht gefolgt von Adela. Sie waren so glücklich mit ihren guten Absichten. Und so total fehlgeleitet. Lynn drückte eine Hand auf ihren Bauch und ermahnte ihren Körper und ihre Gefühle, sie nicht zu verraten, doch es war ein verlorener Kampf. Plötzlich schien der Raum um sie herum zu implodieren.

Durchatmen. Ihr Puls schnellte in die Höhe, und ihr Magen verknotete sich. Es war dieses seltsame, unangenehme Gefühl, das sie immer wieder überwältigt hatte, wenn sie versucht hatte, der Gewalt in ihrem Lebens zu entkommen. Sie hatte gedacht, dass es ihr gut gehen würde, sobald sie der Faust ihres Mannes entkommen war. Doch dem war nicht so. Ihre Panikattacken hatten in den letzten Jahren nachgelassen, doch hier kündigte sich eine schlimme an.

Sie schaffte es in Sekundenschnelle aus der Tür, rannte den Bürgersteig hinunter und um die Seite des Gebäudes herum, wo es ihr gelang, sich gegen den Drang zu wehren, sich zu übergeben. Vor ihrem inneren Auge sah sie Drews verzerrtes, wütendes Gesicht, während er sie würgte. Ihr Magen drehte sich, als sie zu ihrem Auto stolperte. Sie musste nach Hause. Niemand durfte sie so sehen. Niemand.

Fast bevor sie die Worte zu Ende gedacht hatte, spürte sie, wie das Gefühl der Kontrolle zurückkehrte. Nicht ganz, aber ein Teil.

Sie ging die Straße hinunter und war erleichtert, als sie ihr Auto erreichte.

Weihnachten stand vor der Tür. Das war eine Zeit, um glücklich und dankbar zu sein. Sie atmete die kalte, frische Luft ein und zwang ihren Puls, sich zu verlangsamen. Doch das tat er nicht. Das Letzte, was sie brauchte, war, sich davon noch weiter runterziehen zu lassen. Sie dachte an das Gute in ihrem Leben. Sie hatte jetzt ein wunderbares Leben vor sich.

Manche Frauen brauchten und wollten Männer in ihrem Leben. Die einzigen beiden Männer, die sie in ihrem Leben wollte oder brauchte, waren ihre Zwillinge. Sie waren die Liebe ihres Lebens, und damit war sie zufrieden.

Sie wollte, dass sich weder die Familie von Chance

Turner noch sonst jemand, einschließlich Chance selbst, in das Leben einmischte, das sie sich für ihre Jungen und sich vorstellte.

Und dazu gehörte auch, wie sie ihr Haus zu Weihnachten dekorierte!

„Lynn, warten Sie."

Nein. Sie wirbelte herum, erschrocken, Chance' Stimme zu hören. „Ich muss meine Jungs abholen", sagte sie und betete um Kraft.

„Also, was da drin passiert ist …"

Wie durch ein Wunder beruhigte sie sich. „Ich lasse mich nicht überfahren, Chance. Und genau so hat es sich da drin angefühlt. Ich weiß sehr wohl, dass die Auktion für einen guten Zweck war, aber ich hätte auf einen Mann geboten, wenn ich einen gewollt hätte. Und ich lasse mich nicht zwingen, egal wie gut die Absicht sein mag."

„Und ich hätte mich freiwillig zur Auktion gemeldet, wenn ich eine Frau gewollt hätte." Er blieb ein paar Schritte von ihr entfernt stehen. „Glauben Sie mir, das Letzte, was ich will, ist, Sie zu überfahren. Ich bin nur hergekommen, um zu sagen, dass es mir leidtut, wenn wir Sie unangenehm überrascht haben. Ich weiß, das ist das Letzte, was meine Familie tun wollte. Sie dachten, sie würden Ihnen einen Gefallen tun …"

„Sie haben versucht, uns zu verkuppeln."

Er hatte den Anstand, es nicht zu leugnen. „Sie

haben recht. Ich denke, das war offensichtlich. Aber trotzdem war es nicht böse gemeint. Ich sehe, dass Sie aufgewühlt sind. Sind Sie okay? Kann ich irgendwas tun?"

Sie schüttelte den Kopf, und plötzlich drohten Tränen, in ihre Augen zu steigen. „Ich – ich. Es ist nichts. Ich habe meine eigenen Pläne und hoffe, dass jeder das verstehen und meine Wünsche respektieren kann."

„Ja, sicher können sie das. Ich werde das so an meine Familie weitergeben." Er trat auf sie zu, Sorge in seinem Gesichtsausdruck. „Sie sind nicht okay."

„Es geht mir gut." Sie öffnete ihre Autotür. „Machen Sie sich keine Sorgen um mich. Sie haben Ihren eigenen Schmerz und sind in die Stadt gekommen, um ihn zu verarbeiten, da bin ich mir sicher." Warum sie das gesagt hatte, war sie sich nicht sicher, doch plötzlich hatte er einen seltsamen Ausdruck auf seinem Gesicht. Sein Kiefer spannte sich an, und er blickte für einen langen Moment die Straße hinunter. War das … Schmerz? War es das, was sie gerade gesehen hatte? Als er sie wieder ansah, waren seine Augen besorgt, was bestätigte, dass sie gerade seinen Schmerz gesehen hatte.

„Ich habe meine Gründe, warum ich wieder hier bin. Wie auch immer, fahren Sie vorsichtig, wenn Sie die Jungs abholen. Die Rehe sind zu dieser Jahreszeit immer hungrig und äsen wahrscheinlich dicht an den Straßen."

Ihr Herz zog sich um seinetwillen zusammen, als er die Straße hinunter in die dem Gemeindezentrum entgegengesetzte Richtung ging. Anscheinend hatte er auch genug.

Sie stieg in ihr Auto, saß in der Stille einfach da und gab sich Zeit, sich zu beruhigen, bevor sie losfuhr. Das war nicht neu für sie. Sie war in ihrem Leben viel zu oft aufgebracht und verzweifelt gewesen und wusste, dass es gefährlich war zu fahren, während sich ihre Welt drehte.

Sie dachte immer noch an den besorgten Ausdruck in Chance' Augen, als sie sich endlich auf den Weg machte, um die Jungs abzuholen. Anstatt sich Sorgen zu machen und darüber nachzudenken, was mit ihr passiert war, konnte sie nicht aufhören, sich zu fragen, was Chance nach Hause geführt hatte.

Sie hatte gehört, dass es eine Tragödie gegeben hatte und ein Cowboy von dem Bullen getötet worden war, auf dem er zu reiten versucht hatte. Doch das erklärte nicht, warum Chance nach Hause gekommen war. Er war ein Rodeopastor – Tragödien passierten. Und er war ein Mann des Glaubens. Was also hatte diesen Schmerz in sein Gesicht gebracht ... in sein Herz?

Es ging sie nichts an.

SCHMEICHLE MIR, COWBOY

Und sie wollte, dass es so blieb. Sie wollte sich nicht in Chance Turners Angelegenheiten einmischen, und sie wollte ihn nicht in ihren.

Punktum!

Mit einem großen P.

KAPITEL SECHS

Chance konnte es einfach nicht auf sich beruhen lassen. Er saß im Truck am Ende von Lynns Einfahrt und starrte in der frühen Morgensonne auf das Haus.

Es hatte ein steiles Satteldach und eine überdachte Veranda an der Vorderseite. Es war eines dieser Dächer, auf denen Weihnachtsbeleuchtung großartig aussah, doch man konnte sich ganz schnell das Genick brechen, wenn man sie zu hoch anbrachte. Der Gedanke daran, dass Lynn diese Lichter selbst montierte, beunruhigte ihn, als er aufs Gaspedal trat und die Schotterauffahrt hinauf fuhr. Ganz zu schweigen von der Tatsache, dass er nicht aufhören konnte, darüber nachzudenken, wie aufgewühlt sie am vorigen Abend gewesen war. Er hatte bemerkt, dass sie, obwohl es ihr selbst nicht gut gegangen war, am Ende Sorge um ihn gezeigt hatte.

Er hielt vor dem Haus an, stieg aus dem Truck und

zögerte, bevor er zur Veranda ging. Er war aus gutem Grund gekommen, es war keine Ausrede. Und auch nicht, weil es ihm nicht gelungen war, sie aus dem Kopf zu bekommen.

Die Bretter knarrten, als er darauf trat, und eines – nein, mehrere – wie er bei näherer Betrachtung bemerkte, mussten ersetzt werden. Er klopfte an die Tür und wartete. Als nach ein paar Minuten niemand reagierte, klopfte er erneut. Lynns Auto stand neben dem Haus in einem Carport aus Wellblech, also musste sie zu Hause sein.

Wahrscheinlich hatte sie aus dem Fenster gespäht, ihn gesehen und beschlossen, die Tür nicht zu öffnen.

Das hoffte er jedoch nicht. Andererseits konnte er es ihr nicht verübeln, wenn sie nach allem, was gestern Abend passiert war, genau das tat.

In der kurzen Zeit, in der er zu Hause war, waren die Temperaturen vom Gefrierpunkt auf heute achtzehn Grad angestiegen. Es war ein wunderschöner, milder Dezembertag in Texas – sie hatten einen Schneesturm im Norden und Texas hatte mitten im Winter einen warmen Frühlingstag. Das war einer der Vorteile des Lebens im Lone Star State. Er klopfte ein letztes Mal mit den Fingerknöcheln an die Tür, bevor er zurück zu seinem Truck ging, enttäuschter, als er zugeben wollte.

Gelächter hinter dem Haus drängte ihn, einen Umweg zu machen.

Er hielt vorsichtig nach den rennenden Zwillingen Ausschau, als er um die Ecke kam, fand jedoch Lynn und die beiden Jungen, die hart an etwas arbeiteten, das die Anfänge eines Baumhauses sein konnten. Doch der einzige Hinweis darauf, dass es sich um ein Baumhaus handelte, war die Tatsache, dass ein Baum involviert war.

Mit dem Rücken zu ihm standen sie beisammen und studierten ihr Werk. Lynn sagte etwas, und die Jungs lachten.

Ein Ball des Unbehagens verknotete seine Eingeweide. Was tat er hier?

Der Catahoula lag ausgestreckt auf dem Rücken und genoss die Sonne. Er musste Chance' Geruch im Wind wahrgenommen haben, denn plötzlich sprang er auf, stieß einen Kriegsschrei aus und stürmte los. Oh-oh. Nicht nochmal. Chance wappnete sich, starrte den Hund an und befahl streng: „Nein!"

Sofort setzte Tiny sich und starrte ihn wie ein Welpe an, der gescholten wurde. Er neigte den breiten Kopf, und seine Augen flehten um eine Erklärung, was er falsch gemacht hatte, doch er saß still.

„Chance!", rief Gavin zuerst. Ohne zu warten rannte der Junge auf ihn zu und packte ihn an den Oberschenkeln. „Ich habe Mom gesagt, dass du kommen würdest, um uns zu helfen."

„Hallo Gavin. Welche Art von Hilfe brauchst du?"

Die begeisterte Begrüßung überraschte Chance.

Jack war seinem Bruder direkt auf den Fersen. „Mit dem Baumhaus!", rief er und klammerte sich an sein anderes Bein. Trotz Lynns finsterer Miene konnte Chance nicht anders, als zu lächeln.

„Dann baut ihr also das Baumhaus. Hört sich nach Spaß an!"

Ohne zu zögern griffen sie beide nach einer Hand, zogen ihn vorwärts und schwatzten die ganze Zeit. Tiny tänzelte aufgeregt bellend im Kreis um sie herum. Chance hatte Mühe, dem zu folgen, was sie sagten: Sie bauten ein Baumhaus, sie hatten Holz in der alten Scheune gefunden, Gavin hatte die Leiter hochklettern wollen, doch seine Mutter hatte ihn nicht gelassen, Jack konnte keinen Nagel gerade ins Holz schlagen. Chance lachte.

Es war erstaunlich, wie viele Informationen in den sieben Metern zwischen dem Haus und dem Baum aus ihnen herausströmten.

„Guten Morgen", sagte er zu Lynn. „Sieht so aus, als könnten Sie ein bisschen Hilfe gebrauchen." Sie wollte es vielleicht nicht, doch es war offensichtlich, dass Lynn Hilfe bei diesem Projekt brauchte. Wieder einmal hatte er Mitleid mit ihr – in einer Situation gefangen, die sie nicht wollte, und das alles seinetwegen. Sie hatte ein Brett an einen Ast genagelt – er nahm an, dass das der Boden des Baumhauses sein sollte. Er betrachtete es, wollte nicht kritisch sein, war aber aus Sicherheitsgründen wirklich froh, dass das Ding nur etwa anderthalb Meter über dem Boden war. Lynn stand auf einer leichten Glasfaserleiter, die sie an den Ast gelehnt hatte. Er wollte ihr nicht sagen, dass ihr Baumhaus nicht sehr sicher sein würde.

„Hi", sagte sie und kletterte von der Leiter. Ihr Haar war zu einem Pferdeschwanz gebunden, und sie trug einen weichen blauen Pullover, der ihre Haut strahlen ließ. „Ich fange gerade erst an."

Er wollte ihr auch nicht sagen, dass es egal war, wenn sie den ganzen Tag gearbeitet hätte, es würde nicht besser werden. „Ich bin zufällig hier vorbeigefahren und dachte, ich schaue mal vorbei. Wissen Sie, nachsehen, wie es Ihnen heute Morgen geht." Er hatte bei Sam auf einen Kaffee haltgemacht und sich von Sam, App und Stanley einiges anhören müssen. Er konnte den Zwillingen nicht erklären, dass er mit ihr reden musste, also beließ er es dabei. „Das wird der Boden, nicht wahr?" Er versuchte, unbeschwert zu klingen.

Das fand sie nicht lustig. „Wir lernen."

„Wir haben ein Schlamassel." Jack verschränkte seine Arme und betrachtete die Situation mit ernster Miene. Er sah aus wie ein kleiner Mann, der über seinen nächsten Schritt nachdachte.

„Natürlich", stimmte Gavin zu. „Mama hat das

Brett *neunhundertmal* angenagelt!"

Jack runzelte die Stirn und sah zu Chance auf. „Wir haben hier wirklich eine Lernerfahrung."

„Hey, so schlimm ist es auch wieder nicht", lachte Lynn und seufzte dann. „Aber nah dran. Anscheinend habe ich kein Talent mit dem Hammer, und obendrein habe ich keine Ahnung, was ich tue. Aber wir kriegen das schon hin. Wir haben definitiv eine Lernerfahrung."

Chance hatte Mitleid mit ihr. Sein eigenes Unbehagen ließ etwas nach. „Kann ich kurz mit Ihnen sprechen?" Über das Geld aus der Versteigerung wollte er vor den Jungs nicht reden.

„Sicher. Jungs, warum holt ihr euch nicht eine Packung Saft? Ihr habt euch eine Pause verdient."

Beide Jungen nickten begeistert und gingen in Richtung Haus, hielten jedoch ein paar Schritte weiter an.

„Werden Sie uns helfen?", fragte Gavin.

Chance spürte einen Stich in seinem Herzen. Was sollte er darauf antworten? Er konnte nicht gegen den Willen der Mutter Versprechungen machen. „Wir werden sehen."

Das brachte ihm finstere Blicke der Jungs ein. Lynn intervenierte. „Los jetzt und holt euch euren Saft. Ihr könnt euch auch einen Keks nehmen."

Das Angebot war zu süß, um es sich entgehen zu lassen, und sorgte für ein breites Grinsen, als sie sich ein

Rennen zur Hintertür lieferten. Tiny folgte ihnen und ließ sich auf die Stufe fallen, um zu warten, während sie im Haus verschwanden.

In dem Moment, in dem die Tür hinter ihnen ins Schloss fiel, war es still. Chance fühlte sich plötzlich unwohl, nahm seinen Hut ab und hielt ihn in beiden Händen. „Ich bin gekommen, um Ihnen zu sagen, dass meine Cousins die Spende dem Frauenhaus ohne Bedingungen übergeben haben. Ich wollte nicht, dass Sie sich schlecht fühlen oder sich Sorgen machen, dass Ihre Ablehnung dazu geführt hat, dass sie das Geld nicht bekommen."

Ihre Schultern entspannten sich, und ihre hübschen Augen wurden weicher. „Danke. Ich wollte wirklich nicht, dass ihnen eine so großzügige Spende entgeht, weil ich das Angebot nicht angenommen habe."

Es war offensichtlich, dass sie eine nette Frau war, nur extrem vorsichtig. Und verletzt, was ihr jedes Recht gab, sich zu schützen. Er konnte nicht anders, als neugierig auf sie zu sein. „Ich weiß, dass wir letzte Nacht darüber gesprochen haben, aber ich möchte wirklich, dass Sie verstehen, dass meine Familie es gut gemeint hat. Wirklich. Sie haben einfach ihre Grenzen überschritten. Die Turners sind dafür bekannt, dass sie manchmal übereifrig sind. Oder vielleicht ist das bessere Wort anmaßend."

Lynns zuckte mit den Schultern. „Übereifrig kann

eine gute Sache sein. Ich bin gerade dabei, mein eigenes Leben zu planen. Ich hoffe, die Leute können das verstehen. Wenn ich irgendwelche Gefühle verletzt habe, tut es mir leid, aber es muss gerade einfach so sein, wie ich es will."

Ihr Rücken versteifte sich. Sie schloss die Tür zwischen ihnen wieder.

„Sie müssen tun, was für Sie am besten funktioniert, Lynn." Er warf einen erneuten Blick auf das arme Baumhaus. „Aber ich könnte helfen, wenn Sie möchten."

„Nein", sagte sie zu schnell. „Wir kriegen das schon hin."

Es war ihre Entscheidung. Und wahrscheinlich besser so, vermutete er. „Dann gehe ich jetzt wieder. Ich wollte Ihnen nur sagen, dass Sie sich keine Sorgen machen müssen. Sie haben das Recht, ihr Angebot abzulehnen."

Sie nickte. Er fragte sich, warum sie so vorsichtig war. Natürlich war es leicht anzunehmen, dass sie einer unangenehmen Situation entkommen war, da sie im Frauenhaus gelebt hatte. Doch wie schlimm war es für sie gewesen? Er hatte ihre Panik gestern Abend gesehen. Lynn sah stark aus. Nichts an ihr deutete darauf hin, dass sie jemandem erlaubt hätte, eine Hand gegen sie zu erheben … doch anscheinend war es passiert. Er wusste, dass allzu oft das Missverständnis vorherrschte, dass misshandelte Frauen schwach seien. Das stimmte nicht immer. Er wusste auch, dass es Wege gab, jemanden anders als körperlich zu misshandeln.

So sehr sie auch dichtmachte, er konnte den Gedanken nicht aus seinem Kopf bekommen. Als sie gestern Abend aus dem Gebäude geflohen war, hatte ihn das sehr beschäftigt. Er war ihr gefolgt, aber sie war nicht glücklich darüber und schien froh gewesen zu sein, ihn gehen zu sehen. Er hatte das Gefühl, dass sie sich freuen würde, wenn er jetzt auch gehen würde.

Er war nicht nach Mule Hollow zurückgekommen, um mit jemandem rumzuhängen. Er war nach Hause gekommen, um die Einsamkeit zu genießen, die ihm die Ranch bot. „Nun, ich schätze, ich mache mich dann mal wieder auf den Weg." Er tippte an seinen Hut und wandte sich zum Gehen. Es brauchte all seine beträchtliche Willenskraft, nicht noch einmal seine Hilfe anzubieten … doch in Anbetracht der Tatsache, dass sie ihm nicht einmal dafür dankte, dass er vorbeigekommen war, entschied er, dass es besser war, einfach den Mund zu halten.

Er war schon fast um die Ecke des Hauses, als sie seinen Namen rief. Ihre Stimme war sanft, und es lag ein Zögern darin, das eine Saite in ihm berührte.

„Chance!", rief sie noch einmal, als er nicht sofort stehenblieb und zurückblickte. Als er sich umdrehte, hatte sie sich nicht bewegt.

„Danke, dass Sie vorbeigekommen sind. Und …"
Sie fuhr sich mit der Hand durchs Haar. In der
Morgensonne glänzte es wie das blauschwarze Gefieder
eines Raben. „… und danke für Ihr Verständnis."

Er nickte und verschwand dann. Sie hatte ihn nicht
um Hilfe gebeten und auch nicht so ausgesehen, als ob
sie es vorhatte. Sie hatte einfach Danke gesagt.

Es hätte der einfache Ausweg sein sollen, auf den
er gehofft hatte. Er hatte Randys Problem auf die leichte
Schulter genommen, und der Bullenreiter war
gestorben. Das war nicht dasselbe, und das wusste er,
doch es änderte nichts daran, dass er auf dem ganzen
Weg zurück zur Ranch an Lynn denken musste. Doch
er war hierhergekommen, um Frieden und Einsamkeit
zu finden. Er brauchte Abstand. Von allem.

Er fühlte sich, als hätte er geholfen, einen Mann zu
töten – manche würden ihn für verrückt halten, so etwas
zu denken. Doch so fühlte er sich. Vielleicht war Randy
in den letzten Wochen vor seinem Tod an die falschen
Leute geraten und hatte Chance gemieden, aber Chance
wusste in seinem Herzen, dass er trotz des schlechten
Gefühls, das er wegen Randy gehabt hatte, sich nicht
mehr bemüht hatte, dem jungen Cowboy zu helfen, der
sich eindeutig in einer Gefahrenzone befunden hatte.
Das war nichts, was Chance vergessen oder vergeben
konnte. Er hatte Randy im Stich gelassen.

Emotional und mental war Chance nicht in einem

Zustand, in dem er Gedanken an die alleinerziehende Mutter von zwei Kindern hegen konnte. Doch ganz gleich, was er tat, Lynn kehrte immer wieder in seinen Kopf zurück.

Der schwere Duft von reichhaltiger, dunkler Schokolade lag im Süßwarenladen in der Luft. Lynn goss Zucker in den riesigen Topf und rührte um. „Nein, ich habe das Angebot nicht angenommen. Kommt schon, ihr zwei, macht mir nicht deswegen die Hölle heiß."

Stacy biss sich auf die Lippe, als Lynn und Nive Abbot sich über den Tresen ansahen. Lynn war nicht entgangen, dass Stacy sich schon bei der bloßen Vorstellung anspannte, dass ihre Freundinnen miteinander stritten. Obwohl sie sich geirrt hatte – Nive und Lynn stritten nicht. Sie führten einfach ein angeregtes Gespräch.

„Ich dränge dich nicht", sagte Nive und hob kapitulierend ihre gummibehandschuhten Hände. „Ich verstehe, dass du keinen Mann suchst, aber ein bisschen Hilfe im Haus … das hört sich für mich gut an. Weißt du, ich habe nie darüber nachgedacht, einen Pastor zu heiraten, aber hey, hast du dir diesen Typen angesehen? Wow! Er hat diese traumhaften grünen Augen."

Lynn betete um Geduld. „Ich bin nicht an seiner

Hilfe interessiert, aber tot bin ich auch nicht. Wer würde seine Augen nicht bemerken?"

„Sie sind hübsch", warf Stacy ein und schnitt den Fudge vor ihr in Würfels.

Stacy hatte schon kalte Füße, was ihre Hochzeit anging. Nur so konnte Lynn ihren Widerwillen beschreiben, einen Pastor zu suchen, der sie trauen sollte. Ja, sie war auf ihre sanfte, schüchterne Art wahnsinnig verliebt in Emmett, aber sie hatte von wiederkehrenden Zweifeln gesprochen, die sie plagten. Die Tatsache, dass Lynn so dagegen war, einen Mann in ihr Leben zu lassen, war nicht gerade hilfreich. Lynn hatte an diesem Morgen sofort, als sie den Süßwarenladen betreten hatte, eine Veränderung bemerkt. Sie fühlte sich schrecklich, dass ihre Entscheidung sich negativ auf die Zukunft von Stacy und Emmett auswirkte. Sie hoffte, Nive würde den Hinweis verstehen und die Klappe halten.

„Ich habe gesehen, wie er dich beobachtet hat", fügte Stacy hinzu und hielt mit dem Schneiden inne. Sie lächelte schüchtern. „Andauernd."

Ihre leisen Worte erschreckten Lynn. „Er hat mich beobachtet?", fragte sie. Sie hatte es selbst bemerkt, dachte aber, es lag nur daran, dass sie ihre Augen nicht von ihm hatte lassen können.

Stacy nickte und begann wieder zu schneiden. „Er hat immer wieder in deine Richtung geschaut. Ich finde, er sieht traurig aus."

„Ich auch", sagte Nive. „Ich habe es in seinen leckeren Augen gesehen. Wenn er nicht gerade total perplex ausgesehen hat, weil seine Cousins ihn aufgezogen haben. Ich habe gehört, dass bei einem der Rodeos, bei denen er war, was Schlimmes passiert ist. Ich glaube, ein Bullenreiter wurde während des Ritts getötet."

Lynn konzentrierte sich darauf, die Schokoladenmischung zu rühren. Sie anbrennen zu lassen wäre nicht gut, doch ihre Gedanken waren nicht bei ihrer Arbeit. „Ich habe auch sowas in der Art gehört – das ist schrecklich. Ich wollte Norma Sue fragen, aber sie hatte zu viel zu tun. Ich verstehe nicht, warum Cowboys auf den Rücken eines dieser Monster steigen wollen. Und meine Jungs reden darüber, Bullenreiter werden zu wollen. Ich hasse den Gedanken." Sie zuckte bei dem Gedanken zusammen, dass ihre Babys jemals auf eines dieser riesigen Monster klettern könnten.

„Es ist ein Wunder, dass nicht mehr von ihnen getötet werden", sagte Stacy.

„Ich weiß, dass sie das Risiko kennen, das sie eingehen, doch ich kann es einfach nicht ertragen. Für jemanden wie Chance, der mit ihnen arbeitet, musst es besonders hart sein." Ein Bild von Chance, der Woche für Woche mit den Reitern betete, tauchte in ihrem Kopf auf. Es war offensichtlich, dass er ein fürsorglicher und mitfühlender Pastor war. Und doch hatte er gesagt, dass er jetzt nicht predigen wollte. Was auch immer passiert war, hatte ihn tief getroffen. Sie hatte einen flüchtigen Blick seiner Traurigkeit erhascht, als er ihr zu ihrem Auto gefolgt war. Sie war da, zusammen mit der Wärme, die sie in den Tiefen seiner sattgrünen Augen gesehen hatte.

Okay, sich seine Augen vorzustellen war vielleicht nicht der beste Weg, den Mann aus ihrem Kopf zu vertreiben. Doch sie waren schön. Die Farbe ließ sie nicht an harte grüne Steine denken, sondern an hohes Gras, das sich sanft im Wind wiegte. Als kleines Mädchen hatte sie ihre Mutter immer angefleht stehenzubleiben, wenn sie ein Feld mit hohem Gras gesehen hatte, das sich im Wind wiegte. Es war für sie der perfekte, sichere Ort, an den man rennen konnte. Ein perfekter Ort, um Ruhe zu finden. Komisch, dass sie schon lange nicht mehr daran gedacht hatte. Sie war durch die Dunkelheit und ins Licht gekommen, seit sie hier in Mule Hollow war.

Sie fragte sich, ob Chance sich gerade durch die Dunkelheit kämpfte.

Auch Pastoren mussten manchmal kämpfen. Es war töricht zu glauben, dass sie nie litten ... doch das ging sie nichts an. Er hatte Familie und Freunde hier, von denen sie sich ziemlich sicher war, dass sie ihm bei jedem Problem helfen würden, das er haben könnte. Sie brauchte sich deswegen keine Sorgen zu machen.

„Ich frage mich, ob Chance mich und Emmett trauen würde?", fragte Stacy.

Es war derselbe Gedanke, den Lynn gehabt hatte, als sie Chance zum ersten Mal vor der Kirche getroffen hatte.

„Das wäre eine tolle Idee", sagte Nive aufgeregt und hielt inne, während sie den frisch geschnittenen Fudge in bunte Zellophanfolie einwickelte. Sie schmückten die Portionen mit Bändern, um sie für die Geschenkeläden vorzubereiten, die sie in mehreren benachbarten Countys belieferten.

Lynn nahm den Topf vom Herd, rührte aber weiter. „Ich habe ihn danach gefragt, und er hat gesagt, dass er gerade nicht arbeitet."

Stacy wandte ihr hoffnungsvolle blaue Augen zu, und ihre Enttäuschung war deutlich zu sehen. Sie hatte gehofft, warten zu können, bis ein Pastor auf Dauer in den Ort kam, und ihr Leben in den nächsten Jahren begleiten würde. Sie wollte nicht, dass ein Fremder sie traute. Wenn sie nicht gerade kalte Füße hatte, bedeutete diese Hochzeit die Welt für Stacy.

„Das ist mein Neuanfang. Meine neue, schöne Ehe." Ihre Stimme zitterte, und sie machte sich wieder an die Arbeit. „Ich verstehe es einfach nicht. Ich möchte, dass Gott an meiner Hochzeit beteiligt ist, und das fängt mit einem Pastor an, der unsere Gelübde bezeugt. Warum stoße ich immer wieder auf verschlossene Türen?"

Lynn konnte die Frustration in Stacys Stimme nicht ertragen. Sie schloss ihre Augen und traf eine Entscheidung. Obwohl Lynn das Bedürfnis hatte, sich zurückzuziehen, wusste sie, was sie zu tun hatte.

Sie würde Chance Turner noch einmal bitten.

KAPITEL SIEBEN

Die Sonne hatte gerade über die fernen Baumwipfel gespäht, als Chance Ink gesattelt hatte und aus der Scheune geritten war. Sie waren eine gute Stunde geritten, hatten Zaunlinien kontrolliert und nach dem Vieh gesehen. Ink hatte die Ohren angelegt und war anfangs nervös gewesen, doch jetzt hatte sich der schwarze Wallach entspannt. Chance hatte auch gespürt, wie die Anspannung von ihm abgefallen war, als er auf der Turner-Ranch über die Prärie ritt. Das Schleppen von einem Rodeo zum nächsten konnte Pferd und Mensch strapazieren. Frieden zu genießen und durch die Weite zu streifen, war gut für sie beide.

Er war schweißnass aufgewacht und hatte wieder von Randy geträumt. Er konnte nicht aufhören, an diesen letzten Ritt zu denken. Er hatte mit Randy beten wollen, ihm gesagt, er könne ihm helfen.

Doch er hatte es nicht gewollt. Stattdessen hatte

Randy seine behandschuhte Hand mit dem Seil umwickelt, es fest gepackt und dann gegrinst. „Heute nicht", hatte er gesagt. „Das wird ein guter Ritt."

Chance hatte in diesem Moment die unfokussierten Augen gesehen und das unbehagliche Gefühl gehabt, dass sich eine Tragödie anbahnte. Doch das Tor schwang auf, und es war zu spät gewesen.

Wie oft hatte er in seinem Kopf noch einmal durchgespielt, was gewesen wäre, wenn er Randy vom Bullen gerissen und diesen Ritt verhindert hätte.

Top-Bullenreiter waren echte Athleten. Sie trainierten hart und respektierten ihren Körper und ihren klaren Verstand. Man ritt nicht unvorbereitet die härtesten Bullen – Bullen mit größerem Ruf als die Cowboys in vielerlei Hinsicht. Bullenreiter starben andauernd. Es war ein Risiko, das sie akzeptierten, und sie wussten, dass es das Risiko zu sterben vervielfachte, wenn sie nicht ganz bei der Sachen waren. Doch Verletzungen verursachten oft Probleme. Seit seiner Schulterverletzung zwei Monate zuvor war Randy öfter vorbeigekommen und hatte Fragen gestellt. Chance hatte in Randy das Bedürfnis gespürt, sein Leben zu ändern. Und doch hatte er es nicht getan. Stattdessen hing er weiterhin mit unangenehmen Gestalten herum, um mit einem Lebensstil zu spielen, von dem Chance aus eigener Erfahrung wusste, dass er nur zu Sackgassen und Kummer führte. Warum hatte er nicht mehr für

Randy getan? Warum nur?

Chance war auf dem Nachhauseweg genauso unzufrieden wie als er losgeritten war, als er sah, dass sich jemand dem Postkutschenhaus näherte. Er erkannte Lynn Perrys altes Auto, als es näherkam. Das Fahrzeug hatte schon bessere Tage gesehen, doch er nahm an, dass Lynn wahrscheinlich ihr Bestes gab, um zwei Jungen allein großzuziehen und ihnen ein Dach über dem Kopf zu bieten. An Lynn gab es viel zu bewundern. Daran hatte er gestern gedacht, als er nach draußen gegangen war, um den Mond anzustarren, bevor er schlafen gegangen war. Sie wirkte sehr besonnen und blickte ganz klar in die Zukunft. Das gefiel ihm an ihr. Sie hütete sich davor, bei Männern einen falschen Eindruck zu erwecken. Und das aus gutem Grund. Sie war schon einmal verletzt worden, und jetzt hatte er es in ihren Augen gesehen – sie hatte nicht vor, noch einmal verletzt zu werden. Er war auch überzeugt, dass sie auf ihre Kinder aufpasste. Eine Frau ging nicht all die Risiken ein, die mit der Flucht vor einem Ehemann, der sie misshandelte, verbunden waren, nur um sich direkt wieder in die nächste Beziehung zu stürzen. Nicht, wenn sie versuchte, ihre Kinder zu beschützen.

Warum war sie also hier? Er trieb sein Pferd über die Weide auf sie zu. Als er den Hof erreichte, war sie schon aus ihrem Auto gestiegen. Sie schirmte ihre Augen gegen das grelle Licht der Morgensonne ab und blickte ihm entgegen.

Sie war wunderschön, wie sie da stand, und sein Herz machte einen Sprung und trommelte im Bongo-Rhythmus, als er sie ansah, trotz allem, was er über sie wusste und all der Dinge, denen er hatte entkommen wollen, als er hierhergekommen war.

Sie schenkte ihm ein angespanntes Lächeln, als er näherkam.

Offensichtlich war sie beunruhigt darüber, hier zu sein. „Hi." Während er sie begrüßte, stieg er ab. Sobald seine Stiefel den Boden berührten, kippte er seinen Hut und konnte nicht anders, als sie anzulächeln. Plötzlich spürte er, wie das Gewicht auf seinen Schultern sich hob. „Ich bin ein bisschen überrascht, Sie hier draußen zu sehen. Aber ich muss sagen, ich freue mich, Sie zu sehen."

„Ich bin auch überrascht, hier zu sein", sagte sie ohne Lächeln.

„Aber offensichtlich nicht glücklich darüber." Er konnte nicht anders, als ein bisschen zu sticheln.

Sie zog den Kragen ihrer Jacke fester um ihren Hals und sah weiter unbehaglich aus. Er wartete darauf, dass sie fortfuhr. Die Spitzen ihrer dunklen Haare hoben sich in der kühlen Brise von ihrer Wange, und sie holte tief Luft. Ernste Augen beobachteten ihn.

„Stimmt was nicht?", fragte er.

„Nein. Tut mir leid. Ich bin mir nur … nicht sicher,

wie ich das anstellen soll."

Seine Mundwinkel hoben sich, und er schenkte ihr ein aufrichtiges Lächeln. Sie war nicht der Typ, der sich leicht aus der Fassung bringen ließ, und doch war sie es jetzt. Die Vorstellung, dass sie nur in seiner Nähe nervös war, ließ sein Herz noch einmal schneller schlagen. *In deinen Träumen, Turner.* „Ich verspreche, nicht zu beißen. Sagen Sie einfach, was Sie denken."

Sie nickte und atmete tief durch. „Gavin hat sich heute Morgen mit dem Hammer auf den Finger geschlagen, als ich mich für die Arbeit fertiggemacht habe."

„Geht's ihm gut?"

„Ja, aber …" Sie rieb sich die Schläfe und wandte kurz den Blick ab. „Aber ich fühle mich schrecklich."

„Kleine Jungs arbeiten gerne an Baumhäusern. Damit sind manchmal harte Lektionen verbunden, aber Sie haben zwei sehr kreative kleine Jungen, die eindeutig lernen wollen. Er wird schon wieder."

Daran hatte er keinen Zweifel. Ihre Jungs waren entschlossene kleine Racker. Er hatte geglaubt, seine Worte würden sie beruhigen, doch das taten sie nicht. Sie trat von einem Fuß auf den anderen und sah nur verzweifelter aus.

„Er hat nicht am Baumhaus gearbeitet. Er und Jack hatten die alte Leiter, die wir in der Scheune gefunden hatten, vom Baum zum Haus geschoben. Ich weiß nicht, wie sie es überhaupt geschafft haben, sie an das Haus zu lehnen, aber sie haben es geschafft."

Das wurde schnell unangenehm. „Du meine Güte!"

„Gavin ist das Ding bis zum Dachvorsprung hochgeklettert und hat versucht, die Weihnachtsbeleuchtung aufzuhängen." Verzweiflung klang laut und deutlich in ihrer Stimme. „Es ist ein Wunder, dass er nicht runtergefallen ist und sich verletzt hat. Er ist erst vier – na ja, mehr fünf als vier, aber trotzdem. Er hätte sich verletzen können, weil ich so stur bin und alles auf meine Art machen will."

Chance trat näher an sie heran und hatte das Bedürfnis, sie in seine Arme zu ziehen und sie zu trösten. Stattdessen lächelte er in der Hoffnung, ihre Angst zu lindern, obwohl er sich mehr Sorgen über die Situation machte, als sie sich vorstellen konnte. „Es geht beiden gut, also machen Sie sich nicht fertig."

„Leichter gesagt als getan." Sie kaute auf ihrer Unterlippe. „Ich bin schuld. Sie wollten zu unserem ersten Weihnachten Lichter an unserem Haus, aber ich war abgelenkt, weil ich versucht habe, ihnen beim Bau ihres Baumhauses zu helfen – was an sich eine Katastrophe war. Als ich eingesehen habe, dass ich kein Talent dazu habe, war es schon zu spät, die Lichter aufzuhängen. Seitdem habe ich keine Zeit dafür gefunden. Das passiert, wenn man glaubt, alles selbst schaffen zu müssen."

Sie war verzweifelt, das war klar. Sie war eine alleinstehende Mutter, auf deren Schultern viel lastete. Nicht nur ihre beiden Jungs großzuziehen und zu versorgen, sondern auch das Erlebte zu überwinden, weswegen sie überhaupt ins Frauenhaus geflohen war. Chance fragte sich erneut, was sie durchgemacht hatte. Und welche Narben aus der Vergangenheit geblieben waren. „Kommen Sie, lassen Sie uns hinsetzen, und ich hole Ihnen ein Glas Tee." Als sie sich nicht bewegte, nahm er ihren Arm. „Kommen Sie."

Sie holte tief Luft und ließ sich von ihm auf die Veranda führen. Er öffnete die Tür und führte sie hinein. Das Postkutschenhaus hatte von einem Ende bis zum anderen einen langen, breiten Flur, dessen Wände mit alten Fotos dekoriert waren, von denen einige aus dem achtzehnten Jahrhundert waren. Er ging ihr voraus in das Wohnzimmer, das mit der Küche verbunden und nur durch einen großen Holztisch von ihr getrennt war, der, soweit sie wussten, schon immer hier gewesen war. Das Haus gefiel ihm. Der rustikale Steinkamin und die abgewetzten Holzböden waren genau sein Ding. Und die Verbindung zur Vergangenheit der Familie machte es zu etwas ganz Besonderem.

„Was kann ich tun?", fragte er, während er einen Stuhl für sie heranzog, dann ein Glas holte und es mit Eis aus der Eismaschine füllte – es gab ein paar moderne Annehmlichkeiten, die er mochte.

Erleichterung und eine Mischung aus Verlegenheit, wenn er ihren Gesichtsausdruck richtig interpretierte, überfluteten sie. „Ich habe mich gefragt, ob Ihr Angebot, mir zu helfen, noch steht."

Er holte einen Krug Tee aus dem Kühlschrank, als er sich über die Vorstellung freute. Er füllte das Glas und stellte es vor ihr ab. „Ja, Ma'am, das tut es." Er setzte sich ihr gegenüber. „Und selbst wenn es zeitlich begrenzt gewesen wäre, ist es mir eine Ehre, Ihnen und Ihren Jungs zu helfen."

Es war die Wahrheit. Er rang vielleicht mit seinem Glauben, doch das spielte keine Rolle, wenn es um Anstand ging. Ihnen zu helfen war einfach das Richtige. Es war offensichtlich, dass sie immer noch mit dem Gedanken zu kämpfen hatte. War es die Vorstellung, dass sie überhaupt Hilfe brauchte, die sie störte?

„Danke", sagte sie und trank einen Schluck Eistee. „Es tut mir leid, dass ich so aufgelöst hergekommen bin. Normalerweise bin ich nicht so, aber auf dem ganzen Weg hier raus musste ich immer wieder daran denken, was für ein Glück Gavin und Jack hatten. Gavin hat den Hammer fallen gelassen und hätte Jack fast damit getroffen. Mir wird immer noch schlecht, wenn ich daran denke."

Er legte automatisch seine Hand auf ihre. „Tut mir wirklich leid, dass Sie das allein durchmachen mussten." Ihre Hand war weich, und er war versucht, sie weiter zu halten, zog sich aber zurück. Er mochte jedoch ihre Berührung.

„Die Jungs werden begeistert sein", sagte sie und legte ihre Hände in den Schoß. „Und trotz all meiner Bemühungen scheinen Ihre Familie, meine Freunde und die Kupplerinnen weiter nach Wegen zu suchen, uns zusammenzubringen. Das macht mir Sorgen."

Er hatte nur eindeutige Signale von Lynn gesehen, doch sein männlicher Stolz war ein bisschen verletzt, dass sie kein Interesse daran hatte, sich mit jemandem wie ihm einzulassen.

„Soweit mich das betrifft, können sie versuchen, was sie wollen. Wenn ich kein Interesse daran habe, mich auf eine Beziehung einzulassen, werde ich keine anfangen. Egal, wer Ränke schmiedet." War das das Aufflackern eines ihrer weiblichen Stacheln, das er in ihren Augen sah, als er sein Interesse so offen geleugnet hatte? Wenn dem so war, verbarg sie es gut, denn im nächsten Moment lächelte sie.

„Gut. Dann sind wir uns einig. Welcher Tag passt Ihnen am besten für die Lichter?"

„Ich denke, da Sie Vierjährige haben, die versuchen, auf Ihr Dach zu klettern, fange ich besser so schnell wie möglich an. Wie ist es heute?"

„Heute – ich bin sicher, Sie hatten heute schon was vor, Kühe treiben oder impfen oder was auch immer. Ehrlich gesagt bin ich keine große Viehfrau, also bin ich mir nicht sicher, was Sie mit ihnen machen, aber was auch immer Sie vorhaben, ich will Sie nur ungern davon abhalten."

Sie war süß. Er hatte nicht geglaubt, dass die etwas verklemmte junge Frau süß sein könnte, doch sie war es. Sicher, sie war hübsch, aber eine Frau konnte hübsch sein und keine Spur von Süße an sich haben. „Ich hatte große Pläne, einfach allein hier abzuhängen. Das kann ich morgen immer noch, wenn Sie mich heute die Lichter aufhängen lassen." Da wurde ihm bewusst, dass er froh über eine Ausrede war, heute nicht mehr allein mit seinen Gedanken sein zu müssen.

Sie lächelte, und er fühlte sich gut … Er hatte sich seit dem Tag nicht mehr gut gefühlt, als Randy sich zu weit über B-pars Rücken nach vorne gebeugt hatte und der Bulle ihm seinen mächtigen Kopf mit voller Wucht ins Gesicht geschlagen hatte. Der Aufprall hatte ihn benommen gemacht, und als er zu Boden gestürzt war, hatte B-par –

„Wenn Sie sich sicher sind", sagte er, verdrängte seine Gedanken und konzentrierte sich auf sie.

„Ich bin sicher." Irgendetwas an der ganzen Situation sprach ihn an. Das Letzte, was er zu tun erwartet hatte, als er nach Hause gekommen war, war Zeit mit jemandem zu verbringen, besonders mit einer hübschen Frau und zwei kleinen Jungen. Doch es sah so aus, als würde er genau das tun. Und so niedergeschlagen er sich auch wegen Randy fühlte, der Gedanke erhellte seinen Tag mehr, als er in Worte fassen konnte.

Mehr als er verdient hatte.

„Ich habe einen kaputten Daumen da drunter." Gavin hob seine Hand und zeigte den eingebundenen Daumen.

„Ich schätze, du weißt jetzt, dass du nicht da hochklettern darfst." Chance nickte zum Dachvorsprung des Hauses, wo er gleich damit beginnen wollte, die Weihnachtsbeleuchtung für die Jungs aufzuhängen. Lynn hatte bis zwei gearbeitet und dann die Kinder aus dem Frauenhaus abgeholt. Sie hatte erklärt, dass die Frauen dort abwechselnd auf die Kinder aufpassten, damit alle im Süßwarenladen arbeiten konnten.

Er hätte früher kommen können, doch er hatte es für wichtig gehalten, die Jungs daran teilhaben und sie die erste Weihnachtsbeleuchtung in ihrem neuen Haus einschalten zu lassen. Als er das vorgeschlagen hatte, hatte Lynn zufrieden gewirkt. Obwohl sie es nicht ausgesprochen hatte, hatte er das Gefühl, dass er Punkte gesammelt hatte, indem er die Kinder einbeziehen wollte. Er war nicht auf Punkte aus und wollte ihr keinen Honig um den nicht vorhandenen Bart schmieren – das war nicht sein Ziel gewesen. Er hatte einfach gewusst, dass die Jungs Spaß haben würden und er auch. Außerdem wollte er mit ihnen über die Gefahren beim Erklimmen einer Leiter reden.

„Ich hatte keine Angst. Jack hat mir gesagt, dass er das nicht machen wollte."

Jack bewegte ruhig den Kopf hin und her, als würde er sich ein Tennismatch ansehen. „Mir wird schlecht, wenn ich zu hoch klettere. Ich habe Gavin gesagt, er soll es nicht tun. Aber ich habe die Leiter für ihn gehalten, wie ich es Miss Dottie für Sheriff Brady machen gesehen habe, als er am Scheunendach gearbeitet hat."

„Aber als ich den Hammer fallengelassen habe, hat er Jack fast am Kopf erwischt!"

Chance konnte sich lebhaft vorstellen, wie der kleine Kerl, der die drei Meter hohe Leiter gehalten hatte, dem Hammer ausgewichen war.

„Mama hat gesagt, es ist ein Wunder, dass ich nicht runtergefallen bin, als ich mir auf den Daumen gehauen habe."

„Und noch ein Wunder, dass der Hammer mich nicht am Kopf getroffen hat."

Chance' Herz zog sich bei dem Gedanken zusammen … genauso fühlte er sich, wenn er an Randys letzten Ritt dachte. Er hatte nichts wegen Randys Situation unternommen, doch hier konnte er etwas tun.

Die Idee durchfuhr ihn wie ein Lauffeuer, das er schnell ausstampfte. Das waren nur kleine Jungs, die im

Haus nützlich sein wollten. Randy war mit Drogen vollgepumpt und auf den Rücken eines der wildesten Bullen der Rennstrecke gestiegen. Es war eine tödliche Kombination gewesen ... ein unaufhaltsamer Tsunami, und er hatte ihn nicht kommen sehen. Aber vielleicht gab es hier eine Erlösung, die Gavin und Jack half.

Vielleicht konnte er im Leben dieser Jungs einen kleinen Unterschied machen, indem er wenigstens die Weihnachtsbeleuchtung zum Leuchten brachte, von der sie seit dem Tag, an dem sie ihn zum ersten Mal überfahren hatten, gesprochen hatten.

Die Erinnerung brachte ihn zum Lächeln. „Ihr Jungs seid in Ordnung. Das wisst ihr schon, oder?"

Sie strahlten über das Lob, gerade als Lynn aus der Vordertür kam. Sie war ins Haus gegangen, um ihre Stoffhose gegen Jeans und einen weiten, cremefarbenen Pullover zu tauschen, der ihr bis zur Mitte der Oberschenkel reichte. Sie hatte ihr Haar wieder zu einem Pferdeschwanz zusammengebunden, und Chance vermisste, wie weich es um ihr Gesicht fiel. Sie hatte auch ihre Stiefel gegen Segeltuchschuhe getauscht, die schon bessere Tage gesehen hatten. Das Outfit sah aus, als ob sie es liebte und seit Jahren trug.

„Willst du uns auch helfen, Mama?", fragte Jack.

„Natürlich." Sie umarmte ihn und gab ihm einen Kuss auf den Kopf, was ihn zum Kichern brachte. „Ist das okay für euch Jungs?"

Gavin runzelte skeptisch die Stirn. „Solange du den Hammer nicht benutzt. Du bist schlimmer damit als ich."

„Hey!" Lynn lachte fröhlich. „Das ist nicht nett, sowas über deine alte Mutter zu sagen." Sie zog ihn in eine stürmische Umarmung und knurrte gegen seinen Hals. Er quietschte und wand sich, um ihr zu entkommen.

Jack hüpfte aufgeregt von einem Fuß auf den anderen. „Zeig's ihm, Mama! Zeig's ihm."

Chance war die ersten beiden Sprossen der Leiter hinaufgeklettert, blieb aber stehen, um sie zu beobachten. Sie waren gut zusammen, die drei. Lynn hatte großartige Arbeit geleistet. Sie sollte sehr stolz auf sich sein. Lachend und atemlos vom Toben mit Gavin ließ sie ihn los und lächelte Chance an. Ihre Wangen waren zartrosa, und sie hatte ein glückliches Leuchten, als sie seinem Blick standhielt. Sein Magen zuckte, als er auf sie hinabblickte, und er fühlte so etwas wie Frieden.

„Ich wünschte, ich hätte ein paar dieser Plastikhaken, mit denen man Lichter aufhängt. Das würde alles viel einfacher machen."

Er hielt den Tacker hoch. „Wir machen es auf die altmodische Art."

„Sie benutzten keinen Hammer?"

„Nein, Gavin, ich fürchte, ich würde mir auf den

Daumen schlagen, wenn ich versuchen würde, Lichter mit einem Hammer aufzuhängen."

„Das willst du nicht. Es tut weh."

„Ja, das kann ich mir denken." Er kletterte die Leiter hinauf, einen Lichterstrang über der Schulter, und alle drei beeilten sich, die Leiter festzuhalten.

„Wir lassen Sie nicht fallen, Mr. Chance!", rief Jack aus vollem Hals.

„Danke. Ich weiß, dass ich in guten Händen bin. Das kann ich sehen."

„Es gibt keine Besseren als meine Jungs", sagte Lynn, ihre Stimme warm vor Zuneigung.

Chance blickte nach unten und sah, dass sie ihn anlächelte, als sie das sagte. Sie sah in diesem Moment so hübsch und so glücklich aus, dass er fast die nächste Sprosse auf der Leiter verfehlt hätte.

KAPITEL ACHT

„Also was denkt ihr?", fragte Chance, als er von der Leiter stieg. Er hatte mehrere Lichterketten aufgehängt, und das alte Haus sah großartig aus. Er stand dicht neben Lynn, und sie konnte die Wärme seines Körpers selbst durch die Daunenweste spüren, die er trug. Sie hatte ihm in der letzten Stunde geholfen, und er war großartig mit ihren Jungs umgegangen.

Und, ja, zugegeben, der Mann roch wunderbar.

„Mama, hast du deine Ohren nicht eingeschaltet? Er fragt, was du denkst?", fragte Jack und zog an ihrem Arm. Das sagte sie immer zu ihm und Gavin, wenn sie ihr nicht zuhörten.

Junge, wo war sie gewesen? Wie peinlich war das? „Ohr eins und Ohr zwei sind beide eingeschaltet und bereit, ihre Arbeit zu erledigen", sagte sie und achtete sorgfältig darauf, Chance nicht anzusehen.

Sie hoffte, dass Chance ihre peinliche

Unaufmerksamkeit nicht bemerkt hatte. Sie warf ihm einen verstohlenen Blick zu. Er begegnete ihm, und sein Zwinkern sagte, dass er viel bemerkt hatte.

„Du hast ein Nickerchen gemacht", sagte er gedehnt, und ein neckendes Lächeln umspielte seine Lippen, als er die Leiter packte und sie einen Meter weiterschob.

Bei seinen Worten brach ein Flattern in ihrer Brust aus, und sie beobachtete ihn. Er bewegte sich mit einer athletischen Anmut, die sie schon den ganzen Nachmittag bewundert hatte.

Er lehnte die Leiter gegen das Haus, stützte eine Hand auf seine Hüfte und grinste. „Im Ernst, ich denke, die Mutter von aktiven Zwillingen verdient es, ein Nickerchen zu machen, wann immer sie es einschieben kann."

„Danke, die sind dünn gesät." Ihr Mund fühlte sich an, als hätte sie Marshmallows hineingestopft, als er ihr ein schiefes Grinsen zuwarf.

„Hey, vergessen Sie nicht, dass ich die Hilfskraft bin, also wenn Sie ein bisschen Ruhe brauchen, würde ich gerne Ihre zwei Mini-Cowboys im Auge behalten."

„Oh, das ist so verlockend." Es stimmte, sie war nicht auf eine Romanze aus. Oder ein Date. Aber nichts hinderte sie daran, ihn zu mögen. Und je mehr sie über ihn wusste, desto mehr mochte sie ihn.

„Ich meine es ernst", sagte er und sah die Jungen

an, die die Lichterketten ausbreiteten, wie er es ihnen gezeigt hatte, und nach durchgebrannten Glühbirnen suchten. Jack steckte den Stecker in die Steckdose des Verlängerungskabels. „Wir schaffen das hier schon."

Die Sache war, dass sie als alleinerziehende berufstätige Mutter von zwei aktiven Jungen buchstäblich dauernd davon träumte zu schlafen … „Nein. Ich brauche kein Nickerchen. Ich möchte das wirklich mit den Jungs machen." *Und dir.* Dann war sie eben ein Mensch. Sie war eine Frau, die sich zu einem Mann hingezogen fühlte. Aber das war alles. Nicht mehr.

Er grinste, und es war wie ein Sonnenstrahl. „Klingt großartig für mich."

Wie kam es, dass ein toller Typ wie Chance Turner immer noch Single war? Der Mann war nie verheiratet gewesen und musste etwa achtundzwanzig sein, wenn sie sich nicht irrte. Er war ein Jahr älter als Cole, und sie hatten vor drei Wochen eine kleine Party zu Coles Geburtstag gefeiert. Nicht, dass etwas Schlechtes daran wäre, achtundzwanzig und unverheiratet zu sein. Sie nahm an, dass der Mangel einer Frau an seiner Seite viel damit zu tun hatte, dass er so viel unterwegs war.

Nicht, dass es ihr so oder so wichtig gewesen wäre. Er war einfach ein netter Mann, der gut zu ihren Kindern war.

Und du hast Spaß mit ihm.

„Hey, Chance, hab eine!", rief Gavin und winkte ihm, zum Ende des Strangs zu kommen.

„Oh ja, die ist durchgebrannt", fügte Jack hinzu.

„Die Pflicht ruft." Er tippte an seinen Hut, seine Augen funkelten. „Soll ich dir auch zeigen, wie man eine Glühbirne wechselt? Entschuldigung. Ihnen."

„Ach was, ich denke, du ist schon okay. Und ja, hört sich gut an." Sie lachte, und ihr Herz fühlte sich so leicht an wie die Brise, die über den Hof wehte.

Sie sah zu, wie er den Jungs zeigte, wie man eine Glühbirne durch die Ersatzbirnchen in der kleinen Plastiktüte ersetzte, die noch am Strang befestigt war.

Ihre Jungen drängten sich um ihn, der kleine braune und blonde Kopf neben seinem dunklen gebeugt. Als die restlichen Lichter der Kette angingen, johlten sie und gaben sich gegenseitig High Fives. *Jungs.*

„Das war ja ganz leicht", bemerkte Gavin begeistert.

Chance grinste ihn an. „Da hast du recht. Es ist ganz leicht, wenn man weiß, wie es geht."

„Was ist, wenn es bei den Lichtern keine Extras gibt?", fragte Jack und sah auf den Strang, der neben ihnen lag.

„Ich denke, du kannst eine Packung davon für weniger als einen Dollar kaufen."

„Hast du das gehört, Mama? Ich habe einen Dollar. Ich kann helfen."

„Ich habe auch einen Dollar, Jack", fügte Gavin hinzu, der nicht außen vor bleiben wollte.

„Und das ist einer der Gründe, warum ich euch beide so sehr liebe, weil ihr meine kleinen hilfsbereiten Männer seid."

Sie strahlten über das Lob, und Chance zwinkerte ihr noch einmal zu. Das Augenzwinkern war nichts anderes als Zustimmung zu dem, was sie gesagt hatte, doch das änderte nichts daran, dass sie sich innerlich plötzlich so fühlte, als wäre sie auf den Kopf gestellt worden. Sie trat zurück, da sie sich irgendwie auf ihn zu bewegt hatte, und ihm jetzt etwas zu nahe stand.

„Ich schätze, ich sollte mit dem Abendessenkochen anfangen. Du hast dich an deinen Teil des Deals gehalten, also mache ich mich besser auch an meinen. Magst du King-Ranch-Huhn?"

„Mag ein Pferd süßes Futter? Das ist mein Lieblingsessen."

Die Blüte eines warmen Gefühls breitete sich in ihr aus, als er sie anlächelte. Befangen blickte sie zu ihren Jungs hinüber, die einander geschockt ansahen, bevor sie zu ihm aufblickten.

„Das ist auch unser Lieblingsessen!", rief Gavin, und Jack nickte, seine großen blauen Augen starrten Chance bewundernd an.

Erschüttert von der Bindung, die ihre Jungs so

schnell zu ihm entwickelt zu haben schienen, musste sie ihre Stimme zwingen, normal zu klingen. „Dann fange ich jetzt damit an, während ihr Jungs hier draußen fertig macht." Sie hätte schon längst damit anfangen sollen, doch sie hatte nicht weggehen können.

Es war schön, ihre Jungs mit einem guten Mann zu sehen.

Die Nachbarn hatten bei mehreren Projekten im Frauenhaus geholfen. Männer wie Dan Dawson, der selbst in einer Notunterkunft aufgewachsen war, kamen vorbei, um Fußball zu spielen und abzuhängen. Und andere wie Deputy Zane Cantrell verbrachten Zeit mit den Jungs, besonders nachdem er Rose geheiratet hatte, die auch im Frauenhaus gelebt hatte. Und da waren all die anderen wie Clint Matlock, Pace Gentry und Cort Wells, die den Jungs das Reiten beibrachten. Die Liste ging weiter und weiter. Mule Hollow war voll von großartigen Cowboys, und jeder, an den sie gerade gedacht hatte, war jetzt glücklich mit Freundinnen von ihr verheiratet. Die Single-Männer kamen auch vorbei, und es war immer wieder ein Segen für ihre Seele, Männer zu sehen, die bereit waren, Kinder zu betreuen, die nicht das Glück hatten, einen Mann in ihrem Leben zu haben. Es war etwas Besonderes.

Warum also, fragte sie sich mit einem letzten Blick, bevor sie hineinging, schien es, als hätten sich ihre

SCHMEICHLE MIR, COWBOY

Jungs Chance Turner ins Herz geschlossen, wie sie es noch nie mit jemandem getan hatten?

Chance fiel es schwer, sich zu konzentrieren. Er hatte mit den Lichtern geholfen und viel Spaß mit den Jungs. Sie lernten schnell und interessierten sich für alles. Während Lynn das Abendessen gekocht hatte, hatten sie ihn zum Baumhaus im Garten gezerrt. Chance wollte nichts Abfälliges denken oder sagen, aber es war nicht zu leugnen, dass er eingreifen musste.

Er hatte die Arme verschränkt und das arme Ding betrachtet. Die Jungs standen neben ihm, und er verkniff sich ein Lachen, als ihm klar wurde, dass sie seine Haltung imitierten.

Wie einfach es war, die Menschen um sich herum zu beeinflussen.

Auf dem Weg, Pastor zu werden, hatte er viele Fehler gemacht. Doch das hatte ihn nicht davon abgehalten, es zu versuchen und danach zu streben, ein Mann von Integrität zu sein, einer, den die Reiter Tag für Tag als Zeugnis seines Glaubens leben sehen konnten.

Der Blick auf die Jungs, die neben ihm standen, war eine kurze Atempause von dem Gefühl des Versagens, das seit Randys Tod auf seinen Schultern lastete. Er wusste, dass sie vorübergehend und unverdient war, doch er konnte nicht von diesen beiden weggehen, ohne ihnen auch beim Baumhaus seine Hilfe anzubieten. Auch wenn die Einsamkeit, nach der er sich sehnte, ihn zurück ins Postkutschenhaus rief.

„Ein trauriger Anblick, nicht wahr?", sagte Gavin ernst.

„Hoffnungslos", Jack seufzte schwer.

Sogar Tiny sah deprimiert aus angesichts der beängstigenden Neigung der Bretter zwischen den Ästen.

„Es ist nicht ganz verloren." Alle drei – der Hund eingeschlossen – sahen ihn hoffnungsvoll an. Er konnte ihnen unmöglich nicht helfen. Auf keinen Fall. „Alles, was es braucht, ist ein bisschen Know-How. Eure Mutter hat sowas noch nie gebaut, aber ich würde ihr trotzdem eine gute Note für den ersten Versuch geben."

„Ja, sie hat es versucht." Gavin stieß einen langen Seufzer aus.

„Du hast schon welche gebaut, nicht wahr?", sagte Jack.

„Ja, das habe ich, Jack. Aber mein erstes war auch ein Desaster."

„Schlimmer als unseres?"

Chance lachte. „Ja, Jack. Schlimmer als eures. Mein Onkel musste kommen, um mir und meinem Cousin Cole beim Wiederaufbau zu helfen. Wir konnten es nicht allein schaffen."

„Ihr Onkel hat Ihnen geholfen. Nicht Ihr Dad?"
Gavin musterte ihn forschend. Der Ausdruck in seinen
Augen zerrte an Chance' Herz.

„Nein, nicht mein Dad. Es war mein Onkel." Sein
Vater hatte viel Zeit ohne ihn verbracht. „Wir haben
auch keinen Vater, der uns hilft", fuhr Gavin fort, und
Jack nickte.

Chance schluckte den Kloß, der sich in seinem Hals
bildete, herunter. Er war damals zu jung gewesen, um
zu erkennen, dass es für ein Kind nicht normal war, so
viel Zeit von seinem Vater getrennt zu verbringen. Und
seiner Mutter. Er hatte seine Cousins und seinen Onkel
und seine Tante gehabt, um die Lücken zu füllen. Er
hatte Glück gehabt. Erst als er etwas älter gewesen war,
hatte er es verstanden. „Ihr habt keinen Vater, aber ihr
habt eine Mutter, die euch liebt und sich große Mühe
gibt. Das ist das Beste überhaupt."

„Ja", seufzte Jack. „Das ist gut, nicht wahr, Gavin?"
„Jupp."

Als wäre das alles, was zu diesem Thema gesagt
werden musste, wandten sie sich wieder dem
baufälligen Baumhaus zu.

„Also, was sagt ihr? Wollt ihr, dass ich euch helfe?"
Er wusste in dem Moment, als die Worte aus seinem
Mund waren und die Jungs ihn mit einem begeisterten
Lächeln ansahen, dass er in Schwierigkeiten war.

KAPITEL NEUN

„Also das war ein guter Tag und ein großartiges Essen", sagte Chance. Er und Lynn standen auf der vorderen Veranda, und er schickte sich an, nach Hause zu gehen. Sie hatten die meisten Weihnachtslichter eingeschaltet, und sie hatte eine bessere Mahlzeit zubereitet als alles, was er seit langem gegessen hatte. Lynn Perry konnte definitiv kochen.

„Danke. Ich kann ein paar Gerichte ziemlich anständig zubereiten. Aber alles darüber hinaus..."

Er lachte und sah auf sie hinunter. Langsam gefiel es ihm, in ihre tiefblauen Augen zu blicken. Er versuchte immer wieder herauszufinden, was sie dachte und fühlte. Wenn sie ihre Jungs ansah, war ihm klar wie der blaue Himmel, was sie dachte. Doch es war der Rest der Zeit, der ihn süchtig machte.

„Ich weiß, dass du jetzt tiefstapelst. Es kann nicht sein, dass du ein Gericht kochen kannst, bei dem einem nicht das Wasser im Munde zusammenläuft. Das war wunderbar. Wirklich, Lynn."

Im Licht der Veranda sah sie zufrieden aus. Sein Blick fiel auf ihre Lippen, voll und ausdrucksvoll, ihre Mundwinkel unsicher verkrampft. Chance wich einen Schritt zurück, zog seine Jacke zu und steckte die Hände in die Hosentaschen – zur Sicherheit. Er hatte darüber nachgedacht, sie in eine Umarmung zu ziehen und sie zu küssen. Sowas tat man am Ende eines Dates – doch das war es eben nicht. Es war kein Date.

Er war nicht wegen eines Dates hier.

Aber genau so hatte es sich angefühlt, als sie mit ihren beiden Söhnen an ihrem Küchentisch gesessen und ihr ausgezeichnetes King-Ranch-Huhn genossen hatten.

„Nun, ich denke, als Mutter bin ich einfach glücklich, dass die Jungs meine Küche mögen." Sie hatte eine Jacke angezogen, als sie ihn nach draußen begleitet hatte. Jetzt zog sie sie fester um sich und holte tief Luft.

Er tat dasselbe, während Stille sich zwischen ihnen ausbreitete. Es war Zeit zu gehen, doch er zögerte. Er fühlte sich im Moment wohler als seit einer gefühlten Ewigkeit. Ein Teil davon war von ihr gekommen und ein Teil von den Jungs. Sie hatten eine Seite in ihm berührt, von der er nicht einmal gewusst hatte, dass es sie gab. Er hatte sich vorgebeugt und sie umarmt, bevor sie ins Bad verschwunden waren. Und sie hatten ihn noch einmal nach dem Baumhaus gefragt – ihre Begeisterung war überwältigend.

„Also bist du damit einverstanden, dass ich am Baumhaus arbeite?"

„Ich will mich nicht aufdrängen. Aber die Jungs sind so begeistert."

„Das kannst du laut sagen." Er lachte. „Ich habe gerade nichts Dringendes zu tun. Und ich habe den heutigen Tag genossen … glaube nur nicht, dass ich nicht auch was davon habe. Es hat mir gut getan."

Es hatte ihm sehr gut getan.

Im Licht der Veranda verdunkelten sich ihre blauen Augen. „Bist du in Ordnung? Ich habe was davon gehört, dass du wegen dieses getöteten Bullenreiters nach Hause gekommen bist."

Er verlagerte sein Gewicht von einem Stiefel auf den anderen und stemmte eine Schulter hoch. „Randy war sein Name."

„Wart ihr euch nah?"

Chance rieb mit seinem Stiefel über die Kante eines verzogenen Verandabretts und kämpfte gegen ein Engegefühl in seiner Brust an. „Ich habe mit ihm gearbeitet. Ich kannte ihn schon eine Weile, und auch wenn er mit fünfundzwanzig nicht viel jünger als ich war, habe ich mich für ihn verantwortlich gefühlt."

„Es muss wirklich hart für dich gewesen sein."

„Ja." Er atmete die kühle Luft ein und fror bis auf die Knochen. „Härter für Randy. Er hätte nur ein bisschen mehr Zeit gebraucht."

Sie erschreckte ihn, indem sie ihm eine Hand auf den Arm legte. Er konnte die Wärme durch seine Jacke spüren. Die einfache Geste erwärmte sein Herz mehr als Worte es je hätten tun können.

„Was du für jemanden tun kannst, hat seine Grenzen. Du kannst keine Entscheidungen für andere treffen."

Seine Stimmung änderte sich plötzlich, und er stieß ein raues Lachen aus. „Ja, das habe ich auch gemerkt."

Sie drückte seinen Arm und steckte dann ihre Hand wieder in ihre Jacke. Ihm wurde sofort kälter, als sie sie wegzog.

„Ich weiß, was du deswegen fühlst", sagte sie. „Wenn es nach mir gegangen wäre, hätte ich in meinem Leben etliche Entscheidungen für andere getroffen. Aber es ging nicht. Für meine Kinder, ja, und ich habe die wichtigste für sie getroffen, als ich sie in L.A. ins Frauenhaus gebracht habe. Ich weiß, dass ich sie nur für eine kurze Zeit in meinem Leben habe, und dann müssen sie auf eigenen Füßen stehen. Ich kann nur beten, dass ich alles getan und ihnen alles Nötige mit auf den Weg gegeben habe, um ihnen zu helfen, die richtigen Entscheidungen zu treffen. Das ist alles, was du für deinen Freund tun konntest. Für Randy."

Er hatte niemandem erzählt, wie er über die Drogen dachte. Außer Wyatt. „Ich hätte mehr tun können, hätte eingreifen können wegen der verschreibungspflichtigen Medikamente und der schlechten Entscheidungen, die er getroffen hat."

„Vielleicht, aber vielleicht auch nicht."

Er nickte. „Brr, es ist kalt. Du gehst besser wieder rein. Danke für den Abend. Und die Gesellschaft." Er musste hier weg. Die Schuld hatte sich wieder wie ein schweres Leichentuch auf ihn gelegt.

„Chance, warte."

Sein Herz pochte gegen seine Rippen, als er sich umdrehte und sie direkt neben sich fand. „Bitte komm wieder vorbei und bau' das Baumhaus", sagte sie und nahm ihm dann komplett den Atem, als sie ihn umarmte. So leicht wie die Brise schlang sie ihre Arme um ihn und drückte ihn fest. Ihr Gesicht ruhte an seinem Herzen, als sie ihn festhielt. Sie war warm und weich und roch so süß. Und sie hielt ihn.

Als er seine Hände aus den Jackentaschen zog, trat sie einen Schritt zurück.

„Komm morgen, wenn du Zeit hast. Ich mache wieder um zwei Schluss", sagte sie lächelnd. Und damit kehrte sie ins Haus zurück.

Tiny, der auf der untersten Stufe gelegen hatte, folgte ihr, um an der Tür zu jammern.

Chance rührte sich nicht. Nicht für eine ganze

Minute.

Er stand einfach nur da und starrte auf die Tür.

„Du hast ihn umarmt!"

„Nive, du hättest dabei gewesen sein müssen, um es zu verstehen. Er hat es einfach gebraucht."

„Hey, ich habe nicht gefragt warum. Ich bin total dafür. Wenn er heute Nachmittag kommt, wirst du ihn wieder umarmen?"

„Nein. Das war einfach spontan. Er hat so traurig ausgesehen. Er fühlt sich für Randys Tod verantwortlich. Obwohl du und ich beide wissen, dass wir nicht für die Handlungen anderer verantwortlich sein können." Sie hatten es beide gelernt, nachdem ihre Ehemänner sie jahrelang glauben gemacht hatten, es sei ihre Schuld, dass sie geschlagen wurden. Es funktionierte einfach nicht so. Für niemanden.

„Die Kinder mögen ihn also wirklich." Nive beugte sich über die Glastheke und stützte ihr Kinn in die Handfläche. Ihr bernsteinfarbenes Haar war zu einem lockeren Knoten zusammengebunden, und lose Strähnen fielen um ihr herzförmiges Gesicht.

„Es ist fast beängstigend, wie sie an ihm hängen."

„Es ist cool. Wunderbar."

Lynn runzelte die Stirn. „Nive …"

„Schau mich nicht so an. Glaubst du ernsthaft, dass

du nie wieder heiraten wirst?"

Lynn beendete die Liste, die sie gerade geschrieben hatte, und legte ihren Bleistift ab. „In meinem Herzen kann ich mir einfach nicht vorstellen, dass es passiert. Ich meine, na ja, du weißt, wie es ist. Diese beiden kostbaren Jungs sind meine Verantwortung. Was, wenn ich einen Fehler mache? Was, wenn ich einem Mann wieder vertrauen würde und er … und am Ende funktioniert es nicht. Ich will nicht darüber nachdenken."

„Bist du sicher, dass du sie nicht nur als Ausrede benutzt?"

„Vielleicht." Sie war ehrlich. „Weil ich mein verwirrtes Herz sicher nicht lesen kann." Könnte sie sich jemals wirklich einem Mann öffnen und eine Ehefrau sein, emotional, körperlich und geistig? Sie schleppte Ballast mit sich herum, selbst wenn sie ihn nicht gerne zur Kenntnis nahm.

Wenn sie einen guten Mann fand, würde er mehr verdienen, als sie ihm geben konnte.

„Also ich finde es großartig, dass du ihn dir beim Baumhaus helfen lässt. Gavin und Jack haben mir erzählt, dass es eine Katastrophe ist."

„Diese kleinen Petzen!"

Nive verzog das Gesicht. „Im Ernst, Lynn. Du wolltest sie doch nicht wirklich auf den Brettern rumlaufen lassen, die du festgenagelt hast, oder? Jack sagte, du hast eines angenagelt, und es ist direkt vom Baum gefallen und im Boden stecken geblieben. Das waren genau seine Worte."

„Umso mehr Grund, froh zu sein, dass ich mich entschieden habe, Chance helfen zu lassen."

„Wie laufen die Weihnachtseinkäufe? Hast du schon einen Baum?"

„Nive, ich habe gerade die Lichterketten angebracht. Hoffentlich finden wir dieses Wochenende einen Baum, denn nächstes Wochenende ist die Probe für die Weihnachtsshow. Ich muss los. Wünsch mir Glück. Ich werde heute Nachmittag mit Chance über Stacys Hochzeit sprechen, wenn ich einen guten Zeitpunkt erwische. Ich glaube wirklich, er wird es tun. Er leidet gerade. Aber ich habe das Gefühl, wenn ich Gelegenheit habe, es ihm zu erklären, wird er es tun."

Nive hob eine Hand und wedelte vage damit. „Ich werde ein Gebet sprechen. Ich wünsche mir so sehr, dass dieses Mädchen endlich heiraten kann. Es ist wirklich nicht mehr lustig. Wenn jemand jemals ein Happy End gebraucht hat, dann Stacy ... Ich würde sogar aufhören, von meinem eigenen zu träumen, wenn Stacy-Girl dafür ihres bekommen könnte."

„Das ist wirklich süß von dir, Nive. Aber keine Sorge. Ich habe das Gefühl, Gott kümmert sich schon darum."

„Das hoffe ich, besonders wenn es um dich und

deinen Cowboypastor geht."

Lynn öffnete gerade die Tür, als Lacy hereinwatschelte. Ihr blondes, unregelmäßig gewelltes Haar umrahmte ihr entzückendes Gesicht, und sie sah ein bisschen aufgedunsen unter den Augen aus.

„Wie geht's dir?", fragte Lynn und zog die Tür zu, um die Kälte draußen zu halten.

„Priscilla tritt wie ein Footballspieler. Sie braucht eine Dose Erdnusskrokant. Pronto!"

Nive war schon unterwegs. „Sag ihr, sie soll sich beruhigen. Ich hol's ja schon."

„Du hast dein Gewicht in Erdnusskrokant gegessen", sagte Lynn.

„Ja, ja, ja, und ich habe jedes Gramm davon genossen! Ich halte mich an die Anweisungen und mache mich auf den Weg nach Hause. Dort werde ich wie verordnet die Füße hochlegen, Erdnusskrokant essen und Priscilla ein bisschen *Love Me Tender* ansehen lassen. In diesem Film singt Elvis so beruhigend, das muss auch den kleinen Wirbelwind beruhigen, und vielleicht hört sie dann auf zu treten."

„Du und Elvis." Lynn lachte. Sie hatte ihren pinkfarbenen Elvis-Caddy und liebte seine Musik. „Glaubst du, es könnte helfen, wenn du aufhören würdest, ihr so viel Zucker zu geben?"

„Hey, ich habe meinen Zuckerkonsum im Griff. Ich esse Zucker nur in Süßigkeiten."

„Lacy", keuchte Lynn. „Du bist unmöglich."

„Ich bin eine schwangere Frau." Sie nahm die Tüte, die Nive ihr über die Theke reichte. „Ich kann Gelüste haben, so viel ich will und auf was ich will. Also halt den Ball flach, Schwester." Sie legte das Geld auf die Theke, nahm sich ein Taschentuch aus einer Schachtel, griff gierig in die Tasche nach einem Stück des goldenen Krokants und biss mit einer übertriebenen Grimasse hinein.

„Du bist verrückt." Lynn lachte.

„Und damit vollkommen glücklich und gesegnet. Und ich werde alles an dieser Schwangerschaft genießen, Erdnusskrokant eingeschlossen."

„Du bist die optimistischste Person, die ich je getroffen habe."

Lacys elektrisierend blaue Augen ruhten auf Lynn, Ernsthaftigkeit holte ihre Heiterkeit ein. „Oh, Lynn, nach dem Jahr, das ich gebraucht habe, um schwanger zu werden, bin ich einfach so dankbar."

„Kaum zu fassen, dass es so lange gedauert hat."

Lacy wollte sich ein weiteres Stück Krokant in den Mund schieben, hielt aber inne. „Ich habe angefangen zu glauben, dass ich nicht schwanger werden kann, doch es war einfach Gottes Timing. Der Herr da oben hat nur von mir verlangt, mich in Geduld zu üben, bis er mir grünes Licht gegeben hat. Und er hat mich eine große Lektion in Mitgefühl und Geduld, während ich gewartet habe."

Das war Lacy pur. Immer positiv. Darin war Lynn nicht immer so gut.

„Ich verzichte nur ungern auf eure großartige Gesellschaft, aber ich muss los. Genieß deinen Nachmittag zu Hause."

Lacy grinste. „Wird gemacht und du auch. Wie ich höre, kommt nette Hilfe vorbei. Viel Spaß!"

Lynn blieb mit der Hand auf der Türklinke stehen. „Woher weißt du das?"

„Kleine Vögelchen haben es mir gezwitschert. Na ja, eigentlich große Vögelchen. Chance hat Cole erzählt, dass er dir heute Nachmittag helfen würde, als er ihn heute Morgen getroffen hat. Cole hat es Seth und Wyatt erzählt, und es hat sich ausgebreitet wie ein Lauffeuer, sobald App und Stanley davon Wind bekommen haben. Und ja, die alten Ladys wissen es auch."

Lynn stöhnte. „Na toll. Einfach toll. Jetzt wird jeder sofort voreilige Schlüsse ziehen. Ich lasse mir nur von jemandem helfen, ein Baumhaus zu bauen."

„Ja, und ich esse nur ein Stück Krokant. Entspann dich. Genieß' es und baut ein tolles Baumhaus. Wer weiß, wohin das führen wird … Erst kommt das Baumhaus, dann die Liebe …"

„Ich gehe jetzt." Lynn lachte wider Willen und ging zu ihrem Auto. Sie hörte, wie Lacy weiter dichtete, als sich die Tür hinter ihr schloss.

Sie sah sich um und fühlte sich, als würde sie sich aus der Stadt schleichen, als sie in ihr Auto stieg und die Hauptstraße hinunterfuhr. Die ganze Stadt wusste, dass Chance wieder zu ihr nach Hause kommen würde. Und sie wusste genau, wohin es führen würde. Direkt zu übertriebenen Hoffnungen auf Liebe und Romantik, was nicht passieren würde. Ja, der Mann war umwerfend gutaussehend. Dazu war er gut zu ihren Jungs und äußerst hilfreich im Haushalt … Ihr Ex-Mann war nichts davon gewesen. Daher fühlte es sich wirklich unfair an, ihre Sicht auf Chance von ihrer Erfahrung mit ihrem Ex beeinflussen zu lassen. Doch sie neigte dazu, alle Männer über denselben Kamm zu scheren, wenn es um sie und ihre Jungs ging.

Wohin würde das führen? Nirgendwohin. Sie hatte sich einfach von ihrer weichen Seite mitreißen lassen, und Chance hatte gestern Abend plötzlich so niedergeschlagen und traurig ausgesehen, dass sie ihn aus einem verrückten Impuls heraus umarmt hatte. Ziemlich lange.

Eine extrem schöne, lange Zeit. Und jetzt wusste sie …

Umarmen verboten. Absolut und strengstens. Das durfte nie wieder passieren.

KAPITEL ZEHN

„Wenn du das hältst, nagle ich es an", sagte Chance einige Stunden später.

Lynn hockte neben ihm, Schulter an Schulter, auf dem jetzt stabilen Boden des Baumhauses. Sie benutzten einen Akkuschrauber, um die Wände mit Winkeln am Boden zu befestigen. Unter ihnen liefen die Jungs und Tiny im Kreis und spielten Cowboys mit ihren Spielzeuggewehren. Sie waren begeistert von ihrem neuen Baumhaus.

„Ich hoffe, du weißt, dass ich das ohne dich nie geschafft hätte. Meine Jungs hätten sich wahrscheinlich nur an dem verletzt, was ich allein hätte bauen können."

Chance drückte auf den Knopf, und die Schraube fraß sich in weniger als zehn Sekunden in das Holz. Er setzte sich auf seine Hacken und ließ den Schrauber auf seinem Oberschenkel ruhen. „Du hast es versucht. Das sagt viel über dich. Und die beste Art zu lernen ist mitzumachen. Ich bin ein guter Lehrer, falls du das noch nicht bemerkt hast." Er schenkte ihr ein übermütiges Grinsen, und es löste verrückte, flatternde Dinge in ihrem Inneren aus.

Das war eine neue Seite von Chance Turner, entspannt und mal nicht so hart zu sich selbst. Bis zu diesem Moment war ihr nicht klar gewesen, wie schwer Randys Tod ihn getroffen hatte.

Doch jetzt wusste sie, wie er war, wenn er keine Mauern um sich baute und erkannte, dass Chance Turner gefährlich sein konnte. Sie versuchte, ungekünstelt und entspannt zu wirken. „Du bist ein bisschen übermütig für einen Pastor, findest du nicht?" Sie lachte.

„Hey, Pastoren sind auch nur Menschen."

Sie war sich dessen überaus bewusst, da ihr in Jeans gehülltes Knie seins berührte. „Wirklich, das war mir gar nicht bewusst", neckte sie und amüsierte sich mehr, als sie sich hätte vorstellen können. Es war ein wunderschöner, frischer Wintertag, die Sonne strahlte, ihre Kinder spielten, und sie führte ein unterhaltsames, aufschlussreiches Gespräch mit einem umwerfend gutaussehenden Cowboy. Es war reizend.

„Oh, glaub mir, es gibt einige da draußen, die denken, dass ein Pastor einen Händedruck wie ein toter Fisch und sein Kinn an seiner Brust haben muss. Aber diese Welt braucht Mut. Männer mit Mut. Geduldig und gütig, ja. Aber es gibt ein Gleichgewicht." Er hielt inne. „Ich fürchte, das hat sich arrogant angehört. Glaub mir, das bin ich nicht. Ich bin nicht besser als alle anderen." Er holte tief Luft und wandte den Kopf, um das Vieh in der Ferne anzustarren. Er wirkte plötzlich in Gedanken versunken.

„Du hältst im Moment keine Gottesdienste. Kannst du mir erklären, warum?", fragte sie. „Du bist eindeutig dazu berufen."

Er war leidenschaftlich. Das war jetzt offensichtlich. Aber er war zutiefst fürsorglich und mitfühlend, wenn jemand aus seiner Gemeinde ihn so berührt haben konnte. Sie vermutete, dass es Randy gewesen war. Ob die Gemeinde nun in einer Arena war oder einer Kirche, änderte nichts daran.

Chance riss sich von seinen Gedanken los und griff nach einem anderen Brett. „Ich kann das gerade nicht. Mein Quell der Inspiration ist leer."

Er hielt das Brett an die vorgesehene Stelle, und sie griff danach und hielt es fest, wie sie es schon beim anderen getan hatte. Ihre Finger berührten sich, als sie das Brett übernahm, und die Schmetterlinge, die den ganzen Morgen hin und her getanzt hatten, flatterten wild auf.

Sie versuchte, sich auf das zu konzentrieren, worüber sie sprachen und wie wichtig es war, und nicht auf diese Anziehung, die sie spürte. „Als du gerade mit mir gesprochen hast, hast du dich nicht leer angehört. Du hast dich angehört wie ein Mann, der viel zu sagen und zu bieten hat, wenn du dich lässt. Aber ich weiß, was du meinst. Nicht aus der Sicht eines Pastors, aber ich weiß, wie es ist, wenn man sich leer fühlt. Ich habe nie genau so darüber nachgedacht, aber so fühle ich mich bei dem Gedanken, wieder zu heiraten."

Warum sprach sie das Thema an? Es war einfach so herausgerutscht.

„Ich weiß, dass jeder mich und meine Jungs sieht und denkt, es wäre so schön für mich, einen guten Mann – einen Cowboy – zu finden, wieder zu heiraten und glücklich bis ans Ende meiner Tage zu leben." Sie schenkte ihm ein verlegenes Lächeln. Seine Augen waren ernst und fürsorglich, als er zuhörte. „Ich habe darüber nachgedacht. Aber im Gegensatz zu Stacy, die verzweifelt versucht zu heiraten, oder Rose, die Zane geheiratet hat, glaube ich einfach nicht, dass ich das Zeug dazu habe, wieder jemandes Ehefrau zu sein. Aber ich habe das Gefühl, dass ich eine gute Mutter sein kann."

„Du bist eine gute Mutter. Eine tolle Mutter." Ihr Herz machte einen Sprung bei seinen sanften Worten.

„Danke. Aber wenn ich an das Thema Ehe denke, habe ich auch das Gefühl, dass mein Brunnen ausgetrocknet ist." Sie war schrecklich verlegen. Sie winkte ab und schnaubte: „Ignorier' das alles bitte. Es ist so ganz anders, als wie du dich fühlst. Ich hätte gar nicht erst versuchen sollen, einen Vergleich anzustellen. Es ergibt wahrscheinlich überhaupt keinen Sinn."

Er stellte den Bohrer ab und ergriff ihre flatternde Hand. „Nein. Stopp. Was du sagst, ergibt absolut Sinn. Ich weiß nicht, was du alles durchgemacht hast, aber du bist eine starke Frau. Das kann ich sagen. Du hast dich hier mit deinen Jungs durchgesetzt. Niemand kann das Herz eines anderen beurteilen oder auch nur ansatzweise behaupten, es zu kennen. Manchmal brauchen wir einfach Zeit, wieder ganz zu werden, damit eine trockene Quelle wieder zu sprudeln beginnt. Eines Tages wirst du vielleicht wieder lieben können. Deine Zeit, wieder ganz zu werden, gehört dir. Niemandem sonst."

Er streichelte mit seinem Daumen über ihren Handrücken, und seine Worte trösteten sie … genauso wie seine Berührung. Sie hob ihr Kinn, sah ihm in die Augen und verspürte ein überwältigendes Gefühl von … Gewissheit. Er war gut.

„Danke", sagte sie. „Ich habe von mehreren Seiten Druck bekommen."

„Sie meinen es gut." Er zwinkerte ihr zu, ließ ihre Hand sanft auf ihr Knie sinken und tätschelte einmal ihren Handrücken, bevor er wieder zu seinem Schrauber griff. Es war fast so, als würde es ihm leidtun, ihre Hand losgelassen zu haben.

Sie konzentrierte sich darauf, das nächste Brett des Baumhauses festzuhalten. Ihre Gedanken wanderten schuldbewusst zu Stacy. Sie musste ihn nochmal bitten, Stacy zu trauen. Da sie wusste, was er gerade durchmachte, war sie in Konflikt geraten.

„Also was dich angeht?", fragte sie. Sie hatte nicht vorgehabt, davon abzulenken, über ihn zu sprechen. „Du hast gerade wie ein Hirte mit mir gesprochen. Du machst es ganz natürlich."

„Manche Dinge passieren von selbst. Das heißt nicht, dass ich nicht auf der Sandbank mitten im Fluss festsitze. Das mit der Hochzeit deiner Freundin tut mir leid. Ich habe darüber nachgedacht, seit du mich gefragt hast, aber das ist ihr besonderer Tag, und ich habe einfach nicht das Gefühl, dass ich da bin, wo ich sein muss, um daran beteiligt zu sein."

Wenn man ihn ansah, würde niemand vermuten, dass Chance Turner jemals stranden könnte. „Ich wünschte, du wärst es. Sie –" Lynn hielt inne. Hier ging es gerade um ihn. „Und das hat mit Randys Tod zu tun."

Der Schmerz ließ seine grünen Augen sofort trüb werden, und seine hübschen Gesichtszüge wurden blass unter dem Gewicht der Last, die er trug. Lynns Herz brach bei diesem Anblick. Sie lehnte das Brett an die schon befestigten und schenkte ihm ihre volle Aufmerksamkeit. „Hast du nicht bemerkt, dass er Drogen genommen hat?"

Er holte tief Luft und stieß sie langsam durch angespannte Lippen aus. „Komisch, wie ich jemandem Ratschläge erteilen kann und es nicht in meinen eigenen Kopf und Verstand bekomme."

Ein scharfer Stich des Mitgefühls durchfuhr Lynn. Sie verstand es. Sie verstand genau, was er sagte. Sie wollte sagen: *Glaub' mir, ich weiß*, hielt sich aber zurück. Sie durfte das Gespräch nicht weiter auf sich lenken.

Hier ging es um Chance.

„Ich nehme mir nur eine Auszeit und versuche, meinen Weg zu finden. Dir und den Jungs zu helfen ist eine gute Sache." Er hob den Schrauber und schaltete ihn ein. „Also gib mir was zu tun", sagte er über das schwirrende Dröhnen hinweg.

„Okay, was immer ich tun kann."

„Mama, können wir schon hochkommen?" Gavin blieb am Fuß der Leiter stehen.

Jack war direkt hinter ihm. „Wir versprechen auch, nicht runterzufallen." Er packte die Leiter und sprang auf die unterste Sprosse.

„Was denkst du, Boss?" Chance' Augen funkelten. „Fühlst du dich sicher genug, um sie raufkommen zu lassen und vielleicht beim Bau zu helfen?"

Sie sah sich die beiden Seiten an, die fertig waren. „Wenn sie auf dieser Seite bleiben, mache ich mir nicht so viele Sorgen, dass sie versuchen, runterzuspringen."

„Nette Art, nicht zu sagen, dass sie runterfallen könnten."

Sie lachte. „Da ich die beiden kenne, würden sie absichtlich springen, nur um zu sehen, ob sie unversehrt landen können."

„Kommt hoch, aber seid vorsichtig!", rief Chance. Jack kletterte die Leiter hinauf wie ein Eichhörnchen.

Chance nahm ihn bei den Armen und half ihm auf die Terrasse des Baumhauses. „Mann, und ich dachte, du hättest Angst davor, eine Leiter hochzusteigen?"

Auf Jacks Gesicht breitete sich ein strahlendes Lächeln aus. „Vor der hier habe ich keine Angst. Davor habe ich Angst." Er deutete auf das Haus und die hohen Traufen. „Das ist rieeeesig."

„Es ist nicht riesig. Clint Matlocks Scheune, die ist riesig", korrigierte Gavin, seinem Bruder dicht auf den Fersen. Chance half auch ihm das letzte Stück. „Und ich habe vor nichts davon Angst." Gavin strahlte, dann sah er Lynn an. „Aber ich werde dich nicht noch einmal erschrecken, Mama. Genau wie Chance es mir gesagt hat."

Er machte ihr richtig Angst, allein durch das, was er gerade gesagt hatte. „Was hat Chance dir gesagt?", fragte sie, ihre Neugier geweckt.

„Dass Jungs Draufgänger sein können, aber in Maßen. Man muss sich auf gefährliche Sachen vorbereiten und trainieren, damit sich das die Waage hält. Aber manchmal muss man einfach an seine Mama denken."

Sie lachte nervös. „Nun, danke, dass du an mich gedacht hast. Wenn du ein Draufgänger wirst, werde ich vor meiner Zeit alt."

„Und sie ist zu hübsch, um vor ihrer Zeit alt zu werden. Nicht wahr, Jungs?"

Chance hatte sie gerade hübsch genannt. Das Kompliment sollte ihre Jungs nur anspornen, und doch war es nicht zu leugnen, wie sehr es sie traf. Es war sehr lange her, dass ihr ein Mann gesagt hatte, dass sie hübsch war.

Sie sah ihn nicht an. Stattdessen sah sie zu ihren grinsenden Jungs hinüber.

Gavin sprach zuerst. „Das werden wir dir nicht antun, Mama. Oder, Jack?"

Jack schüttelte den Kopf. Er wurde ernst. „Du findest meine Mama hübsch?"

Chance zog charmant eine schwarze Augenbraue hoch und verzog seinen Mund zu seinem noch charmanteren schiefen Grinsen. „Ich denke, ihr habt eine wunderschöne Mutter, innerlich und äußerlich."

Gavin und Jack starrten sie mit der Aufregung zweier Kinder an, die gerade die Lotterie von Toys ‚R' Us gewonnen hatten.

Sie lachte ein wenig unsicher. „Du kennst mich nicht wirklich", sagte sie in neckendem Ton, meinte es aber ernst.

Er sah schockiert aus. „Also sagst du mir, dass du nicht nett bist?"

„Oh, sie ist nett", sagte Gavin. „Außer wenn wir nicht tun, was sie sagt!"

„Oh ja." Jack kicherte, als sie ihnen einen warnenden Blick zuwarf. „Dann bekommen wir eine Auszeit, und die dauert ewig!"

Sie wusste, dass er Spaß hatte. Sie kitzelte seine Rippen, und er sprang quietschend davon. Chance packte ihn an der Hüfte und kitzelte ihn ebenfalls, als Jack seine Arme um Chance' Hals warf. „Eure Mutter bringt euch nur Recht und Unrecht bei, weil sie euch liebt."

„Das wissen wir", sagte Gavin und stürzte sich auf Chance, weil er in die Umarmung mit einbezogen werden wollte. Lynns Herz stockte – zum einen, weil sie so hoch oben waren, und zum anderen, weil ihre Jungs so ausgehungert nach männlicher Zuneigung waren.

Lachend fing Chance ihn auf und zog ihn an sich, um zu verhindern, dass er der Kante zu nah kam.

Lynn genoss das süße Bild. Es traf sie mit einem sehnsüchtigen Schmerz, wie sie ihn noch nie zuvor erlebt hatte … Ihre Jungs waren auf der sicheren Seite des Baumhauses, und Chance zwischen ihnen und dem Rand der Plattform. Wenn man sie so zusammen sah, war offensichtlich, was ihnen fehlte. Ihre Jungs vermissten einen Mann in ihrem Leben, der sie lieben und sie vor den harten, gefährlichen Dingen des Lebens beschützen würde.

Ihren Jungs fehlte das, weil sie glaubte, dass sie für sie ausreichte.

Doch tat sie das?

Als sie Chance in die Augen sah, lächelte sie zurück und versuchte, den Moment zu genießen und nicht mehr daraus zu machen, als sie sollte.

Ihr und ihren Jungs ging es großartig. Und wenn sie es aus Chance' Sicht betrachtete, war das auch gut für ihn. Dieser Moment war eine Möglichkeit, etwas von der Anspannung abzubauen, die sich durch Randys Tod in ihm aufgebaut hatte. Das war alles. Ein schöner Moment für ihre Jungs und für Chance.

Sie musste es nicht verkomplizieren mit all diesen anderen Sachen, die plötzlich in ihrem Kopf herumschwirrten. Wie die Erkenntnis, dass Chance Turner ein Mann war, dem sie vertrauen konnte. Er war ein Mann, dem sie mit all den zerbrochenen Stücken, die in ihrem Herzen verborgen waren, vertrauen konnte.

Ein zerbrochenes Glas war nicht zu reparieren. Es waren zu viele Stücke zu Staubpartikeln zerkleinert, die sich nicht wieder zusammenfügen ließen. So war es auch mit ihrem Herzen. Einige Frauen im Frauenhaus mit schlimmeren Geschichten als ihren waren darüber hinweggekommen. Stacy war eine von ihnen. Doch so sehr sie auch versucht hatte, andere zu diesem Schritt zu ermutigen, sie hatte erkannt, dass ihr Herz zu kaputt war. Sie konnte und wollte es nicht ertragen, noch einmal an jemanden zu glauben.

Doch ihre Jungs mit Chance zu sehen, sagte ihr, dass sie auf lange Sicht leiden würden, weil sie ihre Vergangenheit nicht loslassen konnte.

Chance irrte sich. Sie war innerlich nicht hübsch, sonst wäre sie in der Lage, zu vergeben und zu vergessen und darüber hinwegzukommen.

Ihr Ex war manipulativ und kontrollsüchtig gewesen. Und obwohl sie letzten Endes entkommen war, war es ein Kampf gewesen. Sie hatte tief in ihrem Herzen erkannt, dass er sie immer noch kontrollierte, obwohl sie ihn seit über drei Jahren weder gesehen noch mit ihm gesprochen hatte. Sie fühlte sich schwach.

Sie mochte es nicht, das über sich selbst zu wissen, doch so sehr sie es auch versuchte, sie kam nicht darüber hinweg. Einige Leute konnten wieder Vertrauen fassen. Sie nicht. Und es schien, als könnte nichts oder niemand etwas daran ändern.

KAPITEL ELF

Lynn schleppte sich am nächsten Morgen aus dem Haus und fuhr zum *Sicheren Hafen*. Dottie hatte sie angerufen und sie gebeten, mit einer neuen Bewohnerin zu reden, Sandra, von der sie dachte, dass Lynn ihr helfen könnte. Obwohl Lynn in der Lage war, anderen zu helfen, fühlte sie sich oft wie eine Heuchlerin, weil sie immer noch ihre eigenen Probleme hatte. Doch sie weigerte sich nie, über ihre Erfahrungen zu reden oder einer neuen Bewohnerin zuzuhören, die ihr Herz ausschütten musste. Lynn verschwieg nie, dass sie immer noch Probleme hatte – Probleme, einem Mann zu vertrauen.

Wenn es um Vertrauen ging, musste das jeder nach seinem eigenen Zeitplan neu erlernen. Es war wie Trauer. Die Zeit, die jemand brauchte, um den Verlust eines geliebten Menschen zu betrauern, wurde nicht nach dem gleichen Zeitplan wie die einer anderen

Person festgelegt.

Sandra war ein nervliches Wrack. Sie war eine zierliche Frau mit einem freundlichen Gesicht, mit den violetten Spuren frischer Schläge und einem geschwollenen, blutunterlaufenen Auge. In ihren Augen sah Lynn hinter allem, wie hart sie kämpfte. Sie hatte das immer und immer wieder gesehen, und jedes Mal wurde ihr davon übel. Doch anders als bei der Junggesellenauktion, wo sie fast die Fassung verloren hatte, konnte sie ihre Gefühle immer im Griff behalten. Wenn sie mit Frauen wie Sandra sprach, ging es ihr nur darum, ihnen zu helfen, sich selbst zu befreien.

Dottie, groß und gertenschlank, mit einem leichten Hinken, das ein Überbleibsel eines fast tödlichen Zusammenstoßes mit einem Hurricane war, hatte Lynn in dem Moment umarmt, in dem sie angekommen war, und sie Sandra vorgestellt. Dottie war ein Glücksfall für das Frauenhaus. Sie folgten den Jungen, als sie zum Spielplatz rannten, den die Männer von Mule Hollow für die Kinder hier gebaut hatten. Ein kleines Mädchen saß auf einer Schaukel und hielt ihre Puppe an sich gedrückt.

„Das ist Margaret", sagte Dottie. „Sie ist sieben und liebt Babys."

„Hallo Margaret, schön dich kennenzulernen", sagte Lynn. Sie fragte Kinder nie, wie es ihnen ging, wenn sie gerade angekommen waren. Die armen Kinder waren desorientiert, verängstigt, oft verwirrt und traurig. Doch das einer völlig Fremden gegenüber in Worte zu fassen, war schwer. Lynn wusste aus Erfahrung ihrer eigenen Jungen, dass es am besten war, ihnen zu erlauben, sich langsam zu akklimatisieren. Margaret sagte nichts, sondern drückte ihre Puppe nur fester an sich und sah ihre Mutter an. Lynns Herz schmerzte für das Kind, das das verletzte und geschwollene Gesicht seiner Mutter sehen musste.

Überwältigt von Mitgefühl und dem Wunsch zu helfen, lächelte Lynn Sandra an. „Lass uns reden, ich meine natürlich nur, wenn du möchtest?"

Sandra nickte.

„Ich werde auf die Kinder aufpassen." Dottie tätschelte den windelgepolsterten Po ihres fünf Monate alten Jungen. „Nehmt euch die Zeit, die ihr braucht. Margaret kann mir beim Babysitten helfen. Wie hört sich das an?" Dottie streckte Margaret ihre Hand entgegen. Das kleine Mädchen sah seine Mutter an. Sandra nickte, und Margaret ergriff Dotties Hand.

Lynn führte sie in einen Salon, den sie für Gruppensitzungen und Einzelgespräche nutzten. Bradys Eltern hatten davon geträumt, eine große Familie zu haben, und in freudiger Erwartung dieses riesige Ranchhaus gebaut. Doch sie waren erst spät im Leben mit Brady und sonst keinen weiteren Kindern gesegnet worden. Brady hatte das Haus in den *Sicheren Hafen* umgewandelt. Und dieser Salon, der in den Jahren vor dem Frauenhaus wenig genutzt worden war, war zu einem Raum geworden, in dem viel Leid besprochen und der lange Weg der Besserung begonnen wurde. Brady sagte gerne, dass seine Eltern einen Traum für das Haus gehabt hatten, doch Gott habe einen größeren Traum gehabt.

Als sie Sandra in den hübschen taubenblau getünchten Raum führte, betete Lynn, dass sie Sandra helfen könnte.

Zu ihrer Überraschung musste sie Sandra nichts entlocken. Sie war bereit zu sprechen. Bereit zu versuchen, Antworten zu finden. Wie Lynn, als sie ihren Mann endgültig verlassen hatte, suchte Sandra nach einer Möglichkeit, den Teufelskreis zu durchbrechen. Sie versuchte nur zu verstehen, wie man das in Angriff nahm. Sie öffnete sich, und alles flutete heraus … Sie war so aufgewühlt, dass Vertrauen kein Problem war. Sie brauchte einfach jemanden zum Reden. Und sie fürchtete, dass es ihre Schuld war, dass sie misshandelt worden war.

„Nein, Sandra, es ist nicht deine Schuld. Du darfst nicht darüber nachdenken, wie lange du geblieben bist. Du bist jetzt da raus", sagte Lynn nach nicht allzu langer Zeit. „Ab jetzt musst du nach vorn blicken. Ich habe Hilfe gesucht und bin aus meiner Ehe voller Misshandlung entkommen, aber ich habe dasselbe getan wie du. Ich bin viel länger in dieser Situation geblieben, als ich es hätte tun sollen. Ich war so durcheinander und hatte so viele Lügen gehört, und so viele Situationen waren verdreht worden, und im Laufe der Zeit war ich vollkommen unter seinem Einfluss und konnte nicht mehr klar sehen. Distanz hilft uns, klarer zu sehen. Jeder Tag, der vergeht, hilft … Es kann emotionale Narben geben, die viel länger brauchen, um zu heilen, als diese blauen Flecken in deinem Gesicht. Aber das Leben wird besser für dich und Margaret werden. Das verspreche ich dir."

Sandra rang ihre Hände in ihrem Schoß. „Aber meine Mutter hat mich dafür gescholten, dass ich weggelaufen bin. Sie glaubt nicht an Scheidung. Sie glaubt, dass das Ehegelübde heilig ist."

„Du hast in einer für dich und dein Kind gefährlichen Situation gelebt. Ja, das Ehegelübde ist heilig, aber ich glaube nicht, dass sie uns dazu verpflichten, in einer solchen Situation zu bleiben. Vor allem als Mütter, deren Kinder auf uns angewiesen sind. Ich bin stolz, sagen zu können, dass ich meine Jungs beschützt habe. Deine Mutter würde doch sicher nicht wollen, dass du deine Tochter gefährdest? Aber letztendlich ist es deine Entscheidung. Deine Verantwortung, nicht ihre."

Sandra dachte darüber nach, bevor sie nickte. „Ich verstehe."

„Niemand versteht so gut wie diejenigen von uns, die diesen Weg gegangen sind. Trotz der Schmerzen und der Angst, mit denen ich gelebt habe, und so ungesund meine Situation auch war, war es immer noch schwer, mich dazu zu bringen zu gehen." Drew hatte sie während seiner betrunkenen, emotionalen Wutanfälle geschlagen, und seine Seitensprünge, gefolgt von zerknirschten Entschuldigungen, waren endlos immer wieder passiert. Und immer war es schmerzhaft für sie gewesen.

Schließlich hatte sie erkannt, dass das nur seine Art gewesen war, sie dazu zu manipulieren, genau das zu tun, was er von ihr wollte. Gaslighting war das moderne Wort dafür.

„Aber vielleicht hätte ich irgendwas anders machen können", sagte Sandra. „Margaret liebt ihren Daddy."

„Es ist nicht deine Schuld, wenn dich ein Mann schlägt."

Drew hatte es immer geschafft, Lynn die Schuld zuzuschieben. Gegen Ende war er immer gewalttätiger geworden, als ob es ihm umso leichter gefallen wäre, je mehr er sie geschlagen hatte. Und sie hatte es zugelassen und der Lüge geglaubt, dass es irgendwie ihre Schuld war. „Wir tun Dinge, die wir nicht tun sollten, weil wir unseren Ehepartner lieben – also ertragen wir Dinge und glauben dem, den wir lieben, wenn er sagt, dass es unsere Schuld ist. Sandra, es ist deine Aufgabe, Margaret zu lieben und zu beschützen. Du hast den ersten Schritt in diese Richtung unternommen."

Lynn verstand vollkommen, was Sandra empfand. Sie war als starke Frau in die Ehe gegangen, doch irgendwie war diese starke Frau verloren gegangen. Irgendwann hatte ihr Verstand ihr gesagt, dass sie so leben sollte. Und wie es passiert war ... sie hatte sich selbst verloren, weil sie Drew so sehr geliebt und ihm vertraut hatte.

Sie schämte sich so, sich selbst oder irgendjemandem gegenüber zuzugeben, dass sie einen Mann geliebt hatte, der dazu imstande gewesen war, ihr so etwas anzutun. Wenn ihre Jungs nicht gewesen wären, wäre sie bei ihm geblieben. Es war demütigend, das über sich selbst zu entdecken. Mit Abstand hatte sie verstanden, dass jede Liebe, die sie jemals für Drew empfunden hatte, durch die schlimmen Dinge, die er ihr angetan hatte, ausgelöscht worden war. Und das hatte sie befreit. Doch das Problem blieb, dass sie ihn falsch eingeschätzt und ihn überhaupt einmal geliebt hatte. Wie, fragte sie sich, hatte sie jemals einen solchen Mann lieben können? War ihr Urteilsvermögen so schlecht?

Sandra und sie unterhielten sich über eine Stunde lang, und Sandra schien sich besser und stärker über das zu fühlen, was sie getan hatte, als sie fertig waren. Ein langer Weg lag vor ihr, doch zumindest war Sandra auf dem Weg in die Freiheit.

Lynn hoffte, dass sie Sandra mit dem Gespräch geholfen hatte. Aber sie dachte an sich selbst, als sie wegfuhr. Sie würde sich nie wieder in eine katastrophale Ehe verstricken lassen. Sie fürchtete das mehr als alles andere im Leben. Es würde nicht passieren. Sie hatte jetzt ein wunderbares Leben. Und ihr und ihren Jungs ging es gut. Es war nur so, dass in letzter Zeit nagende Zweifel und Sorgen in ihr aufgekommen waren. Warum ausgerechnet jetzt, wo doch alles so gut lief?

Chance' Reifen knirschten auf dem Kies von Lynns Einfahrt, als er anhielt. Es hatte geregnet, doch ihm war aufgefallen, dass Lynn keinen Weihnachtsbaum hatte. Was hatte er also getan? Er hatte sie gefragt, ob er sie und die Jungs mitnehmen könnte, um einen zu schneiden. Er war zwei Tage hintereinander hergekommen und hatte am Baumhaus gearbeitet, und jetzt war es fertig. Er hätte verschwinden und sich in sein Postkutschenhaus zurückziehen können, um die Einsamkeit zu finden, die er brauchte, doch die Jungs wollten unbedingt einen Weihnachtsbaum.

Er hatte auch Holz mitgebracht, um Lynns Veranda zu reparieren. Er nahm das Holz vom Truck und trug es um die Rückseite des Hauses herum zur Scheune. Tiny spielte im Schlamm, raste um Chance herum, und bevor er es zur Hintertür schaffte, flog sie auf, und die Jungs rannten heraus. Sie trugen Gummistiefel und Jacken, um das nasskalte Wetter abzuwehren. Es fühlte sich gut an, sie zu sehen.

„Hey, Buckaroos!"

„Fröhliche Weihnachten, Chance!", rief Gavin und sprang in eine Pfütze.

„Nein, Gavin!", rief Jack aus. „Mama hat gesagt, wir sollen uns nicht nass machen. Wir holen jetzt einen Baum."

„Gavin", sagte Lynn und blieb auf der Treppe stehen. „Dein Bruder hat recht. Was habe ich euch gesagt?"

Chance unterdrückte ein Lachen, als Gavin widerwillig aus der Pfütze stieg und zu seiner Mutter aufblickte.

„Nicht nass werden", sagte Gavin. „Mir wird sonst zu kalt, um einen Baum zu holen."

Das Kind war lustig. „Dann steigt ein", sagte Chance. „Lasst uns einen Baum besorgen."

Die Jungen jubelten und rasten um die Ecke, während sie durch seichte Pfützen rannten.

„Hi." Lynn seufzte. „Ich kann es nur versuchen."

Chance umarmte sie instinktiv mit einem Arm, als er dem Blick ihrer funkelnden Augen begegnete. „Alles ist gut."

„Ja, ist es." Sie sah zu ihm auf. „Bist du bereit?"

SCHMEICHLE MIR, COWBOY

Sein Herz fühlte sich an, als würde es wie ein Ballon aufgepumpt. Meine Güte, sie nahm ihm den Atem. „Ich bin bereit zur Welt gekommen."

Aber als er sie ansah, sie festhielt und nicht loslassen wollte, wusste er, dass er überhaupt nicht bereit war.

KAPITEL ZWÖLF

Lynn ging neben Chance her, als sie den Jungen durch den Wald auf der Turner-Ranch folgten. Ihre Gedanken waren abgelenkt. Als Chance einen Arm um sie gelegt und ihr in die Augen gesehen hatte, hatte ihre Welt angefangen, sich zu drehen. Sie hatte an ihn gedacht, bevor er überhaupt angekommen war. Seit er mit ihren Jungs in diesem Baumhaus gespielt hatte, hatte sie darüber nachgedacht, wie ihre Jungs auf der sicheren Seite gewesen waren, mit Chance zwischen ihnen und dem Abgrund. Es war so leicht gewesen zu sehen, was ihnen entging. So leicht zu sehen, was sie hätten, wenn sie sich in einen guten Mann verlieben könnte. Weil sie in diesem Moment in diesem unfertigen Baumhaus, mit zwei fertigen Wänden und zwei offenen Seiten, gewusst hatte, dass ihre Jungs es vermissten, einen Mann in ihrem Leben zu haben, der sie liebte und beschützte.

Neben Chance herzugehen, nach einem Weihnachtsbaum Ausschau zu halten, unterstrich die Tatsache dick und kräftig.

Ihren Jungs fehlte das, weil sie geglaubt hatte, dass sie genug für sie war.

Aber war sie das? Nein.

Sie hatte Chance in die Augen gesehen und gewollt, dass er sie umarmte, wie es ein verliebter Mann tun würde. Sie hatte gewollt, dass er sie küsste … hatte sich geschätzt und beschützt fühlen wollen. Sie hatte Chance in die Augen gesehen und sich gewünscht, dass ihr Leben anders wurde. Sich sehnlich gewünscht, dass die schreckliche Vergangenheit nie passiert wäre. Wenn all das Erlebte nie passiert wäre, dann gäbe es Hoffnung für sie – doch sie hätte ihre Jungs auch nie bekommen. Sie schloss die Augen und seufzte, als sie die Stärke in Chance' Umarmung spürte. Ihre Vergangenheit war passiert, und nichts konnte sie ungeschehen machen. Ihre Jungs waren der Beweis dafür, dass aus einer schlechten Situation Gutes entstehen konnte. Sie würde eine unbeschwerte Vergangenheit ihren Söhnen nicht vorziehen.

Und ihr und ihren Jungs ging es großartig. Das hatte sie sich gesagt, als sie sich aus Chance' Umarmung gelöst hatte. Das hatte sie sich gesagt, als sie so getan hatte, als hätte seine Berührung sie nicht getroffen.

Doch das hatte sie.

„Was ist mit diesem hier?", rief Gavin. Er stand neben einer riesigen Zeder.

„Ich fürchte, die ist ein bisschen groß", antwortete Chance.

Er ging neben ihr weiter, als Jack und Gavin von einem Baum zum nächsten sprangen.

„Du bist ziemlich still", sagte er.

„Tut mir leid."

„Ist es etwas, das ich getan habe?"

„Nein. Nur Gedanken."

„Kann ich helfen?"

Nein, das konnte er nicht, denn ihre Gedanken kreisten darum, dass sie wusste, dass Chance Turner ein vertrauenswürdiger Mann war. Er war ein Mann, dem sie mit all den zerbrochenen Stücken, die in ihrem Herzen verborgen waren, vertrauen konnte. Und doch konnte sie es nicht. Sie dachte an Sandra und alles, was sie ihr erzählt hatte … Sie betete, dass Sandra, wie so viele andere auch, sich ganz von ihrer Vergangenheit befreien konnten.

Lynn hasste es zuzugeben, dass sie nicht frei von ihrer eigenen Vergangenheit war. Hasste es zuzugeben, dass sie zerbrechlicher war, als sie sein wollte. Doch es war so. Sie war nicht nur angeschlagen, sie war auf emotionaler Ebene kaputt.

„Irgendwas belastet dich doch."

Sie seufzte und freute sich über die kalte Luft auf

ihren heißen Wangen. „Mein Ex hat mich manipuliert. Und obwohl ich ihm entkommen bin, war und ist es ein Kampf. Ich stecke heute Morgen in meinem Kopf fest."

Sein Gesichtsausdruck war verständnisvoll. Und doch wusste sie, dass er es nicht verstehen konnte.

„Ich hoffe, du weißt, dass du mir vertrauen kannst", sagte Chance, als hätte er ihre Gedanken gelesen.

Sie blieb stehen und betrachtete eine Zeder. Sie war zu klein, doch sie gab ihr etwas, worauf sie sich konzentrieren konnte. „Mir fällt es schwer, Männern zu vertrauen."

„Ich weiß. Aber ich hoffe trotzdem, dass du erkennen wirst, dass du mir vertrauen kannst."

„Meine Jungs sind verrückt nach dir. Ich denke, das hast du schon bemerkt."

Seine Lippen verzogen sich zu diesem Lächeln, das ihren Puls pochen ließ. „Ich weiß nicht, was ich getan habe, um diese Ehre zu verdienen, aber es gefällt mir."

„Kinder sind gute Menschenkenner."

„Und du?"

„Manchmal", sagte sie und wünschte sich, sie könnte ja sagen, aber es wäre eine Lüge. „Ich habe Drew auf die schlimmste Weise falsch eingeschätzt, und obwohl die körperlichen Spuren dieses Fehlers verheilt sind, habe ich psychisch immer noch Probleme."

„Willst du darüber reden?"

Sie zog ihren Strickschal fester um ihren Hals und

schüttelte den Kopf. Die Kinder quietschten im Wald vor ihnen, und dort wollte sie sein … nicht hier, wo sie plötzlich mehr als alles andere Chance' Arme fest um sich spüren wollte. Den Schlag seines Herzens an ihrem Ohr. Wie konnte sie das so sehr wollen und trotzdem Todesangst vor ihm haben?

Sie hasste das. „Weißt du was – genug." Sie atmete tief durch und lächelte, als ob sie es so meinte. „Wir sind gekommen, um einen Baum zu finden und Spaß zu haben, und das will ich wirklich." Sie ging auf das Gelächter zu, das durch die Bäume hallte. Sie würde Spaß haben und nicht an all den Ballast aus ihrer Vergangenheit denken. „Heute ist ein großartiger Tag", sagte sie und pumpte ihr Selbstvertrauen auf.

„Ja, das ist es. Du bist eine mutige Frau, Lynn. Eine starke Frau. Du weißt, dass ich eigene Probleme mit mir herumschleppe, die du ja kennst, daher verstehe ich vollkommen, was du sagst."

„Ich weiß. Es ist verrückt, nicht wahr? Ich weiß, dass mein Glaube mich an diesen Punkt gebracht hat, und es ist fantastisch, wenn man bedenkt, wo ich, wo wir waren. Warum komme ich dann nicht über diese letzte Hürde hinweg?"

„Hey, sieh dich an diesem schönen Ort um und hör deinen Kindern beim Lachen zu." Er nahm ihre Hand. „Das ist ein guter Moment." Er hielt inne und blickte zu den Baumwipfeln hinauf, während das Lachen ihrer

Jungen in der kalten Luft widerhallte, und dann lächelte er sie an. „Lass uns jetzt einfach in diesem Moment sein."

Er hatte recht. Es klang nach einem guten Plan.

Am Samstagmorgen setzte Lynn ein Lächeln ins Gesicht und in ihr Herz und machte sich auf den Weg zur Kirche. Sie musste zuerst beim Futtermittelladen vorbeischauen und Hundefutter holen. Dort trafen sie auf App und Stanley, die ihren wöchentlichen Beutel Sonnenblumenkerne kauften. Während sie das Hundefutter bezahlte, gingen die beiden älteren Männer und ihre Jungs hinaus. Sie beobachtete durch das Fenster, wie sie auf dem Bürgersteig standen und Sonnenblumenkernspucken mit ihnen übten. Jungs wären Jungs, egal in welchem Alter.

Sobald sie Gavin und Jack ins Auto gescheucht hatte, begannen sie, die Art und Weise, wie App und Stanley sprachen, nachzuahmen. Das taten sie immer, wenn sie Zeit in ihrer Nähe verbracht hatten. Zum Glück hielt es normalerweise nur kurz an, bis sie zu ihrer normalen Ausdrucksweise zurückkehrten.

„Ich hab' Sonnenblumenkerne gegessen, Mama", sagte Jack gedehnt in Apps breitem Südstaatenakzent.

„Ja", sagte Gavin. „Die Dinger sind die besten zum Weitspucken."

Sie biss sich auf die Zunge und konzentrierte sich darauf, zur Kirche zu fahren. Es waren weniger als drei Wochen bis Weihnachten, und die Probe für das Weihnachtskonzert der Kinder stand an. Wie alles andere hier in der Gegend gab es das Konzert, seit durch die Zeitungsanzeigen die ersten Frauen nach Mule Hollow gekommen waren. Lacy war verantwortlich gewesen, und sie war immer aufgeregt deswegen, doch ihr Geburtstermin sollte kurz vor Weihnachten sein, darum konnte sie die Verantwortung nicht übernehmen. Es schien, als hätte eine Sache nach der anderen die Leute davon abgehalten, ihre Rolle zu übernehmen. Das von Ross und Sugar Ray Denton gegründete *Barn Theatre* hatte ein weihnachtliches Programm mit mehreren Cowboys und Cowgirls, und so schien es wirklich nicht notwendig, ein Gemeindekonzert zu veranstalten. Lynn und mehrere Frauen hatten entschieden, dass die Kinder eine Show brauchten, und so hatte Lynn sich freiwillig bereit erklärt, die zu leiten.

Der letzte Mensch, den sie zu sehen erwartete, als sie auf den Parkplatz der Kirche einbog, war Chance.

„Schau Mama, da ist Chance!", quietschten die Jungs gleichzeitig. Sie waren verrückt nach dem Mann. Vollkommen verrückt.

Er lehnte mit an den Knöcheln gekreuzten Stiefeln an seinem Pick-up, den Hut tief in die Stirn gezogen gegen das grelle Wintersonnenlicht. Unwillkürlich machte ihr Magen einen Sprung, und sie lächelte wie ein Schulmädchen, was sie sicherlich nicht war!

Er schob seinen Hut zurück und grinste, bevor er seine Hand an ihre offene Tür legte. „Ich glaube, ich habe mich in der Zeit vertan. Ich bin seit einer halben Stunde hier."

„Was machst du hier?"

„Wir haben ihn eingeladen", sagte Gavin strahlend und sprang vom Rücksitz. Er legte den Kopf in den Nacken und grinste Chance an. „Wir haben nur nicht gedacht, dass Sie tatsächlich kommen würden."

Jack sprang aus dem Auto. „Ja, haben wir nicht", sagte er in seinem App-und-Stanley-Singsang. Okay, vielleicht muss sie mit den Jungs darüber reden, nicht alles zu imitieren, was die beiden älteren Männer sagten.

„Habt ihr zwei mir nicht gesagt, dass eure Mutter Hilfe braucht?"

Ihre Augen wurden groß wie Untertassen. Gavin sprach zuerst. „Das darfst du ihr nicht sagen."

„Warum hast du ihm das überhaupt gesagt?"

Jack sah schockiert aus. „Aber du hast gesagt, dass du …"

„Ich wollte nicht –" Sie stieg aus dem Auto, wo sie sich wirklich eingeengt fühlte – und blickte zu Chance auf. „Willst du wirklich helfen?"

Er warf einen Blick auf die weiße Kirche. „Ja, dafür

bin ich gekommen."

Der Mann verwirrte sie. Er wollte gerade keine Gottesdienste abhalten, er kämpfte mit seinem Glauben, und doch meldete er sich freiwillig, mit den Kindern zu helfen … Plötzlich kam ihr in den Sinn, dass es vielleicht nicht um sie, sondern um Chance ging. Vielleicht würde das Chance helfen, seinen Brunnen wieder aufzufüllen. Es war nicht schwer zu erkennen, was für ein wunderbarer Mann er war. Obwohl er innerlich litt, bot er immer noch an, ihr und jetzt den Kindern zu helfen.

„Sicher. Das ist großartig. Komm mit in die Kirche. Jungs, rennt nicht, und ich wiederhole, nicht um die Ecken dieser Kirche. Ich will nicht, dass ihr nochmal jemanden umreißt. „Ihr könnt auf der Schaukel spielen, bis die anderen da sind, aber kein Rennen um Ecken herum." Der Boden war seit dem morgendlichen Regen weitgehend getrocknet, aber stellenweise noch feucht. Obwohl es zum Glück hier bei der Kirche nicht mehr als einen kurzen Nieselregen gegeben hatte. Schlamm, Kinder und eine Kirche waren keine gute Kombination.

„Wir werden es versuchen, Momma", sagte Gavin mit einem tiefen Seufzer, als wäre der Versuch, seine Geschwindigkeit zu kontrollieren, die größte Last, die er tragen könnte. Jack war schon zum hinteren Teil der Kirche davongerannt.

„Jack Robert Perry, hast du mich gehört?", rief sie

mit ihrer strengsten Stimme. Der kleine Junge trat sofort auf die Bremse und drehte sich um, um sie unschuldig anzusehen. *Natürlich.*

„Ich wollte nicht rennen, wenn ich um die Ecke laufe."

„Dann renn' auch jetzt nicht."

„Okay, Mama. Aber kleine Jungs sollen rennen, weißt du das nicht?"

Sie räusperte sich und versuchte, ein Grinsen zu unterdrücken. „Ja, das weiß ich, aber sie sollen auch auf ihre Mamas hören."

„Ja, Ma'am", sagte Jack, als Gavin ihn einholte. Sie machten sich gemeinsam im übertriebenen Schneckentempo auf den Weg.

Chance lachte und sah zu, wie sie um die Ecke verschwanden. „Da hast du ziemlich streng geklungen."

„Ha! Ich klinge wie eine Mutter."

„Das tust du. Und du hast ein wirklich gutes Pokerface."

Sie warf ihm einen schockierten Blick zu. „Das ist dir aufgefallen? Und da dachte ich, ich könnte alle täuschen."

„Ja, sicher. Du bist wachsweich, und ich und jeder, der zwei Sekunden lang hinschaut, kann es sehen."

Sie holte zwei Baumwolltaschen mit Snacks und Getränken vom Rücksitz. „Ich hätte nicht gedacht, dass ich so leicht zu durchschauen bin."

Chance griff nach den Taschen. „Hier, lass mich das nehmen. Und ich ziehe dich nur auf."

„Du solltest besser aufpassen, da wir es gleich mit zehn Kindern zu tun haben werden – keines über acht Jahre alt."

„Hört sich nach Spaß an." Er folgte ihr und wartete dann an der Tür, während sie den Schlüssel ins Schloss steckte und die schwere Eichentür öffnete. „Ich werde auf Nummer Sicher gehen und zuerst um jede Ecke spähen. Also, was steht auf dem Programm?"

„Es ist die Weihnachtsgeschichte aus der Sicht des Hirten. Wir wollten es eigentlich aus der Sicht des Esels machen und Samantha verwenden – du weißt schon, der süße Esel von Cort und Lilly Wells."

„Oh, ja, ich habe von ihren Sperenzchen gehört."

„Die Kinder lieben diesen kleinen Esel, aber wir haben entschieden, dass es wahrscheinlich keine gute Idee ist, Samantha in die Kirche zu bringen."

Er zog eine Augenbraue hoch. „Nein, keine gute Idee." Sie lachten, als sie den Lichtschalter umlegte und dann zur Vorderseite der malerischen Kirche vorausging.

Die Sonne fiel durch das Buntglas, glitzerte auf den dunklen Holzbänken und hinterließ Flickenteppiche auf dem Dielenboden. „Ich liebe diesen Raum", sagte sie und spürte die Wärme des Ortes und die Ruhe. „Es gibt mir ein Gefühl von Frieden, wenn ich hier reinkomme.

So sehr ich Samantha auch liebe, es wäre nicht angemessen, wenn sie den Gang zum Altar runtertrampelt."

„Da muss ich dir recht geben. In jeder Hinsicht. Meine Wurzeln liegen in dieser Kirche." Er stand vor der Kanzel und starrte sie nachdenklich an.

„Dann ist das auf persönlicher Ebene ein besonderer Ort für dich. Es bedeutet mir so viel, dass meine Jungs Wurzeln haben. Den anderen Frauen im Frauenhaus geht es genauso." Sie hielt inne und konnte sich dann nicht davon abhalten weiterzureden. „Das hier wünscht sich Stacy für ihre Hochzeit. Sie ist so ein Schatz, Chance. Sie hat in ihrem Leben so viel durchgemacht und wurde von jedem Mann in ihrem Leben so schrecklich misshandelt … und doch hat sie diesen stillen Kampfgeist. Und jetzt hat sie einen hingebungsvollen, liebenden Mann gefunden und ist mutig genug, ihn zu heiraten – trotz all der Misshandlungen, die sie durch ihren Vater und ihren Exmann ertragen musste. Du hast mich mutig genannt. *Das* ist eine mutige Frau."

„Hört sich so an."

„Sie würde das nie glauben, aber sie ist es. Und diese Hochzeit bedeutet ihr so viel. Es ist ihr sehr wichtig, einen Pastor zu finden, der sie traut."

„Was ist mit Brady?"

„Er und Dottie waren ihre Lebensretter, und sie

könnte ihn leicht die Trauung machen lassen. Aber sie will, dass ein Pastor durch die Zeremonie führt. Sie will hier stehen, in dieser Kirche, und ihr Gelübde vor Gott und ihrer neuen Familie, der Gemeinde Mule-Hollow, ablegen."

Chance sah nachdenklich aus, und sie fragte sich, was er dachte. Sie wollte ihn noch einmal bitten, Stacy zu trauen, aber etwas hielt sie zurück. Er hatte in seinem Herzen und seiner Seele seinen eigenen spirituellen Kampf auszufechten und brauchte wirklich keinen Druck von ihr.

KAPITEL DREIZEHN

„Nein, Wes, du trägst es so. Halt' es hoch."
Chance stand neben der Gruppe von Kindern,
die vor dem Altar   aufgereiht war. Er war damit
beschäftigt, Gavin dabei zuzusehen, wie er dem
kleineren Jungen, Wes McKennon, zeigte, wie man den
Stab in seiner Hand hielt. Der dunkelhaarige kleine
Junge bemühte sich sehr, das zu tun, was er tun sollte.

„Gavin, du leistest großartige Arbeit dabei, Wes zu
helfen." Chance ging auf ein Knie und entschied, dass
er dem Knirps helfen könnte, den Stab richtig zu halten.
„Und du machst das wirklich gut, wie du diesen Stab
hältst, Wes." Chance hatte beobachtet, dass der Junge
den Stab verkehrt herum oder seitwärts halten konnte
und das Publikum ihn großartig finden würde, egal was
er tat. Was Gavin anging und das Herunterrattern von
Anweisungen – der Junge war der geborene Organisator
und Anführer. Der Junge hatte Anweisungen für alle,

und die anderen Kinder hörten zu, wenn er sprach.

Und nicht nur Kinder. Chance konnte immer noch nicht glauben, dass er selbst auch hier war. Gavin besaß dieselbe Überzeugungskraft, wenn es um Erwachsene ging – oder zumindest wenn es um Chance ging. Gavin hatte ihn gebeten, bei der Probe für das Konzert zu helfen, und Chance war gekommen. Und er genoss es. Er hatte auch Spaß daran gehabt, den Weihnachtsbaum zu fällen und den Jungs beim Aufhängen der Lichter und dem Baumhaus zu helfen.

„Okay, Jungs und Mädels, jetzt stellen wir uns ganz aufrecht hin und singen, damit die Leute auf der hinteren Bank euch hören. Du machst einen guten Job."

Jack stand neben einem Kleinkind, das am Daumen lutschte und mit riesigen Augen alles beobachtete. Das war Stacys Baby. Sie war mit den anderen Müttern dabei, den Anbau für das Mittagessen nach der Predigt und dem Konzert zu dekorieren. Die Landkirche war ein geschäftiger Ort.

Er beobachtete, wie Lynn mit den Kindern arbeitete. Sie hatte gesagt, sie wolle Wurzeln für ihre Jungs. Als Cowboypastor hatte er nicht wirklich Wurzeln geschlagen. Er war die meiste Zeit unterwegs. Wenn er nicht bei einem Rodeo war, war er in einer Auktionsscheune oder bei einem Roping-Wettbewerb oder an anderen Orten, an die er gerufen oder eingeladen wurde. Doch das war, wo sein Herz war. Das war der Dienst an seinen Mitmenschen, zu dem er berufen worden war.

„Mr. Turner, könnte ich kurz mit Ihnen reden?"

Die sanfte Stimme holte ihn aus dem Nebel seiner inneren Debatte, und er drehte sich um. Stacy saß auf der Bank hinter ihm und sah unbehaglich aus.

„Natürlich", sagte er und wollte instinktiv helfen, ihr Unbehagen zu lindern.

„Draußen?"

Er nickte, warf einen Blick auf die Gruppe von Kindern und Lynn, die ein Lied mit ihnen sang, stand dann auf und folgte Stacy. Lynn hatte ihm erzählt, dass es Stacy schwerfiel, Männern zu vertrauen. Dass sie große Fortschritte gemacht hatte, dank einiger ganz besonderer Männer in Mule Hollow, die freundlich gewesen waren und ihr ein gutes Beispiel dafür gegeben hatten, wie echte Männer sich verhalten sollten. Auf dem Absatz vor der Tür stand sie ihm gegenüber. Ihr blassblondes Haar war mit einer Spange am Hinterkopf befestigt, wodurch ihre feinen, zierlichen Gesichtszüge besonders gut zur Geltung kamen. Sie war auf fast engelhafte Weise schön – die perfekte Wahl für einen Weihnachtsengel. Himmelblaue Augen, freundlich, doch mit einer Vorsicht in ihrer Miene, die immer noch offensichtlich war, trotz all der Freundlichkeit, die ihr hier in Mule Hollow entgegengebracht worden war. Er sah sie nur an und kannte ihre Geschichte, darum wollte er nur das Beste für sie.

„Was kann ich für Sie tun?", fragte er und versuchte sie zu beruhigen, ziemlich sicher, dass er wusste, was sie wollte.

„Lynn, da bin ich mir sicher, hat Sie gebeten, meine und Emmetts Trauung durchzuführen. Ich weiß, dass Sie gerade keine Gottesdienste halten, wenn ich das richtig verstanden habe, aber ich hatte einfach gehofft, dass ich Sie bitten könnte, nochmal darüber nachzudenken." Tränen stiegen ihr in die Augen, doch sie blinzelte, und sie verschwanden sofort. Er hatte das Gefühl, dass sie normalerweise nicht viel sprach. „Ich – ich habe entschieden, dass ich nächsten Samstag heiraten möchte." Sie senkte den Blick, dann blickte sie, fast als müsste sie sich dazu zwingen, wieder in seine Augen.

„Ich habe mir Zeit gelassen und mir alle möglichen Ausreden ausgedacht, warum jetzt nicht die richtige Zeit ist, Emmett zu heiraten – es gibt keinen Pastor, und ich habe Angst, ich könnte wieder verletzt werden." Sie atmete schwer ein. „Aber ich weiß, dass das falsch ist. Ich liebe Emmett, und er liebt mich …" Sie räusperte sich leise. Wahrscheinlich um Mut zu schöpfen, weiterzumachen – es war deutlich in ihren Augen erkennbar, wie schwer es für sie war. „Also musste ich Sie persönlich fragen, ob Sie uns nächsten Samstag trauen könnten."

Chance brach das Herz, als er sich an das erinnerte, was Lynn ihm über Stacy erzählt hatte. Jetzt, wo er ihr von Angesicht zu Angesicht gegenüberstand und ihre Geschichte und ihr tapferes Herz kannte, konnte er nicht nein sagen. Was für ein Mann wäre er, das zu tun? Er begegnete ihrem aufrichtigen Blick mit Zuversicht und sagte: „Ich würde mich geehrt fühlen."

„Chance, bist du hier draußen?"

Chance reparierte gerade eine zerbrochene Latte an einer der alten Boxen in der Scheune des Postkutschenhauses. Er richtete sich auf und rief: „Ich bin hier!", und trat hinaus, wo Lynn ihn sehen konnte.

„Du bist ohne ein Wort verschwunden", sagte sie, als sie ihn sah und auf ihn zuging. „Und dann hat Stacy mir erzählt, dass du zugestimmt hast, sie nächste Woche zu trauen, und ich konnte es nicht fassen. Ich bin so aufgeregt! Aber ist das wirklich okay für dich?"

Dieselbe Frage hatte er sich die ganze letzte Stunde gestellt. „Ich glaube, das muss ich. Nachdem sie sich dazu überwunden hat, mich darum zu bitten, wie konnte ich nein sagen? Wer könnte zu jemandem, der so sanftmütig und gütig aussieht wie Stacy, nein sagen?"

„Oh, du sagst also, ich bin nicht süß genug? Deshalb hast du so leicht abgelehnt, als ich gefragt habe?" Lynn verschränkte die Arme und warf ihm einen abschätzenden Blick zu.

„Nein … ich meine …" Er stolperte über seine Worte, als ihm klar wurde, wie das für sie geklungen haben musste. „Tut mir leid. Das habe ich nicht so gemeint."

„Entspann dich, ich ziehe dich nur auf. Ich weiß, was du meinst."

Sie lachte, doch er schüttelte den Kopf. „Nein. Du bist genauso süß, Lynn. Ich habe es einfach nicht verstanden, bis du mir ihre Geschichte erzählt hast und ich sie persönlich getroffen habe."

Ein blasser Hauch von Rosa berührte ihre Wangen, und ihre Augen wurden weicher. „Nein. Ich bin nicht – "

„Doch, das bist du." Dann berührte er ihren Arm, weil ihm klar wurde, dass Lynns Vergangenheit bedeuten könnte, dass sie Komplimente nicht gewohnt war.

Sie betrachtete seine Hand auf ihrem Arm und hob dann ihren Blick. „Danke, dass du das für sie tust."

Er runzelte die Stirn. „Du denkst wahrscheinlich, dass ich nicht viel wert bin, weil ich mich so zurückgezogen habe."

„Nein. Ich glaube, du bist ein Mann, der um eine verlorene Seele trauert. Vielleicht ein bisschen wütend, und das hat dich innerlich ausgelaugt. Ich habe über diesen ausgetrockneten Brunnen nachgedacht, von dem du gesprochen hast, und ich glaube, Gott ist sehr damit beschäftigt, ihn für dich zu füllen."

Sein finsterer Blick grub sich tiefer, und er ging zurück in die Box. Er griff nach einem weiteren Nagel, bückte sich, um seinen Hammer aufzuheben, und schlug den Nagel mit zwei Schlägen in das Holz.

„Beeindruckend", sagte Lynn, lehnte sich gegen die oberste Planke und sah auf ihn hinunter. Sie hatte sich für Stacy gefreut, doch tief im Inneren hatte es einen hohen Preis für ihn. Seine Seele schmerzte. Es war offensichtlich. „Nichts geht über einen Hammer und Nägel, um sich Luft zu machen", sagte sie und musste sehen, ob er das Bedürfnis hatte zu reden. Es entging ihr nicht, dass er seinen Akkuschrauber und die Holzschrauben nicht benutzte.

„Dir gefällt das."

„Nein. Tut mir leid. Ich denke wirklich, dass es sehr konstruktiv ist, seinen Frust durch harte Arbeit abzubauen. Man kann Dampf ablassen, über etwas nachdenken, darüber beten und gleichzeitig etwas Konstruktives tun. Glaub' mir, ich putze am gründlichsten, wenn ich wütend wie eine Hornisse bin.

Ich schwirre durch die Zimmer, heißer als Feuer, und mein Haus funkelt, als wäre Meister Proper höchstpersönlich zu Besuch gewesen. Ich habe das einfach bei dir gesehen."

Er stand auf und hängte den Hammer an die Holzlatte. „Also dachtest du wahrscheinlich, dass es ziemlich erbärmlich war, dass ich vorhin so weggerannt bin."

„Also bist du weggerannt. Ich habe mich umgesehen, und du warst nicht mehr da. Erst als Stacy gekommen ist und mir die Neuigkeiten erzählt hat, dachte ich – na ja, ich habe mich gefragt, ob es dir gut geht."

Er nickte. „Mir geht's gut. Danke, dass du gekommen bist, um nach mir zu sehen."

Seine leisen Worte streichelten über sie wie die Berührung einer flüsternden Brise. „Gerne geschehen." Er lächelte, und sie fühlte sich fast schwach, ihr Herz schlug so schnell. „Ich bin nur so froh, dass du zugestimmt hast, das für Stacy und Emmett zu tun."

Sie musste zu einem Thema kommen, das nicht so emotional besetzt war. Vielleicht war es das, was plötzlich nicht mehr mit ihr stimmte. Sie sah sich im Inneren der Scheune um und versuchte, nicht daran zu denken, dass sein Blick etwas tief in der dunklen Ecke ihres Herzens berührt zu haben schien …

Sie kämpfte darum, etwas zu sagen. „Dieses Gebäude ist wirklich alt, nicht wahr? Irre ich mich, oder ist das dieselbe Scheune, die sie vor all den Jahren benutzt haben, um die Postkutschenpferde unterzubringen?"

„Das ist sie. Wir versuchen, sie in einem so guten Zustand wie möglich zu halten. Dafür, dass sie so alt ist, sieht sie immer noch ziemlich gut aus, findest du nicht?"

Chance versuchte, sich auf die Scheune zu konzentrieren und nicht auf Lynn. Die Scheune war ein niedriges Gebäude, doch die Decke war in der Mitte steil und hoch genug, um bei Bedarf die Postkutschen unterzustellen. Dann fiel die Dachlinie auf beiden Seiten, wo die Pferdeställe waren, tief ab. Die Scheune wurde nicht mehr viel benutzt, aber Chance mochte sie. Er liebte die Relikte aus vergangenen Tagen, wie die alten Hufeisen, die an die obersten Bretter der Boxen entlang der Scheune genagelt waren.

„Sind das Hufeisen von damals?"

„Ja", sagte er erfreut. „Ich frage mich, wo die alle gewesen sind?"

„Es ist eine wirklich nette Geschichte, die deine Familie hier hat. Melody redet die ganze Zeit darüber."

Melody hatte Seth kennengelernt, als sie über Sam

Bass, den berühmten Gesetzlosen aus Texas, recherchiert hatte. Als Geschichtslehrerin war sie fasziniert von der Ranch und ihrer Vergangenheit, und Wyatt hatte sie eingestellt, um Nachforschungen über ihre Familie anzustellen. Sie hatte großartige Arbeit geleistet und Seth schließlich geheiratet.

„Ich liebe die Stabilität deiner Familie."

Er stellte seinen Stiefel auf die Sprosse der Box und lehnte sich mit dem Rücken dagegen. „Oh, wir sind genauso gestört wie alle anderen. Es gibt keine Familie, die alles im Griff hat."

„Ja, ich weiß. Aber du musst an all das denken, was ich erlebt habe. Ich kann dir wirklich nicht sagen, was es für Stacy bedeutet, dass du sie trauen wirst. Dass sie eines Tages ihre Kinder und Enkelkinder in die Kirche mitnehmen und ihnen zeigen kann, wo alles angefangen hat – das bedeutet für jemandem wie Stacy so viel. Ich weiß, ich klinge wie eine kaputte Schallplatte. Aber es ist so."

„Wo sind deine Kinder?"

„Sie sind bei Lilly Wells, mit Joshua spielen. Sie gehen gerne dorthin, genauso wie sie es lieben, zu Susan zu gehen."

„Du hast also den Abend frei?" *Was tat er da?*

„Na ja, ich hatte nicht wirklich darüber nachgedacht, aber ja, ich denke schon. Ich –"

„Willst du nach Ranger fahren und mit mir zu Abend essen?"

„Wie ein Date?"

Ihre überraschte Frage flog zu ihm zurück, fast bevor er registrieren konnte, dass er sie tatsächlich um ein Date gebeten hatte. Sicher, er lud Frauen auf Dates ein, aber nicht, wenn er wusste, dass sie nicht interessiert waren. Doch er genoss ihre Gesellschaft, und er musste essen.

„Ähm, wenn du es so nennen willst. Ich muss nur was essen." Es war ein lahmer Versuch, daraus keine große Sache zu machen. Sie sah ihn mit leuchtenden Augen an, fast schwarz im gedämpften Licht der Scheune. Und es traf ihn, als er sie ansah, dass er wirklich wollte, dass sie ja sagte.

Sie wich von ihm zurück und schüttelte den Kopf. „Nein. Trotzdem danke. Aber ich, ich weiß nicht – ich meine, ich sollte nach Hause gehen und Wäsche waschen. Und morgen ist die Show, und ich bin nur hergekommen, um dir zu danken, dass du zugestimmt hast, Stacy zu trauen …"

„Okay, halt." Er machte mit den Händen das Auszeitzeichen und stieß sich von der Box ab. „Du gehst lieber Wäsche waschen als abendessen?"

Sie schüttelte den Kopf. „Ich habe dir doch gesagt, dass ich nicht date."

Er wusste es, also warum irritierte es ihn plötzlich so? „Dann gehen wir aus, um zu feiern, dass ich deine Freundin traue. Wie ist es damit?"

„Das ist nicht wirklich fair, weißt du?"

„Ich weiß." Er hielt ihrem Blick mit entschlossenen Augen stand.

„Ziemlich selbstgefällig von dir, findest du nicht?"

„Ja." *Was in aller Welt tat er? Ihre Gesellschaft genießen, ganz einfach.* „Also, was sagst du?"

KAPITEL VIERZEHN

W as tat sie nur? Sicher, sie hatte genau genommen nicht zugestimmt, daraus ein Date zu machen. Sie musste an einem der großen Supermärkte, die lange geöffnet hatten, haltmachen und ein paar goldgelbe Pfeifenreiniger besorgen, um einen Heiligenschein für den Engel zu bauen. Sie hatte erst letzte Woche beschlossen, dem Engel keinen Heiligenschein zu geben, aber ein Engel brauchte einen Heiligenschein.

Und sie musste essen. Ein kurzer Anruf bei Lilly bestätigte, dass sie die Jungs länger behalten konnte, als sie ursprünglich geplant hatten. Dass Lilly zu begeistert klang, als sie erfuhr, dass Chance Lynn zum Laden in Ranger mitnehmen wollte, war zu erwarten. Natürlich würden alle anderen auch glauben, dass es tatsächlich ein Date war. Was es nicht war. Lynn starrte in ihren Kleiderschrank. Sie hatte schon vor langer Zeit aufgehört, darüber nachzudenken, sich schickzumachen

– nicht, dass sie jetzt darüber nachdachte. Aber wirklich, wenn es jemals einen eleganten Anlass gab, hatte sie nichts, was sie anziehen konnte.

Sie biss sich auf die Lippe und zog einen roten Pullover vom Kleiderbügel. Und eine schwarze Hose … sie hatte beide Kleidungsstücke vor zwei Jahren bekommen, als sie im Frauenhaus angekommen war. Dort gab es einen großen Raum mit haufenweise gespendeter Kleidung. Sie holte tief Luft, um das mulmige Gefühl zu beruhigen, das sie befiel, und zog sich ohne zu zögern um. Sie würde es einfach tun müssen.

Sie trug einen Hauch Wimperntusche auf, als sie das Grollen von Chance' Truck hörte. Er war früh dran! Ihre Nerven flatterten, und sie stach sich mit der Mascara-Bürste ins Auge, als sie seine Trucktür zuschlagen hörte. In einem plötzlichen Blinzelanfall verschmierte sie die nasse Wimperntusche unter ihren Augen und starrte sich im Spiegel an. Sie griff nach einem Taschentuch und rieb sich die Augen.

Sie war eine einzige Katastrophe. Sie eilte zum Fenster, spähte durch den Vorhang und sah ihn, als er zur Haustür ging. Er hatte sich schick gemacht. Er war gestärkt und gebügelt und das von den Spitzen seiner glänzenden Stiefel bis zur Krempe seines cremefarbenen Stetson!

Und er sah gut aus.

„Wem willst du was vormachen, der Mann sieht toll aus", knurrte sie, während sie sich bemühte, die schwarze Wimperntusche wegzuwischen. Die Türklingel läutete hell, und sie fühlte sich, als würde ihr gleich übel werden. Das war ein Date!

Sie ging nicht mit Männern aus.

Es war fast acht Jahre her, seit sie auf ihr letztes Date gegangen war, und sie musste sich nur vor Augen führen, wie das ausgegangen war.

„Beruhige dich. Tief durchatmen", sagte sie sich. „Dein letztes Date war nicht so heiß, aber du hast Gavin und Jack, also hatte es doch was Gutes." Ruhe überkam sie. Wenigstens würde sie sich nicht übergeben, und ihre Knie würden nicht nachgeben. „Du wirst den Mann nicht heiraten. Du gehst in den Supermarkt und zum Abendessen. Mehr nicht."

Dass er umwerfend aussah, war nur das Sahnehäubchen des Abends.

Trotzdem konnte sie nicht leugnen, als sie zur Tür ging, dass etwas an Chance Turner ihr sagte, dass sie vorsichtig sein musste. Es könnte daran gelegen haben, dass sich das mulmige Gefühl in ihrem Bauch irgendwie in Vorfreude verwandelt hatte … Sie öffnete die Tür und versuchte, ruhig zu wirken. Cool. Gesammelt.

Was für ein Witz.

Alles, was es brauchte, war dieses schelmische, langsame Lächeln und sein Blick, der an ihr hinunter und wieder hinauf glitt, um ihr genau zu verstehen zu geben, wie lächerlich es war – sie war nicht gesammelt, cool oder ruhig. Eher nervös, unsicher, ängstlich.

„Darf ich sagen, dass du heute Abend hübsch aussiehst?", sagte er gedehnt und neigte seinen Kopf ein bisschen, während seine Augen sie neckten.

Und das war alles, was es brauchte. Sie lachte, so überrascht. „Das darfst du sagen", sagte sie und lächelte wie eine Idiotin. „Ich muss sagen, ich habe diesen Spruch noch nie zuvor über mich gehört."

„Aber es ist kein Spruch."

Sie zog die Tür zu und fühlte sich durch sein Necken etwas entspannter. Sie konnte ihm nicht sagen, dass er die perfekte Art und Weise gefunden hatte, um eine Frau zu beruhigen.

Chance war beinahe in Panik geraten, so nervös war er wegen dieses Dates. *Es ist kein Date,* erinnerte er sich. Er hatte den Satz die ganze Zeit wie ein Mantra wiederholt, als er sich fertiggemacht hatte.

Sie sagte das auch. Lynn hatte sich alle Mühe gegeben, ihn davon zu überzeugen, dass es kein Date war.

Jetzt war er sich jedoch nicht mehr so sicher. Es fühlte sich an wie ein Date, als er zu ihrer Tür ging. Er war ein Nervenbündel, als er klingelte. Die Nervosität war nicht verschwunden, als sie zur Tür gekommen war, und sie hatte sich auch auf dem Weg nach Ranger nicht gelegt.

Er führte Lynn Perry zum Abendessen aus. Er war sehr dankbar für goldgelbe Pfeifenreiniger und Heiligenscheine. „Du kannst toll mit den Kindern umgehen", sagte er, nachdem sie allen anderen Smalltalk abgehakt hatten und schweigend ein paar Meilen gefahren waren. „Du scheinst gut auf morgen vorbereitet zu sein."

„Danke. Aber ich habe nicht die ganze Arbeit gemacht. Seit Wochen üben sie diese Lieder und die Bibelverse in der Sonntagsschule. Adela und Esther Mae haben die Kostüme genäht, während Norma Sue sie moralisch unterstützt hat."

Er lachte und konzentrierte sich darauf, die Straße im Auge zu behalten. „Ich nehme an, Norma Sue ist keine Näherin."

„Weißt du, sie kann eine Menge Dinge reparieren – Traktoren, Toaster, den Projektor, wenn er kaputt ist – aber wenn du ihr eine Nähnadel gibst, hat sie auf einmal zwei linke Hände."

„Warum war heute keine von ihnen da?"

„Ich denke, sie waren mit Kuppeln beschäftigt. Sie haben irgendwie mitbekommen, dass du da sein würdest", sagte sie achselzuckend. „Was kann ich sagen?"

„Weißt du, jetzt, wenn ich so darüber nachdenke, habe ich Norma Sues Truck vorbeifahren sehen, während ich auf euch gewartet habe." Er wandte sich wieder der Straße zu.

„Diese raffinierte Frau."

Er lachte. „Würden sie nicht feiern, wenn sie wüssten, dass ich dich zum Einkaufen mitnehme?"

Als Chance nach Hause gekommen war, um allein mit Randys Tod fertig zu werden, hatte er nicht damit gerechnet, dass die Kupplerinnen ihn verkuppeln würden … nicht, dass sie verkuppelt worden wären. Dass Lynn in seinem Truck saß, hatte mit niemandem außer ihnen selbst zu tun.

Heiraten und sich häuslich niederzulassen war nicht etwas, woran er wirklich dachte. Er ging davon aus, dass er es eines Tages wahrscheinlich tun würde, doch er hatte sein Leben geliebt, seine Berufung geliebt. Er war glücklich.

„Also, was möchtest du essen?", fragte er und konzentrierte sich darauf. „Steak, mexikanisch, italienisch?"

„Oh, ich bin mit allem einverstanden."

„Hey, heute Abend hat die Lady die Wahl. Was magst du am liebsten?" Er zwinkerte. „Ich weiß, dass es etwas geben muss."

Sie schwieg, und als er in ihre Richtung blickte, runzelte sie die Stirn.

„Lynn, es ist nicht schwer. Ich würde dich nur gerne wohin bringen, wo du gerne essen möchtest."

„Tut mir leid. Ich, na ja, ich mag Italienisch, wenn das okay ist?"

Das klang für ihn wirklich seltsam. „Sicher, wenn die Lady Italienisch mag, dann bekommt die Lady Italienisch."

Dann lächelte sie, ein süßes, etwas trauriges Lächeln, das ihn sich fragen ließ, was er gesagt hatte, um diesen Blick zu provozieren.

Lynns Herz machte seltsame Dinge, und das alles nur, weil Chance mit ihr in ein Restaurant gehen wollte, in dem *sie* essen wollte. Es war nett. Eigentlich rührend, und es machte sie einen Moment lang traurig, sich daran zu erinnern, dass ihr Ex-Mann immer alles entschieden hatte. Chance verhielt sich so, als würde er Ranger gut kennen, fuhr direkt zu einem Gebäude mit einem alt aussehenden Schild und parkte dort.

„Ich bin schon lange nicht mehr hier gewesen, aber wenn ich mich recht erinnere, haben sie großartiges Essen." Er sprang aus dem Truck, und als sie ihren Sicherheitsgurt gelöst hatte, öffnete er ihre Tür.

„Stimmt was nicht?", fragte er, als er seine Hand ausstreckte.

Sie starrte sie an, das wusste sie, und machte sich

wirklich zum Narren, aber das war zu viel. Sie hatte mehrere Cowboys in der Stadt gesehen, die ihren Freundinnen und Ehefrauen die Tür des Trucks öffneten, und jedes Mal hatte sie ein Gefühl des Neids beschlichen. Das hatte sie noch nie gehabt … bis heute Abend. Chance Turner war nicht nur großzügig mit seiner Zeit, sondern auch mit seinem Lächeln und seinen Talenten und ein echter Gentleman.

„Es ist alles in Ordnung", sagte sie und nahm die Hand, die er ihr anbot. „Ich bin Cowboymanieren einfach nicht gewohnt."

Das hatte sie gesagt, als sie aus dem Truck gestiegen war, doch anstatt zurückzutreten, wie sie erwartet hatte, blieb er stehen, sodass sie ihn praktisch anrempelte. Der Mann würde ihr noch den Verstand rauben, wenn er sie immer wieder mit seinem Verhalten überraschte. Ihr Puls raste, als sie zu ihm aufsah.

Er sah sie mit einem fragenden Gesichtsausdruck an. „Ich glaube, du hast dich getäuscht. Das sind nicht nur Cowboymanieren, sondern die echter Männer. Und das hast du verdient."

Atme, Lynn. Atme einfach weiter.

Ihr war schwindelig von dem verrückten Aufruhr, der in ihr tobte. Ihr Puls war außer Kontrolle, ihr Kopf drehte sich, ihr Magen schlug Salti – diese seltsame Kombination sollte sich nicht so wunderbar anfühlen, doch sie tat es. Wenn ihre Jungs über die gleichen

Symptome geklagt hätten, hätte sie gesagt, sie hätten die Grippe, aber das war keine Grippe. Das war aufregend.

Chance neigte den Kopf, und sie wusste, dass er sie gleich küssen würde. Und sie hatte noch nie etwas so sehr gewollt.

Fast unwillkürlich hob sich ihr Kinn, und ihre Augen schlossen sich erwartungsvoll … selbst als sie sich irgendwo im Hinterkopf daran erinnerte, dass sie keinem Mann ihr Herz anvertrauen würde. Nein, das würde sie nicht tun.

Chance zog sie an sich und legte seine Arme um sie. Doch anstatt sie zu küssen, legte er seine Lippen auf ihr Ohr. „Ich bin dankbar, dass du in Sicherheit bist und hier in Mule Hollow. Du verdienst alles, was gut ist im Leben. Ich hoffe, du erkennst das. Du hast es nie verdient, nicht wie die Lady behandelt zu werden, die du bist."

Lynn atmete scharf ein und inhalierte den maskulinen, erdigen Duft von Chance' Aftershave. Unerwartete Tränen stiegen ihr in die Augen angesichts der Süße seiner Worte. Alles, was sie tun konnte, war, gegen seinen Hals zu nicken, aus Angst, der Damm würde brechen und sie würde weinen. Und wie schrecklich wäre es, in Tränen auszubrechen?

Er trat zurück und schenkte ihr ein übermütiges Grinsen und ein Zwinkern, was ihr ein noch unerwarteteres Lachen der Erleichterung entlockte.

„Wollen wir essen?", sagte Chance und bot ihr den Arm an.

„Das klingt wunderbar." Schmetterlinge, die wie verrückt flatterten, und Gefühle, die in ihr Amok liefen, ließen Lynn ihre Hand in Chance' Armbeuge legen. Er bedeckte sofort ihre Hand mit seiner und führte sie ins Restaurant. Sie hatte sich in ihrem ganzen Leben noch nie so besonders gefühlt.

Sie wusste, dass er einfach nur nett war, doch er gab sich trotzdem alle Mühe, damit sie sich heute Abend gut fühlte … und das tat sie.

Er zog ihr den Stuhl unter dem Tisch hervor und half ihr, die Jacke auszuziehen. Er wartete, bis sie bestellt hatte, und vergewisserte sich, dass sie genau das bestellte, was sie wollte, Hühnchen Alfredo. Und dieses Restaurant machte das beste, das sie je gegessen hatte. Bei all der Aufmerksamkeit, die Chance ihr schenkte, hätte es natürlich verbrannt und fünf Tage alt sein können, und sie hätte es für das Beste gehalten, das es gab.

Chance Turner schien der beste Mann aller Zeiten zu sein. Er schien fast zu gut, um wahr zu sein. War er so besonders, wie er schien? Kinder konnten den Charakter eines Menschen gut einschätzen, und Gavin und Jack hatten ihn von Anfang an verehrt … aber war das echt?

Sie hatte versucht, sich nicht zu Chance hingezogen zu fühlen, doch heute Abend konnte sie nicht leugnen, dass es so war.

Und die Erkenntnis erschreckte sie zu Tode.

KAPITEL FÜNFZEHN

Lynn war vollkommen erschöpft, als sie am nächsten Morgen in die Kirche kam. Als Sekretärin sollte sie das Kirchenbüro für den Pastor, der heute durch das Programm führen sollte, aufschließen. Sie hatte nicht gut geschlafen, und die Jungs waren aufgedreht gewesen, von dem Moment, in dem sie die Augen aufgeschlagen hatten. Natürlich waren sie überglücklich gewesen, seit Chance am Abend zuvor mitgekommen war, um sie abzuholen.

Chance – sie hätte nicht überrascht sein dürfen, als er darauf bestanden hatte, mit ihr zu gehen, als sie die Jungs abgeholt hatte. Er hatte ihr gesagt, dass es ihm nichts ausmachte und er lieber sicher sein wollte, dass sie und die Jungs sicher zu Hause waren, bevor er nach Hause fuhr. Da es in seinem Truck eine zweite Sitzbank gab, stimmte sie zu. Es war wieder so eine Gentleman-Aktion, die sie nicht gewohnt war … Wie kam es, dass sie in ihrem Leben so schlechte Entscheidungen getroffen hatte, was Männer anging?

Rückblickend, wenn sie einen Roman gelesen hätte und eine Figur, die ihr wichtig war, auf dem besten Weg war, die schlechten Entscheidungen zu treffen, die sie getroffen hatte, hätte sie als Leserin das Buch frustriert durch den Raum geworfen. Doch sie hatte nicht den gesunden Menschenverstand gehabt, um zu sehen, was sie tat. Sie war zu nah am Feuer gewesen, und der Rauch hatte ihr die Sicht genommen. Oder zumindest war das die schmeichelhafteste Art, wie sie ihre Entscheidungen begründen konnte … Im Leben ging es um Entscheidungen, und sie hatte sich schlecht entschieden.

Doch heute hatte sie den besten Abend ihres Lebens gehabt, und dann hatte sich ihre Vergangenheit geregt und mit Selbstzweifeln alles andere verdrängt. Wie hatte sie sich dafür entscheiden können, ihren Ex-Mann zu heiraten? Es war demütigend zu glauben, dass die Liebe sie für Drews Charakter blind gemacht hatte.

Ihre Stimmung besserte sich nicht, als sie ins Kirchenbüro ging und die Nachricht auf dem Anrufbeantworter abhörte …

Chance fuhr früher als geplant auf den Parkplatz der Kirche. Er hatte eine unruhige Nacht hinter sich, nachdem er Lynn und ihre Jungs abgesetzt hatte. Dass er Lynn nicht aus dem Kopf bekommen konnte, war eine Untertreibung.

Lynn Perry erstaunte ihn. Und sie verwirrte ihn auch. Er hätte schwören können, dass sie gestern Abend erwartet hatte, dass er sich wie ein Idiot benahm. Sie war Cowboymanieren nicht gewohnt, wie sie es ausgedrückt hatte, als er um den Truck gekommen war, um ihr die Tür zu öffnen. Was war sie gewohnt? Er war in diesem Moment ein bisschen wütend geworden und hatte sich große Mühe geben müssen, um seine Meinung über ihren Ex-Mann nicht auf eine sehr gottlose Weise zu äußern. Stattdessen hatte er, seiner Berufung treu, mit positiven Worten für sie reagiert. Sie verdiente all die guten Dinge im Leben, und er war so dankbar, dass sie in den schlechten Zeiten ihres Lebens beschützt worden war.

Dass er ihre Schläfe geküsst hatte, war nicht geplant gewesen. Dass er sie im Arm gehalten hatte, war aus Sorge und zur Ermutigung passiert ... doch dass er sie nicht hatte gehen lassen wollen, hatte damit nichts zu tun. Das war eindeutig der Mann in ihm gewesen.

Es war dieser Mann in ihm, der um halb acht zur Kirche ging, obwohl die Sonntagsschule erst um halb neun begann. Lynn würde wegen der Show wahrscheinlich früher da sein. Vielleicht brauchte sie Hilfe.

„Chance, Chance!", riefen die Zwillinge und

rannten auf ihn zu, sobald sie ihn auf dem Parkplatz anhalten sahen. Sie hatten auf den Stufen vor der Kirche gesessen und sahen ein bisschen betreten aus … wahrscheinlich hatten sie die Anweisung erhalten, sich nicht schmutzig zu machen, was für sie eine echte Prüfung war.

„Was ist los, Jungs?"

„Wir haben heute keinen Pastor", platzte Gavin heraus.

Jack nickte energisch. „Er hat abgesagt und die Gemeinde hängenlassen."

Trotz der Situation musste Chance bei der Wortwahl des Jungen lächeln. Apps Truck stand auf dem Parkplatz, und er war sich ziemlich sicher, dass Jack wiederholte, was er von ihm gehört hatte.

Gavin packte seinen Arm. „Du musst uns helfen, Chance."

„Ja, Sirree", witzelte Jack, legte seine Hände auf Chance' Hüfte und schob ihn vor sich her. „Du musst uns helfen."

Das war nicht das, was er erwartet hatte, als er zur Kirche gefahren war, aber seit seiner Ankunft in Mule Hollow war nichts so gelaufen, wie er es erwartet hatte.

„Wir haben ihn zu dir gebracht, Mama", sagte Gavin aufgeregt, drei Meter, bevor sie Lynn erreichten, die aus dem Kirchenbüro gekommen war, um mit App zu sprechen.

Lynn hatte ihre Arme vor der Brust verschränkt und sah ein bisschen gestresst aus. Applegates buschige Brauen waren über nachdenklichen Augen zusammengezogen. „Unser Leihpastor für heute hat uns auf dem Trockenen sitzen gelassen", knurrte er. „Hat einfach angerufen und eine Nachricht hinterlassen, dass er nicht kommt."

„App, er hat gesagt, er sei krank", sagte Lynn streng und warf Chance einen Blick zu, der verriet, dass ihre Geduld am Ende war.

„Ich habe in fünfzig Jahren keinen Arbeitstag versäumt. Man entscheidet sich dafür, zur Arbeit zu gehen und fühlt sich besser, wenn man seine Verpflichtungen erfüllt hat."

„In fünfzig Jahren!", rief Jack. „Was sind fünfzig Jahre?"

„Eine ganze Menge, mein Sohn." App runzelte die Stirn, als er Chance einen bösen Blick zuwarf. „Ich schätze, es liegt an dir, mein Junge."

Alle Augen richteten sich auf ihn. Das Einzige, wofür er dankbar war, war, dass niemand sonst in der Kirche war. Er rechnete jedoch nicht damit, dass das lange so bleiben würde. „App, nicht so schnell. Was ist mit Brady?"

Lynns Mund stand offen. „Im Ernst. Das hast du gerade wirklich gesagt?"

„Er hat letzte Woche großartige –"

„Da ist ein Unfall an der Countygrenze, um den er sich heute Morgen kümmern muss", sagte sie knapp. „Kann ich dich im Büro sprechen?" Sie wartete nicht auf seine Antwort, sondern ergriff einfach seinen Arm und zog ihn mit sich. Gavin und Jack folgten ihnen. Sie drehte sich um. „Ihr Jungs geht spielen."

„Aber du hast gesagt, wir kriegen Ärger, wenn wir uns schmutzig machen", maulte Jack.

„Ja, das hast du gesagt", nickte Gavin.

Chance hätte über die ganze Situation gelacht, wenn sie ihn nicht so in die Ecke gedrängt hätten.

„Jungs. Geht spielen, amüsiert euch, aber versucht bitte, sauber zu bleiben. Könnt ihr das?"

Sie sahen einander an, dann ihre Mutter. Es war klar, dass sie nicht wirklich sicher waren, ob sie es konnten oder nicht.

„Natürlich können wir das", sagte Gavin entschlossen. Jack sah nicht annähernd so sicher aus. „Sag es ihr, Jack."

„Was ist, wenn wir einen klitzekleinen Spritzer Dreck abbekommen?", fragte er mit einem Gesicht, das Chance fast zum Lachen gebracht hätte.

„Dann reiben wir ihn raus. Geht spielen", sagte Lynn, und er wusste, dass er in Schwierigkeiten steckte, wenn sie so darauf versessen war, mit ihm zu reden, dass sie ihnen grünes Licht gab, sich vor dem Auftritt schmutzig zu machen.

Sie hielt ihn immer noch am Arm fest, marschierte mit ihm ins Büro und trat die Tür mit dem Absatz zu. Erschrocken rechnete er fast damit, dass sie ihm sagen würde, er solle sich setzen, als wäre er im Büro des Rektors. Sobald die Tür zugefallen war, ließ sie ihn los und sah zu ihm auf wie ein Welpe, der sein Lieblingsspielzeug verloren hatte. „Du musst heute die Predigt halten."

„Nein. Muss ich nicht."

Der Welpe verschwand im Handumdrehen. „Chance Turner. Was denkst du, dass du da tust? Du warst gestern Abend dankbar für Gottes Schutz für mich und meine Jungs, aber heute willst du immer noch nicht deiner Heimatgemeinde aushelfen und eine Predigt halten. Ich verstehe dich nicht."

Sie hatte recht, und er wusste es. Er ließ seinen Kopf hängen und starrte auf seine Stiefel, bevor er sie wieder ansah. „Du hast recht. Ich weiß auch nicht, was ich mir gedacht habe."

Ihr Gesichtsausdruck wurde weicher. „Chance, du hast jemanden verloren, der dir als Mensch wichtig war. Es hat dich tief getroffen. Es hat wehgetan. Doch seine Lebensentscheidungen und Entscheidungen über seinen Glauben waren letztlich seine Sache. Nicht deine. Ich finde es gut, dass dir deine Mitmenschen so wichtig sind. Aber du musst dein Leben weiterleben."

Er schluckte schwer, und sein Herz pochte bei ihren Worten in seiner Brust. Es war wahr, dass es ihn hart getroffen hatte, doch er hatte noch nie zuvor das Gefühl gehabt, auf persönlicher Ebene versagt zu haben. „Ich werde das Gefühl nicht los, dass ich nicht genug getan habe. Ich hätte noch einen Moment mit ihm gebraucht."

„Aber wer kann abschätzen, wie viele Momente jemand hat, bevor seine Zeit abgelaufen ist? Niemand. Das ist nicht dein Job. Ich weiß nicht, wie ich dir helfen soll. Ich kann dir nur eins sagen: Du kannst Randys Entscheidungen nicht für ihn treffen und auch nicht für irgendeinen anderen deiner Cowboys. Das weißt du."

„Ich weiß es. Aber es ist, als hätte ich mich im Yaupon-Dickicht verirrt."

Lynn kicherte. „Es tut mir so leid, ich glaube nicht, dass ich das jemals zuvor gehört habe. Aber du weißt, dass Gott dich aus allem herausholen kann. Lass dich von ihm führen."

„Und ich dachte, ich wäre der Prediger hier." Als er sie ansah, hob sich seine Stimmung. Er war sich der Dinge, die sie gesagt hatte, bewusst, hatte vielen mit Rat und Tat beigestanden, und doch hatte er diese Worte und den Trost von Lynn gebraucht. „Danke."

„Denkst du also, du könntest als Auftakt zum

Programm ein paar Worte an die Gemeinde richten? Es muss nicht einmal eine ganze Predigt sein. Sag einfach, was dir in den Sinn kommt. Also, was denkst du?"

Sie war so stolz auf Chance. Sie saß mit den Kindern in der ersten Reihe, als er in die Kanzel trat. Sie hatte jedoch erkannt, wie wichtig ihm die Bullenreiter waren, und er schien ihr hier fehl am Platz zu sein. Er war ein Rodeopastor, das sah sie jetzt sehr deutlich.

Er war besser geeignet für diesen Ausdruck seines Glaubens. Oder vielleicht lag es einfach daran, dass sie sein Herz durch seine Sorge um Randy kannte. Doch so oder so wusste sie, dass die Männer, die er jede Woche im Gebet anführte, gesegnet waren, einen Mann zu haben, der sich so sehr um sie sorgte. Sie hatte ihn nicht in Aktion gesehen, doch sie wusste in ihrem tiefsten Herzen, dass er ein Mann des Glaubens war.

„Guten Morgen", sagte er, und sein texanischer Akzent hallte durch den Raum. „Seit ich nach Hause gekommen bin, habe ich mich dagegen gewehrt, diese Kanzel zu betreten, aber Gott hat mir heute Morgen den Weg ziemlich deutlich gezeigt und mich mit dem Lasso hier reingezogen."

Gelächter hallte durch die Kirche. Lynn lächelte und bemerkte, dass Gavin und Jack ihn vollkommen gefesselt beobachteten. Ihre kleinen Gesichter waren zu ihm erhoben, und ihre Augen strahlten und blinzelten nicht einmal, als sie ihn anstrahlten.

„Kennt ihr den Spruch, lasst uns mal die Kirche im Dorf lassen?" Er zog eine Augenbraue hoch, als die Leute lachten, dann wurde er ernst. „Ich habe euch allen gesagt, dass ich ein Cowboypastor bin. Aber im Ernst, seit meiner Rückkehr hatte ich mit etwas zu kämpfen, das mir schwer auf dem Herzen lastet. Eine sehr weise Frau hat mir gesagt, dass Gott für diejenigen die Zügel hält, die an ihn glauben." Er zwinkerte ihr von der Kanzel aus zu, und ihr Magen sackte ihr auf die Füße.

Sie hörte zu, als er seine kurze Predigt hielt. Er hatte eine klare Art, mit Worten auf den Punkt zu kommen, und sie wusste, dass das genau die Art von Worten war, auf die Cowboys anspringen würden. Bei Chance gab es keine blumigen Umwege. Er redete nicht um den heißen Brei. Sie verstand, dass er genau deshalb nicht predigen wollte, bis er das Gefühl hatte, dass sein eigenes Herz am richtigen Ort war oder zumindest auf dem richtigen Weg.

„Ich werde jetzt die Bühne räumen und die Kinder hier hochkommen lassen, damit sie euch alle mit ihrer Weihnachtsshow segnen. Aber ich möchte euch ermutigen, dass, wenn jemand hier noch nicht mit dem guten Mann da oben am selben Strang zieht – wenn jemand dieses ganz besondere Geschenk noch nicht angenommen hat –, es heute zu tun. Er wird einen jeden, der es will, auf lichte Weiden führen."

Der Mann war ein geborener Prediger. Nicht von der konventionellen Sorte, doch er hatte ihr Herz berührt.

Sie beugte sich vor und bedeutete den Kindern, ihre Plätze einzunehmen, während Chance auf sie zukam.

Gavin wollte an seinen Platz gehen, kam jedoch zu ihr zurück. „Mama", flüsterte er laut. „Warum wird Gott uns auf eine lichte Weide führen?"

KAPITEL SECHZEHN

„**D**ie kleinen Süßen haben das gestern so toll gemacht!", schwärmte Esther Mae, als sie mit Norma Sue und Adela in den Süßwarenladen stürmte. Die Glöckchen an der Tür klingelten fröhlich.

„Es war sogar noch süßer, als Joshua – oder sollte ich sagen, das Lämmchen – auf die Bühne gekommen ist und angefangen hat, seiner Mama und seinem Daddy zuzuwinken und ihnen dann zugerufen hat, dass sein Kostüm juckt."

Adelas Augen funkelten. „Ich dachte, mein Sam würde von der Bank fallen, als Joshua angefangen hat, es auszuziehen, und Gavin und Jack – süße Schätzchen – versucht haben, ihm das auszureden. Sie haben wirklich die Verantwortung übernommen, die älteren Jungen dieser Gruppe zu sein."

Lynn hätte es peinlich sein können, dass die Show mehr humorvolle Unterhaltung als alles andere gewesen war, doch es war ihr nicht unangenehm. Das war Teil der Freude, kleine Kinder in ein Programm einzubeziehen. Man wusste nie, was passieren würde. Sie hatte es geliebt. „Es hat mir so leidgetan, auf die Bühne gehen und sie aufhalten zu müssen, aber Joshua war so entschlossen, das Kostüm auszuziehen, und ich hatte Angst, dass meine Jungs anfangen würden, mit ihm zu ringen, um es ihm wieder anzuziehen."

Sie hatte versucht, ihre Aufmerksamkeit auf sich zu lenken und sie alle wieder in die Aufstellung zu bringen, doch sie hatten nicht gehört. Schließlich hatte sie Chance angesehen, die kurz davor gewesen war, vor unterdrücktem Lachen zu platzen – ohne ihr zu helfen. Sie hatte ihm einen gespielt-finsteren Blick zugeworfen und war dann die zwei Stufen hinauf zu der Stelle gegangen, wo ihre Jungen versuchten, den dreijährigen Joshua dazu zu bringen, das Schafskostüm nicht weiter auszuziehen. Es war ein Handtuch, auf das sie Füllmaterial genäht hatten, damit es flauschig aussah wie ein Schaf. Flocken davon flogen überall herum!

„Ich weiß immer noch nicht, was ihn so gejuckt hat. Das Handtuch war alles, was seinen Hals berührt hat."

Stacy hatte ein Tablett mit von Schokolade umhüllten Nüssen in die Glasauslage gestellt. Sie richtete sich auf und sah frisch und gut gelaunt aus. „Ich bin nur froh, dass Bryce nicht versucht hat, sich bis auf seine Windel auszuziehen und mitzumachen."

„Lynn ist rechtzeitig eingeschritten, bevor alles den Bach runtergehen konnte." Norma Sue kicherte. „Jedenfalls sind wir wegen ein paar Dingen vorbeigekommen. Erstens haben wir diese Woche viel zu tun, wenn es am Samstag eine Hochzeit geben soll. Ich bin so froh, dass Chance zugestimmt hat, das zu tun. Ich glaube, unser Junge wird wieder. Das hat er gestern wunderbar gemacht."

„Das hat er auf jeden Fall", schwärmte Esther Mae. „Hank hat den ganzen Weg nach Hause über die Kirche im Dorf gelacht. Von allem, was gesagt wurde, ist das bei meinem Hank am meisten hängengeblieben."

„Er hat gesagt, er würde nächsten Sonntag den Gottesdienst halten." Adela beobachtete Lynn, die sich fragte, ob sie ihre Zurückhaltung bemerkte, darüber zu reden. Adela war äußerst scharfsinnig. Und Lynn hatte ein großes Problem. Bis gestern hatte sie nicht geglaubt, dass Chance jemals in eine traditionelle Kirche gehören könnte. Obwohl Mule Hollow randvoll mit Cowboys war und die ganze Stadt ihre Kultur lebte, war es immer noch schwer, sich vorzustellen, dass er Tag für Tag in diesem Pfarrbüro saß.

Ein Grinsen breitete sich auf Norma Sues Gesicht aus, als sie Lynn anstarrte. „Wir haben beschlossen, in der Woche vor Weihnachten einen Weihnachtsball zu veranstalten. Das heißt, wir müssen uns auf eine Hochzeit vorbereiten, einen Weihnachtsball und dann

Weihnachten. Was denkt ihr?"

„Norma Sue, das klingt nach Spaß", sagte Nive, die gerade aus der Hintertür kam. „Nicht wahr, Lynn?"

Nive hatte ihr den ganzen Morgen das Leben schwer gemacht. „Klingt nach viel Arbeit."

„Das sicher. Aber wir müssen alles tun, um Chance zu ermutigen, während er hier ist, und ihn davon abhalten, allein da draußen im Postkutschenhaus zu bleiben. Dass er zugestimmt hat, unsere Stacy zu trauen, ist ein gutes Zeichen. Dieser Junge hat ein Herz so groß wie Texas, und das muss er mit seiner Familie teilen. Findet ihr nicht?"

Lynn erklärte sich bereit, beim Dekorieren für die Hochzeit zu helfen, und sie stimmte widerwillig zu, am Weihnachtsball teilzunehmen, der nach geplanter Kuppelei stank. Doch sie sagte nichts, als es darum ging, zuzustimmen, dass Chance der neue Pastor der Mule Hollow Church of Faith sein musste oder dass er sein großes altes Herz mit einer Familie teilen musste … nämlich ihrer Familie. Vielleicht sollte er eine Familie haben, aber sie – na ja, sie war vielleicht versucht, aber am Ende wusste sie, dass nichts daraus werden konnte.

Sie hatte kein Interesse an einem Ehemann. Sie vermutete, dass sie immer noch mit fest verschlossenen Augen im Yaupon-Dickicht verheddert war, weil sie kein Licht sah, das sie zu einer lichten Weide führte.

Wenn es darum ging, bereit für einen Ehemann zu sein, sah sie nirgendwo lichte Weiden!

Egal wie wunderbar Chance Turner war.

„Ich sage euch, das ist keine Countrymusik", brummte App. Er setzte einen roten Stein mit Nachdruck ein Feld nach vorn und warf Chance und Wyatt einen Blick zu, als sie das Diner betraten.

„Morgen", sagten App und Stanley gleichzeitig.

Chance und Wyatt wiederholten ihre Begrüßung und nahmen an der Theke Platz. Als sie Kinder gewesen waren, hatten Chance und seine Cousins oft Wettbewerbe veranstaltet, um zu sehen, wer die mit Rindsleder bezogenen Hocker am schnellsten drehen konnte. Heute faltete er die Hände auf dem Tresen und blickte zum Damespiel hinüber.

Stanley grinste und sprang über zwei Steine. „Da hast du recht", nickte er, als wäre sein Gespräch nicht kurz unterbrochen worden, um die morgendlichen Nachzügler zu begrüßen. „Keine Beschwerden von mir. Ich wette, Alan Jackson und George Strait – und ich kenne George Jones verdammt gut – fragen sich alle, was mit Countrymusik passiert."

„*Rap* Country", brummte App, so in die Diskussion vertieft, dass es ihn nicht einmal störte, zwei Steine zu verlieren. „Wer hat schon mal von sowas gehört? Als ich heute Morgen in die Stadt gefahren bin, war das auf jedem Sender. Drei verschiedene Lieder. Wie viele davon gibt es?"

Stanley schüttelte seinen kahl werdenden Kopf. „Es ist nicht richtig. Bevor du dich versiehst, werden sie ihre Gürtel weiter schnallen und die Unterhosen aus ihren Jeans hängen lassen!"

„Also, was haltet ihr wirklich davon?", neckte Chance. Er fühlte sich heute insgesamt besser. Er fing an, seinen Weg zu finden. Und das hatte er einer Klassefrau mit dunklem Haar und schwer lesbaren Augen zu verdanken.

„Wir mögen deine Predigt viel mehr als diesen Müll."

Wyatt räusperte sich. „Nun, das sagt dem Klang nach nicht viel aus. An deiner Stelle wäre ich möglicherweise beleidigt, Cousin."

Chance schmunzelte. „Ich bin ein Rodeopastor, keine Entschuldigung nötig."

Es folgte das Gespräch über das Predigen für Cowboys und traditionelle Predigten und die Unterschiede. Er war überhaupt nicht überrascht, dass Fragen über ihn und Lynn während des gesamten Gesprächs eingestreut waren. Er hatte sie selbst nicht aus dem Kopf bekommen können.

Er und Wyatt waren auf dem Weg zu Pete's Futterladen, als er sah, wie sie den Süßwarenladen verließ.

„Ich komme gleich nach", sagte er zu Wyatt und handelte sich ein wissendes Grinsen ein. Er ignorierte es und ging über die Straße auf sie zu. „Hey, Lynn!", rief er, und als sie in seine Richtung blickte, glaubte er, einen Anflug von Aufregung zu sehen. Die Vorstellung, dass sie aufgeregt war, ihn zu sehen, gefiel ihm mehr, als er erklären konnte.

„Wie geht's dir heute Morgen?", fragte sie und kramte in ihrer Handtasche.

„Gut, danke. Hey, ich habe mich gefragt, ob du nochmal mit mir zum Abendessen gehen möchtest. Ich dachte, wir könnten die Jungs ausführen. Sie für ihre gute Arbeit gestern belohnen."

Sie hörte auf zu graben. „Sehr witzig, Chance."

„Hey, sie haben nur versucht zu helfen, und man muss bedenken, dass sie die Hirten waren, die auf ihre Herde aufgepasst haben. Sie haben einfach versucht, ihren Streuner einzusammeln."

Sie lachte und brachte ihn bei dem sprudelnden Klang zum Lächeln.

„Daran denke ich immer wieder. Es war einfach so süß. Doch es war wirklich nicht die Show, die ich mir vorgestellt hatte."

„Aber weißt du was", sagte er und merkte beim Sprechen, dass er nur noch wenige Zentimeter von ihr entfernt stand. „Es war toll."

„Ich weiß." Sie zog die Schlüssel aus ihrer Tasche. „Ich muss sie jetzt abholen."

„Hey", sagte er, denn er wollte sie noch nicht gehen lassen. „Und wie wäre es mit Abendessen und einem Film?"

Sie sah aus, als wollte sie nein sagen, dann zögerte sie – und sein Herz begann, vor Hoffnung zu stolpern. Er wollte Zeit mit Lynn verbringen. Er wollte diesen Schatten der Vorsicht, der Unsicherheit aus ihren Augen verschwinden sehen. Er wollte, dass sie ihm vertraute … doch war das alles?

„Mit den Jungs?"

„Ja." Er lächelte und fühlte sich großartig. „Lass uns sie einpacken und einen frühen Film anschauen und dann Pizza holen."

„Bist du sicher?"

Er wollte mit seinen Fingerspitzen über ihre Wange streichen. „Absolut."

Sie lächelte süß, und ihre Augen leuchteten wie Kerzen auf einer Geburtstagstorte. „Du bist so gut zu meinen Jungs. Das bedeutet mir so viel."

Bei diesem Blick schnürte sich seine Kehle zu. Es grub sich tief ein und kuschelte sich in Ecken und Winkel seines Herzens. Er grinste – das war für ein paar Sekunden alles, was er tun konnte. Er war fast versucht, ihr zu sagen, dass sie ihm so viel bedeutete …

„Drei."

„Drei?"

„Ich hole euch um drei ab. Es sei denn, das ist zu früh", sagte er so erschüttert, als wäre er gerade unter den Hufen des größten und schlimmsten Bullen aller Zeiten hervorgerissen worden.

„Klingt gut." Sie öffnete ihre Autotür. „Wenn du sicher bist, dass du das machen willst."

Oh, er war sich in diesem Moment über nichts sicher, außer, dass er gerade über eine Linie in eine Welt getreten war, in der er noch nie zuvor gewesen war. „Ich liebe deine Jungs, also sicher bin ich mir sicher. Es wird lustig."

Sie hatte genug Probleme, ihren Kopf aus dem Yaupon-Dickicht zu halten, ohne ein weiteres Date mit ihm zu akzeptieren! Doch er hatte angeboten, ihre Jungs einzuladen. Wie konnte sie das ablehnen? Und es war absolut nicht zu leugnen, dass sein Angebot sie begeisterte. Er liebte ihre Jungs. Diese Worte hatten sie zum Schmelzen gebracht.

Es war furchteinflößend. Und für ein Mädchen, das glaubte, es hätte sein Leben im Griff, das dachte, es würde das Leben klar sehen – tat sie das sicher nicht.

Ihr Herz mischte sich im großen Stil ein. Und mit ihrem Herzen und ihren Emotionen … versuchte sie dagegen anzukämpfen, jemals wieder irgendwelche emotionalen Entscheidungen zu treffen, wenn es um einen Mann ging.

Aber ein paar Stunden später war es schwer, klar zu denken, als der Mann Popcorn für ihre Jungs kaufte.

Gavin und Jack sprangen vor Aufregung auf und ab wegen des Zeichentrickfilms, den sie gleich sehen würden. Die Tatsache, dass sie ihn mit ihrem Helden sehen würden, ließ ihre Begeisterung zum Mond und zurück explodieren.

„Bitte schön", sagte Chance und drehte sich um, um ihr eine Familienpackung Popcorn zu reichen. „Wenn du das trägst, trage ich die Getränke."

Sie hörte ihn kaum über das Blut hinweg, das in ihren Ohren rauschte „Geht klar", quietschte sie, als seine Finger bei der Übergabe ihre berührten. Ihr Magen verkrampfte sich – eine Mischung aus köstlichem Nervenkitzel und Todesangst.

„Seid ihr bereit für den Film?", fragte er, reichte den Jungen ihre Getränke und ging voraus zum Kinosaal.

„Das bin ich", sagte Gavin und trug sein Getränk äußerst vorsichtig. Lynn wusste, dass er versuchte, Chance zu beeindrucken, indem er nichts verschüttete.

„Ich auch." Jack sang praktisch, er war so aufgeregt.

Chance lachte. „Großartig, dann lasst uns reingehen."

Sie erreichten den Kinosaal über den langen Korridor, und Chance hielt die Tür auf, damit sie eintraten. Als sie vorbeiging, beugte er sich zu ihr. „Amüsierst du dich?", fragte er. Sein warmer Atem schickte Prickeln ihren Hals hinab und raste ihre Wirbelsäule entlang.

Sie drehte sich erschrocken um und fand sich ihm so nahe, dass sie einander praktisch küssten. „Ja", sagte sie atemlos. Sie war verlegen. Seine Augen funkelten.

„Ich auch."

Sein Blick fiel auf ihre Lippen und für eine Sekunde dachte sie –

„Kommt ihr oder steht ihr nur rum?", rief Gavin von der Vorderseite des Theaters an.

Glücklicherweise verbarg eine Wand sie vor den Leuten auf den Sitzen. Sie zuckte zusammen und schoss zu ihren Jungs, Chance direkt hinter ihr.

Es war ein großartiger Film. Zu diesem Schluss kam sie jedoch nur dank der begeisterten Reaktionen der Jungs darauf. Sie tuschelten und staunten die ganze Zeit. Sie hatte innerlich gegen den Sturm des Jahrhunderts gekämpft und das ungute Gefühl, dass ihr Boot gleich kentern würde.

KAPITEL SIEBZEHN

Am Samstag vor der Hochzeit war Chance im Kirchenbüro, als Emmett seinen Kopf durch die Tür steckte.

„Chance, hast du eine Minute Zeit?"

„Sicher, ich stehe dir heute ganz und gar zur Verfügung. Was ist los?"

Der Cowboy zog die Tür hinter sich zu und stand mit seinem schwarzen Hut in der Hand da. Beide trugen schwarze Jacken im Westernschnitt und weiße Hemden. Chance strich weiter mit dem Finger über den steifen Kragen seines Hemdes und zog an seiner Westernkrawatte. Als sie einander ansahen, grinsten sie und bemerkten, dass sie beide dasselbe taten.

„Ich stehe nicht so auf Krawatten und bis oben geschlossene Knöpfe", sagte Emmett und nahm seinen Hut in beide Hände. „Ich auch nicht. Im Rodeozirkus ist eine Krawatte für den Pastor nicht nötig."

Emmett nickte, als seine Gedanken ernst wurden. „Du musst mit mir beten."

Beim Rodeo war Chance die harten Cowboys gewohnt, die man nur schwer kennenlernen und mit denen man noch schwerer über ihren Glauben sprechen konnte. Er war aber auch Cowboys gewohnt, die am Sonntagmorgen vor dem Ritt am Nachmittag bei Regen oder Schneeregen in der Arena zum Gottesdienst aufgetaucht waren. Wenn ihnen etwas auf dem Herzen lag, stand es ihnen wie rote Buchstaben ins Gesicht geschrieben. Emmett hatte etwas auf dem Herzen … Chance hatte keinen Zweifel daran, dass es eine schüchterne, blasse Blondine mit Augen nur für ihn war.

„Ich höre. Was hast du auf dem Herzen?"

„Ich brauche Gebete, damit ich der Mann sein kann, den Stacy braucht. Ich möchte sie nicht enttäuschen, und sie hat so viel durchgemacht."

Chance nickte. Er verstand seine Sorge um seine zukünftige Braut sehr gut. „Ich habe dich beobachtet und Geschichten darüber gehört, wie du in den letzten zwei Jahren dagewesen bist und Stacy deine Liebe in stiller, treuer Tat demonstriert hast. Ihr beiden habt eine schöne Zukunft vor euch."

Chance und Emmett knieten im Kirchenbüro neben dem Schreibtisch nieder. Er legte seine Hand auf Emmetts Schulter, so wie er es mit vielen Cowboys zuvor getan hatte, wenn er sie dabei beobachtet hatte, wie sie über den Zaun rutschten und sich auf den Rücken des Bullen niederließen. Er stand nicht am Tor der Arena, doch während er betete, wurde ihm klar, dass es für Emmett und Stacy fast genau dasselbe war. Deshalb war sie so darauf bedacht gewesen, dass der Pastor jemand war, mit dem sie sich verbunden fühlte. Als sie mit dem Gebet fertig waren, drückte er Emmetts Hand und zog ihn in eine Umarmung. „Bereit?"

Emmett holte tief Luft und begegnete Chance' Blick mit entschlossenen, sicheren Augen. „Ich habe mein ganzes Leben auf Stacy gewartet. Ich bin bereit."

„Emmett, ich bin stolz auf dich." Chance streckte seine Hand aus und schüttelte Emmetts erneut. Er war ein guter Mann, und Chance mochte ihn. „Wenn du bereit bist, und offensichtlich bist du es, gibt es nur noch eins zu sagen – *auf geht's*."

„Hiermit erkläre ich euch zu Mann und Frau. Emmett, du darfst deine Braut jetzt küssen."

Lynn tupfte ihr tränenüberströmtes Gesicht ab, während der schüchterne Cowboy lächelte, und Stacy dann in seine Arme nahm. Stacy hatte gewollt, dass die drei Frauen, die zusammen mit dem Bus von L.A. in den *Sicheren Hafen* gekommen waren, neben ihr standen, Lynn, Nive und Rose. Und auch Dottie, die sie durch ihren Dienst im Frauenhaus zusammen mit Brady unterrichtet und inspiriert hatte. Brady hatte sie den Gang hinunter zum Altar geführt, und es war eine rührende Szene gewesen, als er sie an Emmett übergeben hatte. Lynns Herz hatte ihr wehgetan, als sie sie gesehen hatte. Stacy, mit so viel Grund, niemandem jemals wieder zu vertrauen, hatte die Liebe gefunden. Sie hatte all ihre hässlichen Gefühle überwunden, um Emmett zu lieben und ihm zu vertrauen.

Wenn sie das nur könnte, könnte Lynn ihren Söhnen alles geben, was sie verdient hatten ...

Chance' Blick begegnete ihrem, als Emmett und Stacy sich küssten, und sie spürte die Wärme seines Blicks bis zu ihren Zehen.

Das war ein Mann, dessen Herz groß und mutig war und dem der Glaube wichtig war. Ein Mann, dessen Herz gebrochen war, weil er das Gefühl hatte, versagt zu haben. Das war ein Mann von tiefem Glauben und ein Mann, der gerne Zeit mit ihren Jungs verbrachte und den ihre Jungs eindeutig liebten. Sie sprachen ununterbrochen über ihn, vor allem seit dem Kino- und Pizzaabend. Was für ein Mann er doch war.

Ja, Lynne. Das ist der Mann, dem du vertrauen kannst.

Die Worte sprangen sie an ... ebenso wie das Wissen, dass Chance ein Mann war, den sie lieben konnte.

Chance konnte während des Hochzeitsempfangs nicht mit Lynn reden. Sie schien immer dort zu sein, wo er nicht war. Und immer beschäftigt. Da Stacy sich entschieden hatte, ihren Empfang im kleinen Gemeindesaal der Kirche statt im Gemeindezentrum abzuhalten, war er sich ziemlich sicher, dass Lynn ihm aus dem Weg ging. Der Raum war nur etwa so groß wie ein Wohnzimmer. Lynn ging ihm aus dem Weg, kein Zweifel. Nachdem das Vogelfutter geworfen war und der glückliche Bräutigam seine Frau sicher auf dem Sitz seines Trucks verstaut hatte, stand Chance auf dem Bürgersteig und unterhielt sich mit verschiedenen Leuten, die gekommen waren. Mehrere Frauen fragten, ob er in Erwägung ziehen könnte, sie zu trauen, wenn es soweit war. Es war eine schwierige Frage gewesen, doch er sagte ihnen, sie sollten ihn einfach anrufen.

„Vielleicht hast du da was angefangen", sagte Cole, der neben ihm stehenblieb. Sie standen auf dem Kirchplatz, und es dämmerte schon. Durch das Fenster konnte er Lynn und die anderen Frauen beim Aufräumen sehen. Kinder rannten herum und spielten drinnen und auch auf dem Spielplatz. Er konnte sie nicht sehen, da sie draußen standen, doch er konnte das vertraute Gekreische und Geschrei von Gavin und Jack hören. Diese beiden Jungen waren voller Leben.

Es war ein toller Tag. Obwohl ihn die Gedanken an Lynn beunruhigten, verspürte Chance ein Gefühl von Frieden und Zufriedenheit. „Viele Mädels denken ans Heiraten."

Cole schmunzelte. „Deshalb kommen sie hierher.

Kannst du fassen, wie lebendig dieser Ort geworden ist?"

„Es war schon immer ein großartiger Ort, aber es ist schön, wieder Babys und Familien zu sehen." Er erinnerte sich, wie es gewesen war, nach Hause in die verwitterte Stadt zu kommen. Hauptsächlich arbeitende Cowboys und die Stadt selbst nur eine müde aussehende Ansammlung von tristen Gebäuden, die langsam verfielen.

„Oh-oh, hier kommt Ärger." Cole grinste, als Applegate, Stanley und Sam auf sie zukamen. Sam, der Kleinste im Bunde, streckte seine Hand aus.

„Das war großartig", sagte der drahtige Mann und schüttelte ihm mit seinem üblichen eisernen Griff die Hand. „Das hast du gut gemacht, die beiden zu trauen."

„Jupp", dröhnte App und klammerte sich an Chance' Hand, sobald Sam losließ.

Chance schüttelte Stanley die Hand und verschränkte dann die Arme vor der Brust. „Ich bin froh, dass ich es getan habe. Sie sind ein besonderes Paar."

„Das kannst du laut sagen, Junge." Stanley beäugte seine Kumpels. „Wir kommen aus geschäftlichen Gründen, Chance."

Cole schob die Finger in seine Hosentaschen und warf ihm einen Bist-du-bereit-dafür-Blick zu. Im Hinterkopf hatte Chance gewusst, dass das kommen würde. Er hatte es in dem Moment gewusst, als er vor einer Woche die Kanzel betreten hatte. Er hatte einfach nicht damit gerechnet, dass sie es direkt nach Stacys und Emmetts Hochzeit tun würden.

App räusperte sich und straffte seine mageren Schultern. Er begann zu sprechen, hielt dann inne … vielleicht war es Effekthascherei, doch es war Zeit genug für Chance, einzugreifen und sie aufzuhalten. Er tat es jedoch nicht. Vor einem Monat, vor Randys Tod, hätte er sie nicht einmal mit der Rede anfangen lassen. Heute schwieg er.

„Wir bieten dir offiziell die Stelle als unser Pastor an."

Cole beobachtete ihn, kein Funkeln in seinen normalerweise lachenden Augen. Chance war aufrichtig verwirrt. Warum sagte er nicht einfach nein?

Die Tür des Nebengebäudes flog plötzlich auf, und Norma Sue kam mit erhobenen Händen herausgeschossen. „Aus dem Weg, Jungs, Baby kommt!"

Hinter ihr stützte Clint Matlock Lacy beim Gehen. Und hinter ihnen waren alle anderen. Lacy grinste und verzog gleichzeitig das Gesicht, als sie so watschelte, wie es nur schwangere Frauen taten. Ihre Hand lag auf ihrem runden Bauch, und sie lehnte sich zurück in die Stütze von Clints Arm.

Clint sah so erschüttert aus, wie Chance ihn noch nie gesehen hatte. Andererseits würde er gleich Vater werden. Der Blick war randvoll mit der Erkenntnis der Verantwortung, die im Begriff war, auf seinen Schultern zu landen.

Chance war nicht im Begriff, Vater zu werden, doch er kannte das Gefühl. Als Pastor fühlte er sich die ganze Zeit für seine Cowboy-Gemeinde so. Er war eine Weile weggegangen, doch er fühlte es immer noch.

„Ich hätte wissen müssen, dass das Baby nach seiner Mom kommen würde", sagte Clint, als er an ihnen vorbeiging. „Sie steckt immer voller Überraschungen."

„Und du weißt, dass du es liebst – auuu!" Lacys Lachen wurde zu einem Keuchen.

„Ihr hört besser auf zu reden und schwingt euch hierher!", rief Norma Sue von der Mitte des Parkplatzes.

Esther Mae trug einen riesigen roten Hut mit einer Weihnachtsblume darauf. Sie zog ihn vom Kopf, entblößte ihr feuerrotes Haar und fing an, Lacy Luft zuzufächeln, während sie neben ihr hertrottete. „Immer mit der Ruhe, Norma Sue. Wir werden ankommen, wenn wir ankommen. Lacy wird das Baby nicht auf dem Parkplatz der Kirche zur Welt bringen!"

Es folgte eine Flut von Ratschlägen, als sich alle in einem Bogen um sie scharten, als ob die Welle ihrer Energie Clint und Lacy früher zum Auto tragen würde.

„Komm, ich trage dich ", sagte Clint und nahm Lacy sanft in seine Arme.

„Aber zu Fuß ist besser!"

„Lacy – ich trage dich", knurrte Clint.

Die zierliche Blondine protestierte nicht weiter.

„Lacy", quietschte Sheri, ihre beste Freundin, als sie sich beeilte, mit Clint Schritt zu halten. „Lass das Baby nicht im Auto zur Welt kommen. Verstehst du? Du liebst diese alte Karre, aber das Baby muss nicht auf dem Rücksitz eines Oldtimers geboren werden!"

Lacy kicherte. „Ich werde mein Bestes geben."

Chance hatte mit Lynn Schritt gehalten, als sie an ihm vorbeiging. Sie sah ihn mit tanzenden Augen an.

„Das ist so aufregend", sagte sie. „Lacys Baby kommt!"

Sie erreichten Lacys rosa 58er Caddy. Norma Sue hielt die Tür auf, und Clint half Lacy in den Sitz.

Grinsend joggte er herum und faltete sich hinter das Lenkrad. „Wir sehen uns in einer Minute."

„Wir werden euch dicht auf den Fersen sein", sagte Sam und legte seinen Arm um Adelas Schultern.

„Wir werden beten." Adela tätschelte Clints Schulter, bevor er die Tür zuzog und Gas gab.

Eilig stürmten alle zu ihren Fahrzeugen.

„Sind sie in dieser alten Karre sicher?", fragte Chance, während er immer noch der rosa Monstrosität mit den großen Flossenrücklichtern hinterherblickte.

Lynn kicherte. „Das Auto ist in einem großartigen Zustand. Lacy bringt es zu allen Hochzeiten mit, weil sie die Nostalgie mag. Clint liebt die Macken seiner Frau, also macht er mit. Ich denke, er hätte bei dieser Gelegenheit lieber den Truck gehabt. Er hat so nervös ausgesehen."

Chance nickte. „Ist auch verständlich."

„Sie fahren ins Krankenhaus, um ihr Baby zu holen?", fragte Gavin, als er und Jack von der Wiese auf die Kirche zu gerannt kamen.

„Das tun sie auf jeden Fall", sagte Lynn.

„Mule Hollow wächst!", rief Jack aus und hielt dann inne. „Wir müssen auch ins Krankenhaus und uns ein Baby holen. Ich mag Babys."

Chance lachte über den alarmierten Ausdruck auf Lynns schönem Gesicht. „Willst du ins Krankenhaus fahren und auf die Geburt des Babys warten?"

„Du meinst, wir müssen darauf warten?" Gavin sah verwirrt aus.

„Ich fürchte schon." Lynn lächelte Chance an, und sein Herz stolperte vor Aufregung.

„Lynn!", rief Dottie aus der Gruppe, in der sie sich unterhielt. „Wenn du ins Krankenhaus willst, nehme ich die Jungs mit nach Hause. Wir passen schon für Stacy auf Bryce auf – Brady und ich können sowieso nicht gehen. Nive bleibt bei mir und wird mir helfen."

„Ich fahre dich", bot Chance an.

„Nein, ich kann –"

„Das wäre großartig", sagte Dottie und unterbrach

Lynn, bevor sie nein sagen konnte. „Lynn, fahr jetzt. Mit Chance. Es hat keinen Sinn, dass du selbst dorthin fährst, wenn er es schon anbietet."

„Aber", begann sie und blickte dann resigniert drein. „Du hast recht. Danke für das Angebot, Chance."

Wenn er nicht vorher bemerkt hätte, dass sie ihm aus dem Weg ging, hätte er es jetzt begriffen. Sie verabschiedeten sich von den Jungs und mussten noch einmal betonen, dass nur Lacy ein Baby mit nach Hause bringen würde.

Chance wollte herausfinden, warum Lynn nicht in seiner Nähe sein wollte. Er war froh, dass sie mit ihm fuhr – selbst wenn es Dotties Eingreifen bedurft hatte. Und das nicht nur, weil er Zeit mit ihr verbringen wollte. Er brauchte Rat, einen Resonanzboden, und obwohl er drei Cousins hatte, die er sehr schätzte … war es Lynn, deren Rat er wollte, obwohl sie nicht gerne hier bei ihm war.

Lacy Brown Matlock brachte zwanzig Minuten, nachdem Clint in den Noteingang des Krankenhauses in Ranger gestürzt war, einen acht Pfund schweren Jungen zur Welt. Typisch für Lacy, dass die Geschlechtsbestimmung beim Ultraschall nicht zutraf!

Das Wartezimmer war voll. Die Krankenschwestern und Ärzte waren es jedoch zwischenzeitlich gewohnt, dass halb Mule Hollow zur Geburt der Babys aus dem Ort erschien.

Lynn lächelte durch das Fenster. „Er ist wunderschön."

„Ich verstehe nicht, wie du das sehen kannst, wenn er so schreit", neckte Chance. Er stand neben ihr. Die Fahrt zum Krankenhaus war anstrengend gewesen. Sie hatten über die Hochzeit und das Baby gesprochen und auch darüber, dass die Jungs wollten, dass sie ein Baby mit nach Hause brachte. Sie hatte darüber geschmunzelt, aber schnell das Thema gewechselt, als sie anfing, sich zu fragen, ob Chance Kinder wollte.

„Er sieht genauso aus wie Clint", sagte Norma Sue. „Ihm wird es nicht gefallen, wenn du ihn schön nennst."

„Aber das ist er", gurrte Esther Mae. Ihr Gesicht berührte fast die Scheibe, als sie Baby Matlock ansah.

Lynn freute sich sehr für Clint und Lacy, doch ihre Gedanken kehrten immer wieder zu Chance zurück. *Er ist der Mann, dem du vertrauen kannst.*

Die Worte ließen sie nicht los.

„Du bist so still", sagte Chance, als sie wieder auf den Truck zugingen.

Es war neun Uhr, und der Nordwind peitschte den rosa Rock ihres Brautjungfernkleides um ihre Knie, als Lynn auf den Truck zuging. „Tut mir leid. Ich habe einfach viel im Kopf."

„Da ist ein Drive-in die Straße rauf. Willst du

anhalten und dir was zu trinken holen? Ich bin ein guter Zuhörer, und ich muss auch mit dir über etwas reden."

Er öffnete ihr die Tür und nahm ihren Ellbogen, als sie einstieg und sich setzte. Ihr Puls raste, als sie ihm auf Augenhöhe begegnete. „Das klingt großartig", brachte sie hervor. Sie standen mitten auf dem Krankenhausparkplatz direkt unter einem der Flutlichter, doch das war egal. Sie hob ihre Hand und berührte sein Kinn. Seine Augen funkelten vor Überraschung bei ihrer Berührung. „Du hast heute etwas Großartiges getan, Stacy und Emmett zu trauen. Danke."

„Ich bin froh, dass ich es gemacht habe. Es hat mir auch viel bedeutet." Er legte seine Hand auf ihre, zog sie von seinem Kiefer weg und küsste ihren Handrücken. „Danke, dass du mich dazu gedrängt hast."

Die Berührung seiner Lippen trieb ihr beinahe Tränen in die Augen. Die Geste war so süß. Sie nickte – das war alles, was sie tun konnte. Dankbar holte er Luft, wich zurück und schloss die Tür mit einem Lächeln. *Reiß dich zusammen, Frau!* Sie beobachtete, wie er um den Truck herum eilte. Als er einstieg, dachte sie zumindest nicht mehr daran, sich ihm in die Arme zu werfen.

KAPITEL ACHTZEHN

Chance hielt in der Einfahrt des Drive-in-Schalters an, und nachdem sie entschieden hatten, was sie trinken wollten, drückte er auf den Knopf am Mikrofon. „Wenn ich unterwegs bin, esse ich in mehr Fast Food-Läden, als ich zugeben möchte. Das ist ein Teil meiner Arbeit, der mir nicht so viel Spaß macht."

Lynn neigte ihren Kopf zur Seite. „Wir hätten nicht hier anhalten müssen."

Er zog eine Augenbraue hoch. „Ich habe nicht gesagt, dass ich es mir keine Freude macht."

Sie lächelte trotz der Gedanken in ihrem Kopf. Die Gedanken daran, wie viel Freude es ihr machte, mit ihm zusammen zu sein. Daran, dass sie in ihrem Herzen wusste, dass sie ihm vertrauen konnte. Und der Gedanke, der ihr Innerstes so beschäftigte, dass sie sich fast nicht auf das wunderbare Baby konzentrieren konnte, das gerade auf die Welt gekommen war … Sie verliebte sich in Chance.

Es fiel ihr schwer, das zuzugeben, und noch schwerer, es zu akzeptieren. Die Vorstellung schockte sie. Sich zu verlieben war noh etwas, das man kontrollieren konnte. Sie konnte es verhindern.

Wie konnten all diese Gedanken in ihr kollidieren, während sie mit Chance ruhig am Drive-In saß und im Hintergrund Fifties-Musik spielte?

„Willst du darüber reden, warum du so still bist und warum du mir nach der Zeremonie aus dem Weg gegangen bist?"

„Nein."

„Du hast dir definitiv große Mühe gegeben." Eine Kellnerin brachte ihre Getränke, und er war einen Moment abgelenkt, während er bezahlte.

Lynn nutzte den Moment, um ihn abzulenken. Nein, sie würde dem Mann nicht sagen, dass sie still war, weil ihr klar geworden war, dass sie sich verliebt hatte, als er Stacy und Emmett zu Mann und Frau erklärt hatte … Sie schloss die Augen und versuchte zu atmen. Versuchte, sich zu überzeugen, dass es nicht so war.

Doch es war hoffnungslos. Sie wusste, dass es so war. Sie hatte sich in ihn verliebt, aber es war trotzdem hoffnungslos. Es änderte nichts. Absolut nichts.

Er reichte ihr das Getränk und beobachtete, wie sie einen großen Schluck durch den Trinkhalm nahm. „Du hast gesagt, du hättest was, worüber du mit mir reden willst?", sagte sie und hoffte, damit die Aufmerksamkeit von sich abzulenken.

Er kniff die Augen zusammen, und ihr war klar, dass sie ihn nicht täuschen konnte. Er stellte sein Getränk in den Getränkehalter, ohne etwas zu trinken. „Ich wurde offiziell gebeten, der Pastor der Gemeinde zu werden."

„Du hast nein gesagt, oder?"

Er runzelte die Stirn. „Wow, da hast du nicht gezögert."

„Nein. Habe ich nicht. Du hast großartige Arbeit geleistet, aber im Gegensatz zu allen anderen, die versuchen, dich in die Kanzel zu scheuchen, glaube ich, dass du schon eine Gemeinde hast."

„Dann nimmst du mir meinen Scherz während der Predigt also immer noch übel?"

Sie fand im Moment nicht viel lustig, also lachte sie nicht. „Das habe ich nicht gesagt. Ich denke nur, dass dein Herz bei deinen Reitern in der Arena ist. Du musst das nicht aufgeben, weil du einen verloren hast."

Chance sah besorgt aus. Da wurde ihr klar, dass er sich die ganze Zeit Sorgen gemacht hatte – es war nur unter einer dünnen Fassade verborgen gewesen. „Was ist, wenn ich andere Gründe habe, in Mule Hollow bleiben zu wollen?"

„*My Girl*" lief im Hintergrund, als er sie mit ernsten grünen Augen ansah. Ein Schauer des Bewusstseins lief über ihren Rücken, und sie konnte kaum atmen, wissend, was er dachte … Sicherlich irrte sie sich.

„Du liebst den Rodeozirkus und die Leute da. Sie brauchen dich." Sie stellte ihr Getränk in den Halter. „Und meine Jungs brauchen mich. Wir sollten besser zurück."

Sie wandte ihre Augen von ihm ab, konnte jedoch seinen Blick auf sich spüren, als sie ihren Sicherheitsgurt wieder anlegte. Das Innere des Trucks wurde schnell eng. Sie zwang ihre Gefühle, sich zu beruhigen, und ihren gesunden Menschenverstand, die Führung zu übernehmen. Sie suchte nicht nach Liebe. Sie wollte keine Hochzeit.

Ihr und ihren Jungs ging es gut.

Chance fuhr los. Er trat auf das Gaspedal und richtete die Augen auf die Straße vor sich. Er hätte Lynn fast gesagt, er wolle ihretwegen in Mule Hollow bleiben. Und wegen ihrer Jungs. Er hätte ihr fast gesagt, dass … er sie liebte. Auf dem Parkplatz eines Drive-Ins.

Der Ausdruck in ihren Augen und ihre Reaktion hatten ihm jedoch gesagt, dass sie noch nicht bereit war, das zu hören. Er hatte, bis er neben ihr gestanden und das Baby angesehen hatte, nicht gewusst, dass er bereit war, etwas zu sagen. Die Wahrheit hatte sich ruhig über ihn gelegt, als er neben Lynn gestanden hatte. Er liebte sie. Er war sich nicht sicher, was der nächste Schritt war, doch das änderte nichts an der Tatsache, dass er sie liebte.

Ich liebe Lynn Perry.

Das war eine schöne Sache.

„Geht's dir gut?", fragte er, nachdem sie fünfzehn Meilen schweigend gefahren waren. Er wollte den Truck anhalten und ihr sagen, wie er sich fühlte, doch er wusste, dass jetzt nicht der richtige Zeitpunkt dafür war. Er machte sich Sorgen um sie.

„Mir geht's gut. Aber Chance, du solltest eine solche Entscheidung nicht überstürzt treffen. Du hast mir gesagt, wie viel es dir bedeutet, für diese Cowboys auf der Straße da zu sein. Ich würde es schrecklich finden, wenn du einen Fehler machen würdest."

„Warum glaubst du nicht, dass ich hier in der Kirche glücklich sein könnte?"

„Das weiß ich nicht."

„Wie denkst du über uns?" Die Frage kam heraus, bevor er sie aufhalten konnte. Er warf ihr einen Blick zu. Sie sah bei seiner Frage gestresst aus. Ihre Hände waren in ihrem Schoß gefaltet und ihre Lippen fest zusammengepresst, während sie geradeaus starrte.

Sie antwortete mindestens eine Meile lang nicht. Er konnte nichts sagen. Sein Innerstes war vollkommen verknotet.

„Chance, ich habe nicht ..."

„Warte", sagte er, wohl wissend, dass er sie unterbrechen musste. Er trat auf die Bremse und brachte den Truck am Straßenrand zum Stehen. Sie waren fünfzehn Meilen von Dottie und Bradys Haus entfernt, und auf keinen Fall würde er dieses Gespräch nicht beenden. Oder sie zu schnell antworten lassen.

Er parkte den Truck, öffnete die Tür und stieg aus. Er konnte spüren, dass sie ihn beobachtete, als er um die Front des Trucks herumstapfte. Er öffnete ihre Tür, griff um sie herum und löste ihren Sicherheitsgurt.

„Chance, was machst du?"

Er starrte ihr direkt in die Augen, nahm ihre Hände und zog sie aus dem Truck. Er nahm sanft ihr Gesicht in seine Hände und hielt sie still, während er in ihren Augen nach Anzeichen der gleichen Gefühle suchte, die ihn durchströmten. Er senkte den Kopf und berührte, als sie nicht protestierte, ihre Lippen mit seinen.

Sein Herz hämmerte, als wollte es aus seiner Brust springen, und er war in diesem Moment mit Gewissheit verloren. Für ihn gab es kein Zurück mehr. Er dachte an sein Gebet mit Emmett und hatte ein neues Verständnis. Er wusste, dass er bereit war, zu warten, so lange es dauerte, bis Lynn Perrys Herz geheilt war, und dafür beten würde, dass sie ihn liebte und ihm vertraute. Zu seiner Überraschung schmiegte sie sich an ihn und erwiderte seinen Kuss mit einer süßen, zögernden Antwort. Hoffnung erblühte in ihm. Sie war nicht abgeneigt. Sie hatte ihn nicht geschlagen oder weggestoßen.

Sie hatte seinen Kuss erwidert.

Freude erfüllte seine Seele.

„Du hast dich an mich rangeschlichen, Lynn", sagte er und legte seine Hände auf ihre Schultern, während er sie festhielt und an ihr Ohr sprach. „Ich bin nach Hause gekommen, um allein zu sein und in meinem Herzen nach Antworten zu suchen, doch anstatt mich allein zu lassen, wurdest du mir buchstäblich in den Weg geschoben. Ich liebe dich, Lynn. Ich habe mich schon bei unserer ersten Begegnung in dich verliebt."

Sie vergrub bei seinen Worten ihre Hände in seinen Rücken und versteifte sich in seinen Armen. Er konnte ihr Herz schlagen fühlen und den Stress spüren, den seine Worte für sie bedeuteten. War es Angst? Konnte sie ihm nicht vertrauen? Es tat so oder so weh. „Ich bin nicht dein Ex-Mann, Honey. Von mir hast du nichts zu befürchten. Ich würde dir oder deinen Jungs niemals wehtun. Du kannst mir vertrauen."

Sie holte tief Luft. „Ich weiß nicht, wie ich damit umgehen soll, Chance. Ich weiß es einfach nicht."

Ihre Worte waren so voller Angst, dass ihn ein Gefühl der Hilflosigkeit überkam. „Wir können das einen Schritt und einen Tag nach dem anderen angehen. Kein Druck."

Sie schob sich von ihm zurück. „Ich mag dich,

Chance. Das kann ich nicht leugnen. Ich liebe es, wie du mit meinen Jungs umgehst. Ich liebe das Herz, das du für andere hast. Du bist ein wunderbarer Mann, und ich war in den letzten Wochen so gesegnet, dich und all die Hilfe, die du mir gegeben hast, zu haben."

Der Mann in ihm wollte, dass sie seine Liebe sofort erwiderte. Doch er wusste, dass sie Probleme aus ihrer Vergangenheit hatte, die sie daran hinderten. Sie hatte von Anfang an ehrlich gesagt, dass es ihr schwerfiel zu vertrauen. Er war vorgewarnt gewesen. „Dann gibt es Hoffnung für mich."

„Ich kann dir nichts versprechen. Ich habe Angst, dass du verletzt wirst …"

„Ich wäre nur verletzt, wenn du mir jetzt sagen würdest, dass es keine Hoffnung für uns gibt."

Ihre Augen leuchteten, und ihre Lippen zitterten. „Ich möchte, dass es Hoffnung gibt."

Freude, so hell wie das Sonnenlicht, schoss durch ihn hindurch. „Du kannst dir gar nicht vorstellen, wie glücklich mich das macht." Er strich mit seinen Fingerspitzen über ihren Kiefer und liebte das Gefühl. „Lass es uns schön langsam angehen, einen Tag nach dem anderen." Als sie nickte, schloss er die Augen und sprach ein Dankesgebet.

Als er sie öffnete, sah er, dass sie ihn beobachtete. Langsam berührte er ihre Lippen mit ihren, genoss ihren süßen Duft … das Gefühl von ihr in seinen Armen.

Seine Sehnsucht zu hören, dass sie ihn liebte, wuchs.

Das war, was im Leben wichtig war. Jemanden zu finden, mit dem er sein Leben teilen konnte, war der größte Segen.

„Also, wie läuft alles?"

Lynn blickte von der Arbeit am Kirchenbulletin auf und sah, wie Lacy mit einer Babytrage hereinkam.

„Lacy, du bist hier!", rief sie und sprang von ihrem Stuhl auf, um Lacy zu umarmen. „Ich muss Tate sehen."

Lacy zog die Babydecke langsam weg und gab den Blick auf das Gesicht des Säuglings frei. Er schlief fest. „Ist das nicht das süßeste Kind, das du je gesehen hast?"

„Er ist so süß. Ich mag seinen Namen auch. Ich war nur überrascht, als du ihn nicht Elvis genannt hast."

Lacy lächelte. „Ich liebe seine Musik und seinen Geschmack für Autos. Aber ich wollte, dass mein Baby seinen eigenen Namen hat. Seine eigene Identität finden kann. Wenn Gott ihm eine Stimme wie Elvis geben könnte, würde ich mich natürlich nicht beschweren."

Lynn hätte ihn gerne auf den Arm genommen, fragte aber nicht. Sie wusste, dass er ohnehin von einem Arm zum anderen gereicht wurde. Stattdessen setzte sie sich wieder hin. „Was machst du hier?"

„Clint hat mir gesagt, ich soll zu Hause bleiben, aber ich kann einfach nicht. Ich dachte, ich bringe diese

Dankeskarte vorbei, damit du sie ins Kirchenbulletin stecken kannst."

„Natürlich mache ich das." Sie nahm die Karte und öffnete sie zum Lesen.

„Ich habe gehört, du und Chance seid ein Paar."

Lynns Kopf schoss hoch. „Ein Paar?"

„Beruhige dich, bekomm nicht gleich ein Schleudertrauma", zwitscherte Lacy. „Ich war mit Clint und meinem kleinen Tater unten im Diner – ja, App, Stanley und Sam haben ihm schon den Spitznamen Tater Man gegeben! Junge, das war klar, oder?"

Lynn lachte. „Da hat kein Weg daran vorbeigeführt, oder?"

„Sicher nicht. Dieser Junge wird aufwachsen und alle möglichen Namen bekommen, von Tater Man bis Tater Tot. Ich hatte mir überlegt, ihn Max zu nennen, aber mir ist schnell klar geworden, dass sie ihn dann Mad Max oder sowas in der Art nennen würden. Wie auch immer, ich habe Cole und Seth sagen hören, dass Chance diese Woche fast jeden Tag bei dir zu Hause war. Meine Liebe, das macht euch unserem Verständnis nach zu einem Paar."

„Na ja, ich habe gekocht, und er hat den Jungs geholfen, meine Veranda zu reparieren. Und, na ja, er ist allein und hat uns geholfen, den Baum zu schmücken ..."

„Und hast du irgendwo dazwischen zufällig den

Cowboy geküsst?"

Lynn schluckte schwer und begegnete Lacys funkelnden Augen. „Lacy!"

„Hey, komm schon, Lynn, sag mir, dass du über deinen Schatten springst. Sag mir, dass du Mut fassen und mit diesem gutaussehenden Mann, der dir über den Weg geschickt wurde, vorankommst."

„Ich versuche es."

Lacy setzte sich auf die Kante ihres Stuhls und trommelte eine Sekunde lang mit ihren pflaumenvioletten Nägeln auf den Schreibtisch, während ihre Gedanken hinter ihren leuchtend blauen Augen kreisten. „Du bist eine Inspiration für mich, seit du vor zwei Jahren aus diesem Bus gestiegen bist. Du hast so hart gekämpft, um dir selbst zu helfen, den Frauen, die mit dir gekommen sind, und allen, die durch die Türen des Frauenhauses gekommen sind. Und doch hast du Angst. Ich habe für dich gebetet. Es ist an der Zeit, dass du dich von dieser Angst befreist."

Lynn stand auf und ging zum Fenster. Sie starrte zu den Schaukeln hinaus, auf denen ihre Jungs spielten, während sie am Bulletin arbeitete. Sie steckte ganz tief drin und war glücklicher, als sie sich jemals gewesen zu sein erinnern konnte, doch sie konnte ihre Angst nicht loswerden.

„Ich *habe* Angst, Lacy."

„Ich weiß das, aber wovor?"

„Mir selber."

Lacy runzelte die Stirn. „Das verstehe ich nicht."

„Ich weiß nicht, wie ich den Schritt zum nächsten Level machen soll. Ich habe einen bequemen Punkt in meinem Leben erreicht, und so wunderbar Chance auch sein mag, ich habe Angst, dass ich ihm das Herz brechen werde."

„Tu's nicht. So einfach ist das. Liebst du ihn?"

Lynn wusste, dass sie es tat, doch es steckte mehr dahinter. „Ich habe Drew auch geliebt."

Lacy hatte aufgehört, mit den Nägeln auf den Schreibtisch zu trommeln, und tippte jetzt nur noch lautlos mit ihrem Zeigefinger. Lynn konnte fast sehen, wie ihre Gedanken im Takt tickten.

„Du traust dir nicht, das meinst du?"

Lynn nickte. „Endlich fühle ich mich wohl. Ich habe keine Angst, solange ich nicht an Liebe und Ehe denke. Jedes Mal, wenn ich Chance anschaue und daran denke, diesen Schritt zu tun, friere ich ein."

„Dann entspann dich und lass dir Zeit. Ich bin sicher, dass Chance das vollkommen versteht. Hat er schon übers Heiraten gesprochen?"

„Nein. Ich versuche, ihn zu überreden, wieder zum Rodeozirkus zurückzukehren."

„Du bist also diejenige, die ihn aus diesem Büro raushält. Weiß App das?", feixte Lacy.

„Ich will nur, dass er glücklich ist, und ich fürchte,

das hier ist nicht das Richtige für ihn."

Lacy stand auf und legte eine Hand an ihre Hüfte. „Warum hörst du nicht auf, dir Gedanken darüber zu machen, was für Chance richtig ist? Er ist ein großer Junge, ich wette, er kann das schon ganz gut selbst herausfinden … Du konzentrier' dich nur darauf, was für dich richtig ist. Alles wird gut werden. Ich spüre es."

Lynn wünschte sich wirklich, sie hätte diese Klarheit. Und sie brauchte sie bald. Sie hatte eine gleichzeitig wunderschöne und schreckliche Woche hinter sich. Und das Schlimmste war, dass Gavin und Jack verletzt werden könnten, wenn sie nicht bald eine Entscheidung darüber treffen würde, was sie mit ihrem Leben anfangen will.

„Gehst du morgen Abend zum Ball?", fragte Lacy und hob die Babytrage hoch.

„Ja, mit Chance."

„Gut, Mädchen. Lass es dir gut gehen und hör auf, dir Sorgen zu machen. Gott macht das schon richtig!"

Lynn trieb die Jungen ins Auto, nachdem Lacy die Kirche verlassen hatte, und sie gingen zum Frauenhaus. Sie hatte Sandra versprochen, heute Nachmittag vorbeizukommen. Trotz ihrer Gespräche darüber, was Sandra richtig gemacht hatte, ging es ihr nicht gut. Schuldgefühle nagten an ihr. Der Therapeut arbeitete auch mit ihr, aber Dottie hatte gesagt, sie hätte sich in den letzten Tagen immer weiter zurückgezogen.

Sie betete um die richtigen Worte, um Sandra zu helfen.

Als sie im Frauenhaus ankam, wusste sie sofort, dass etwas nicht stimmte. Bradys Streifenwagen stand zusammen mit dem von Deputy Zane Cantrell davor. Dottie stand im Hof und sprach mit ihnen.

„Hey, Mr. Brady, hey, Mr. Zane!", riefen die Jungs, als sie herüberrasten und sich von beiden Männern umarmen ließen. Lynns Herz schwoll bei diesem Anblick an.

„Was ist los?", fragte sie, sobald die Jungs zum Schaukeln gingen.

Dottie war blass. „Sandra ist verschwunden. Sie hat ihren Mann angerufen und ihm gesagt, wo sie ist. Er ist aufgetaucht, und sie und Margaret sind mit ihm gegangen."

„Oh Gott. Nein", keuchte Lynn und sah Brady und Zane an, als glaubte sie, sie könnten ihr sagen, dass Dottie sich irrte. „Ihr hättet sie aufhalten sollen."

Bradys ernster Blick traf sie. „Sie hat nie Anzeige erstattet und ist freiwillig gegangen. Du weißt, dass uns die Hände gebunden sind."

Es stimmte, doch Lynn wollte Sandra nachgehen und sie bitten, ihr zuzuhören. Sie bitten zu akzeptieren, dass die Situation, in der sie sich mit ihrem Mann befand, nicht besser werden würde.

Aber es war zu spät.

KAPITEL NEUNZEHN

„Und darf ich sagen, dass du heute Abend besonders hübsch aussiehst?" Chance war überglücklich. Er hatte den größten Teil seiner Woche damit verbracht, in Lynns Haus zu arbeiten. Er war früh angekommen, bevor sie zum Süßwarenladen fuhr, damit die Jungen ausschlafen konnten und nicht aus dem Bett gerissen und für den Tag ins Frauenhaus gebracht werden mussten. Er hatte Spaß daran gehabt, dass sie ihn ab dem Moment, in dem sie aufwachten, begleiteten. Sie waren fasziniert von Werkzeugen, besonders von Hämmern, und die Veranda vor dem Haus war dafür perfekt geeignet. Sie hatten ihm geholfen, die verzogenen Planken zu ersetzen, und betrachteten jetzt mit großem Interesse die alte Scheune. Er hatte sie auch ein paar Mal zum Reiten auf die Ranch mitgenommen, und sie waren begeistert gewesen.

Um Lynn ein bisschen Freiraum zu erlauben, hatte

er sich zwei Tage lang auf der Ranch um das Vieh gekümmert, doch es tat ihm leid, dass er nicht für die Jungs da gewesen war.

Lynn hatte ihm immer wieder gesagt, er solle sich nicht schlecht fühlen, wenn er nicht da war, weil sie verstand, dass er sich um seine eigenen Angelegenheiten kümmern musste. Das und noch ein paar andere Dinge hatte er der Tatsache zugeschrieben, dass sie sich ihm nicht aufdrängen wollte. Er betrachtete seine Zeit mit ihr und den Jungs als gut investierte Zeit. Zeit, die er genoss. Zeit, die er schätze.

Er hoffte, dass sie dasselbe empfand. Besonders nachdem Sandra das Frauenhaus verlassen hatte. Die Entscheidung der armen Frau, zu ihrem Mann zurückzugehen, hatte Lynn am Boden zerstört, und sie hatte viel darüber nachgedacht. Er hatte versucht, mit ihr darüber zu reden – und ihr sogar erklärt, dass Lynn Sandras Entscheidungen nicht für sie treffen könne … ganz gleich, wie sehr sie es wollte.

Er hatte nagende Sorgen, dass Sandras Rückkehr zu ihrem Mann Lynn auf einer tieferen Ebene beeinflusste, als er erreichen konnte.

Er hoffte, dass heute Abend helfen würde, und war froh, dass das Wetter mitspielte. Die Sterne hatten wie Diamanten am weiten, dunklen Himmel, gefunkelt als er zu ihrer Tür gegangen war und geklopft hatte.

Als er sie gesehen hatte, war ihm das Herz in die

Kehle geschossen, und er hatte keine Luft mehr bekommen. Es war ein Wunder, dass er überhaupt ein Wort herausbrachte.

Sie lächelte ihn an, doch in ihren Augen sah er dieselbe Anspannung, die ihn die ganze Woche beschäftigt hatte. Noch bevor Sandra gegangen war, hatte ihm dieser scharfe Blick in Lynns Augen Sorgen gemacht, dass sie die Tapfere spielte, bevor sie zusammenbrach und weglief. Er musste jede Nacht auf die Knie gehen und Gott bitten, ihm zu vertrauen.

„Hey, sieh mich nicht so an", sagte er, entschlossen, unbeschwert zu klingen. „Du siehst heute Abend wirklich bezaubernd aus."

Sie blickte auf die Jeans, Stiefel und den roten Pullover, die sie trug. „Dann nehme ich dich beim Wort."

Er lehnte sich gegen den Türrahmen und schob seinen Hut aus der Stirn, dann schenkte er ihr sein bestes Turner-Lächeln. „Du kannst mir glauben", sagte er langsam, obwohl er frustriert knurren wollte. Egal, wie gut die Woche gewesen war, ihre Vertrauensprobleme standen allem im Weg und dieser Ausdruck in ihren Augen. Frustriert von seinem Mangel an Geduld gab er die lässige Pose auf und richtete sich auf. Seine Nerven summten heute Nacht. „Wo sind die Jungs?"

„Dottie hat sie auf dem Rückweg aus der Stadt mitgenommen."

Er war enttäuscht. „Wir hätten sie mitnehmen können."

„Schon gut. Dottie hatte nichts dagegen."

„Es wäre kein Problem gewesen." Nichts an ihr oder ihren Jungs störte ihn. „Ich freue mich immer, sie zu sehen."

Sie nickte, doch anstatt etwas zu sagen, nahm sie ihre Handtasche vom Flurtisch und zog die Tür zu. „Ich denke, wir sollten los."

Er nickte, obwohl die Art und Weise, wie sie die Worte gesagt hatte, sich wie Blei in seinem Bauch festsetzte. Etwas stimmte nicht.

Bei ihrer Ankunft war das Gemeindezentrum rappelvoll.

Als sie aus dem Truck stiegen, rief jemand nach Chance und bat ihn, kurz mit ihm zu sprechen. „Geh nur rein, ich bin gleich da."

Lynn nickte, froh, einen Moment Zeit zu haben, um ihre verrückten Gedanken zu ordnen. Sie war den ganzen Nachmittag niedergeschlagen gewesen und fühlte sich schuldig, dass sie Chance' gute Laune mit runtergezogen hatte. Es war gemein und egoistisch, und doch hatte sie es getan. Sie wusste, dass es am Druck der Woche lag. Sie machte sich Sorgen um Sandra und Margaret und war untröstlich darüber, dass Sandra sich entschieden hatte, zu ihrem Ehemann zurückzukehren. Doch sie verstand besser als alle anderen, wie verwirrt Sandras Verstand und Herz im Moment waren. Lynn war so dankbar, dass sie die Kraft gehabt hatte, sich von Drew zu befreien.

Doch mit jeder Sekunde, die Chance mit ihren Jungs verbrachte, baute sich der Druck für Lynn auf. Konnte sie wieder eine Beziehung eingehen? Konnte sie völlig frei von den Narben ihrer Ehe sein? Sie musste eine Entscheidung treffen, und sie musste sie *jetzt* treffen. Die Gefahr, dass die Herzen ihrer Jungs gebrochen wurden, wuchs und egal, was Lacy oder irgendjemand anderes sagte, sich zurückzulehnen und einfach Gott die Zügel zu überlassen, funktionierte nicht für sie. Sie musste etwas tun, und das bald.

Als ob es vorherbestimmt war, sah sie sich um und bemerkte Kurt Holding. Sie ging auf den Rancher zu und wusste, dass er sie verstehen würde. Er war einer der drei Holding-Brüder, und sie hatte auf einem der Stadtfeste einmal ein sehr persönliches Gespräch mit ihm geführt. Sie hatte nach einem Ort gesucht, an dem sie entkommen und sich vor all den Kuppelversuchen verstecken konnte, und als sie sich auf eine Bank im Schatten eines Baumes gesetzt hatte, hatte er sich an den Baum gelehnt, und sie hatte ihn in der Dunkelheit nicht bemerkt. Da er sie nicht hatte erschrecken wollen, hatte er gehustet, um sie wissen zu lassen, dass er da war.

Trotzdem hatte er ihr Angst gemacht.

Irgendwie hatten sie, nachdem sie wieder zu atmen begonnen hatte, angefangen zu reden. Er war ein hinreißender Mann, ein netter Cowboy, der die meiste Zeit damit verbrachte, seine Ranch aufzubauen, und immer zurückhaltend wirkte. An diesem Abend hatte er sie gefragt, wie es ihr ging. Jeder in der Stadt wusste, dass sie mit dem Bus aus dem Frauenhaus in Kalifornien gekommen war und im *Sicheren Hafen* lebte. Alle wussten, dass sie misshandelt worden und geflohen war. Zu ihrer Überraschung hatte Kurt ihr gesagt, dass er stolz auf sie war. Dass er sie sehr respektierte, weil er und seine Brüder von einem prügelnden, alkoholkranken Vater aufgezogen worden waren und seine Mutter nicht stark genug gewesen war, sie aus dieser Situation herauszuholen. Ihr Herz war mit ihm und seinen Brüdern verbunden. Sie verstand, dass es etwas Besonderes gewesen war, dass er sich ihr gegenüber geöffnet hatte. Der Mann öffnete sich für niemandem, doch er hatte es bei ihr getan, weil er wollte, dass sie wusste, dass das, was sie für ihre Jungs getan hatte, das Richtige war. Und er wusste, dass es Mut gekostet hatte. Als sie ihn angesehen hatte, war ihr klar geworden, dass der Schmerz, auf den er ihr in diesen Momenten einen kurzen Einblick gewährt hatte, der Schmerz ihres Jungen hätte werden können.

Sie hatten einander gestanden, dass sie sich aus der

Menge zurückgezogen hatten, weil sie nicht vorhatten, jemals zu heiraten.

Als sie ihn jetzt sah, fragte sie sich, ob er Angst hatte? Hatte er wegen der Dinge, die er als Kind durchgemacht hatte, auch Probleme mit dem Vertrauen? Plötzlich war sie so traurig um seinetwillen.

Er lächelte sie an und hob die Hand an seinen Hut, wie er es immer tat, wenn sie einander begegneten. „Lynn, wie geht's dir?"

Vielleicht lag es an ihrer ähnlichen Vergangenheit, aber sie fühlte sich mit Kurt verbunden. „Mir geht's gut. Na ja, ehrlich gesagt bin ich wirklich traurig wegen der Frau, die zu ihrem Mann zurückgekehrt ist, der sie geschlagen hat. Hast du davon gehört?"

Er sah ernst aus. „Ich habe es gehört und bin nicht überrascht. Das passiert ständig. Umso mehr Grund, stolz auf dich zu sein, weil du stark genug warst oder deine Kinder genug geliebt hast, um ihre Sicherheit an erste Stelle zu setzen." Er neigte den Kopf. „Ich habe gehört, du verbringst Zeit mit dem Pastor."

„Nein, ich meine, ja."

„Das war eine verwirrende Antwort. Bist du verwirrt?"

Sie lachte trocken. „Ich bin sehr verwirrt. Wie können wir jemals wieder vertrauen lernen?"

Kurts dunkle Augen wurden weicher vor Mitgefühl. „Gute Frage. Darauf habe ich keine Antwort für dich. Ich kann nicht sehen, dass es jemals für mich passieren wird."

Sie atmete tief ein, als seine Worte auf fruchtbaren Boden fielen. Er würde oder konnte nicht wieder vertrauen und vielleicht war das ihre Antwort – dass sie es auch nicht tun sollte.

„Ich verstehe." Plötzlich stiegen ihr Tränen in die Augen.

„Hey, nicht weinen. Ich denke, dass meine Perspektive vielleicht nicht das ist, worauf du hören solltest. Ich denke", er neigte seinen Kopf, sodass er ihren Blick mit seinem einfing. „Ich denke, vielleicht musst du auf dein Herz hören. Besser noch, vielleicht musst du deinem Herzen vertrauen."

Sie schenkte ihm ein schwaches Lächeln. „Danke, aber das habe ich schon einmal gemacht –hat nicht gut geklappt."

„Vielleicht musst du den Pastor und deinen Ex separat betrachten." Er legte die Hand auf ihre Schulter und drückte sie sanft. „Ich wünsche dir das Beste, du hast es verdient." Er lächelte und ging dann. Sie sah ihm nach und betete, dass ihre Jungs nicht mit so tiefen Narben aufwuchsen. Armer Kurt, er war ein wunderbarer Mann, und doch hatte er vor, immer allein zu bleiben. Das wollte sie nicht für ihre Jungs. Sie wollte, dass sie erwachsen wurden und gesunde liebevolle Beziehungen hatten. Ohne Angst zu haben, einer Frau zu vertrauen und ihr ihr Herz zu schenken.

Kurt verschwand aus der Tür, doch seine Worte klangen in ihren Ohren ... *Vielleicht musst du den Pastor und deinen Ex separat betrachten.*

Drew war gewalttätig und manipulativ gewesen, während Chance wunderbar und liebevoll war.

Doch wenn sie ihr Herz nicht dem Vertrauen und der uneingeschränkten Liebe zu Chance hingeben konnte, musste sie sich zurückziehen, bevor alle verletzt wurden. Bei Drew war sie diejenige gewesen, die schließlich den Schlussstrich gezogen hatte. Nicht Gott. Und diese Beziehung zu Chance bedurfte auch einer Entscheidung.

Im Hintergrund spielte Musik. Die Cowboys von Mule Hollow hatten Talent. Es gab einige, die wie Nashville Gold ersingen konnten, und als Chance das Gebäude betrat, sang Bob Jacobs gerade ein Liebeslied von Tim McGraw. Liebeslieder ... ihr Blick begegnete dem von Chance, als er auf sie zukam. Sie war in großen Schwierigkeiten.

Der Raum war mit Lichterketten geschmückt, die an der Decke hingen. Girlanden aus bunten Lichtern säumten die Türen. Auf der kleinen Bühne hatten sie eine metallene Pferdetränke aufgestellt und die mit Weihnachtsgeschenken gefüllt. Neben dem Trog stand ein bunt geschmückter Weihnachtsbaum.

„Das sieht toll aus", sagte Chance, als er zu ihr kam.

„Das tut es", nickte Lynn, die sich seiner Hand sehr bewusst war, als sie zwischen ihren Schulterblättern zu liegen kam. Sie kämpfte darum, ruhig zu wirken.

„Ihr seid da!", rief Esther Mae von einem Tisch aus. „Kommt her und unterschreibt. Wir wollen aller Teilnehmer dokumentieren. So können wir nächstes Jahr zurückblicken und sehen, wie viele der Paare, die heute Abend zusammen gekommen sind, geheiratet haben."

Sie lächelte und blickte von Chance zu Lynn.

Lynns Bauch schmerzte. Chance sah sie mit einem humorvollen Augenzwinkern an, was Esther Mae begeisterte.

„Ihr seid das süßeste Paar. Eure Babys wären so niedlich!"

„Immer langsam, Esther Mae", sagte Chance und kam ihr zu Hilfe. „Nichts überstürzen. Ich bin heute Abend einfach nur dankbar, dass Lynn überhaupt mitgekommen ist."

Lynn lächelte und berührte seinen Arm. „Ich habe schon zwei", sagte sie zu niemand Bestimmtem. Sie fühlte sich in die Defensive getrieben.

„Und es sind zwei ganz wunderbare", sagte Chance und warf ihr einen Blick zu, der verriet, dass er sie verstand. „Schön, dich zu sehen, Esther Mae. Wir gehen dann schonmal weiter, damit sich die nächsten eintragen können."

Die gutgelaunte Rothaarige winkte ab.

„Chance, schau, dass du mit Lynn tanzen gehst!"", rief sie, als sie sich unter die Menge mischten.

„Genau das habe ich vor", sagte er in Lynns Ohr, als er sich vorbeugte und nur mit ihr sprach. „Geht's dir gut? Du siehst aufgewühlt aus."

Der Mann war zu aufmerksam. „Mir geht's gut, ich fühle mich nur ein bisschen gestresst."

Er legte seinen Arm um ihre Schultern und zog sie sanft an seine Seite. Sie verspürte den Drang, ihren Kopf an seine Schulter zu legen, doch sie tat es nicht.

„Stress' dich nicht, Lynn. Entspann' dich einfach und genieß' die Zeit hier mit unseren Freunden. Lass dich von Esther Mae nicht ärgern. Sie wollte dich nicht unter Druck setzen."

Das brachte sie zum Lachen. Ihn auch.

„Okay, das nehme ich zurück. Sie hat es so gemeint, aber ihr Ziel war nicht, dass du dich deswegen schlecht fühlst. Sie hat es aus Liebe und Sorge für dich und für mich gemeint, falls das irgendwie hilft."

Lynn holte tief Luft und genoss es für einen Moment, ihm so nahe zu sein. Unter der Woche hatte er sie manchmal geküsst, wenn die Jungs nicht da gewesen waren. Und er hatte sie jeden Abend geküsst, bevor er gegangen war. Und jedes Mal hatte sie das Gefühl gehabt, ihn für den Rest ihres Lebens küssen zu können. Sie hatte eine Sehnsucht nach mehr verspürt, nach der liebevollen Beziehung, körperlich und emotional. Sie hatte nie die Beziehung gehabt, die eine Ehe sein sollte … Sie wollte sie.

Doch damit war auch ein Risiko verbunden. Herzschmerz. Ernüchterung. Deprimiert versuchte sie, die Gedanken aus ihrem Kopf zu verdrängen.

„Komm, was du brauchst, ist eine Runde Two-Step." Chance schmunzelte und fegte sie auf die Tanzfläche. „Weißt du, meine Großmutter hat das Sport genannt, nicht Tanzen."

Lynn hätte gelacht, doch sie versuchte, sich darauf zu konzentrieren, die richtigen Schritte zu machen. Sie hatte seit Jahren nicht mehr getanzt. Nicht, seit sie in der Highschool gewesen war. Chance achtete darauf, einen angemessenen Abstand zwischen ihnen einzuhalten, während er ihre Hand in seiner hielt und seinen Arm über ihre Schultern legte. Cole und Susan tanzten an ihnen vorbei und genossen das Lied und die gemeinsame Zeit. Stacy war mit Emmett auf der Tanzfläche, nachdem sie Anfang der Woche aus den Flitterwochen zurückgekehrt waren.

Lynn hätte sich entspannen sollen. Sie ermahnte sich, tief durchzuatmen und sich zu entspannen. Den Moment und die Aussicht auf die Zukunft zu genießen, die sie und Chance haben könnten … doch Drews Gesicht und all die Manipulationen, die er ihr aufgezwungen hatte, trafen sie mit solcher Wucht, dass sie nicht einmal mehr die Musik hören konnte. Ihre Vergangenheit war Vergangenheit, doch sie klebte an ihr wie Schlamm. Sie hatte gehofft, dass der liebevolle Chance die Spuren wegwischen könnte, doch sie waren immer noch da. Die Gedanken an all das, was sie mit Drew durchgemacht hatte, raubten ihr die Freude an Momenten wie diesem.

„Lynn, du weinst ja", sagte Chance und sah sie eindringlich an. Seine Augen waren so besorgt.

„Nein", sagte sie, wusste aber, dass es eine Lüge war, als sie heftig blinzelte und gegen Tränen ankämpfte. Sie war noch nie in ihrem ganzen Leben so dankbar für schummrige Beleuchtung gewesen. „Es tut mir leid, Chance."

Er senkte den Kopf, als er stehenblieb und ihrem Blick begegnete. „Mir nicht, aber ich denke, wir sollten vielleicht nach draußen gehen und darüber reden."

Sie nickte und hatte Angst zu sprechen. Angst zu weinen und genauso Angst vor dem, was sie sagen würde.

Chance hatte ein ungutes Gefühl.

Sobald sie nach draußen gegangen waren, hatte Lynn ihm gesagt, dass sie nach Hause wollte. Er hatte „Natürlich" gesagt, gefragt, ob sie sich schlecht fühle, und sie hatte geantwortet, sie müsse einfach nach

Hause. Sie hatte sich geweigert, die ganzen sechs Meilen etwas zu sagen. Sein Herz war schwer um ihretwillen. Sie kämpfte gegen Dämonen aus ihrer Vergangenheit, dessen war er sich sicher.

Die Weihnachtsbeleuchtung war eingeschaltet und hieß sie fröhlich zu Hause willkommen. Er rechnete fast damit, dass die Jungs aus dem Haus rennen und sich ihm an die Beine werfen würden, wie sie es gerne taten, doch sie waren nicht zu Hause. Er hatte sie holen wollen, aber sie hatte nein gesagt. Sie hatte einfach nach Hause fahren wollen und danach nichts mehr gesagt.

Sein Herz schmerzte, und Angst packte ihn, als er den Wagen abstellte. Er wollte aussteigen, doch sie legte ihre Hand auf seinen Arm und hielt ihn zurück.

„Chance. Warte. Es tut mir so leid, aber das kann nicht funktionieren."

„Lynn. Gib der Sache Zeit. Ich liebe dich, und ich glaube – nein, ich weiß, dass du mich auch liebst. Ich möchte dich heiraten und eine Zukunft mit dir haben. Es wird wunderbar …"

„So einfach ist das nicht, Chance."

Sie war auf dem Ball den Tränen nahe gewesen, doch jetzt war sie ruhig. Ihre Stimme war fest und ihre wunderschönen Mitternachtsaugen so klar wie der Nachthimmel, der von einem Vollmond erleuchtet wird. Diese Ruhe machte ihm am meisten Angst.

„Ich kann nicht, Chance. Ich kann das einfach

nicht. Du hast auch ein Leben, und es ist da draußen im Rodeozirkus. Nicht hier gefesselt." Sie öffnete ihre Tür.

„Lynn, tu das nicht. Ich werde jetzt nicht aussteigen, weil ich weiß, dass du Zeit zum Nachdenken brauchst. Aber bete darüber ..."

Sie nickte, und als sie die Tür schloss, sah er eine Träne über ihre Wange laufen. Er konnte es nicht ertragen. Er stieß die Tür auf und rannte um den Truck herum. Er hatte Randy in die falsche Richtung gehen lassen, weil er nicht genug unternommen hatte. Bei Lynn würde er das nicht tun.

Sie stand im Scheinwerferlicht und wischte sich die Tränen aus den Augen, als er sie erreichte. Er nahm sie am Arm. „Ich kann dich nicht zwingen, etwas zu tun, das du nicht tun willst. Oder vielleicht nicht kannst. Ich kann dich nicht zwingen, mir zu vertrauen. Ich kann dir deine Vergangenheit nicht nehmen. Oder deine emotionalen und körperlichen Narben verschwinden lassen. Ich konnte Randys Entscheidung nicht für ihn treffen. Du konntest nicht Sandras Wahl für sie treffen. Es gibt ein paar Dinge, über die wir keine Kontrolle haben, aber eines weiß ich ... ich kann dich lieben. Ich kann und werde dich beschützen, von jetzt an bis in alle Ewigkeit." Er zog sie in seine Umarmung, doch sie schob ihn zurück.

„Ich will nicht, dass ein Mann mich beschützen muss. Ich werde mich selbst schützen."

„Das ist es also. Du schützt dich. Vor mir?"

„Vor jedem."

„Vor mir", stellte er klar. Es war offensichtlich, was sie meinte. „Ich würde dir nie wehtun. Ich möchte dich beschützen und dich lieben."

„Ich weiß", sagte sie.

„Was ist es dann?"

Sie holte tief Luft. „Damit schütze ich mich selbst."

Chance trat einen Schritt zurück. „Nein. Damit gehst du den einfachen Weg. Du bist zu sehr darauf versessen, sicher zu sein. Irgendwann muss man wieder vertrauen." Chance drehte sich um und ging zu seinem Truck zurück. Er konnte sie nicht zwingen. Sie musste freiwillig zu ihm kommen.

Aber als er in seinen Truck stieg, brauchte er seine ganze Willenskraft, um sich dazu zu zwingen.

Als er wegfuhr, wusste er, dass sie falsch lag – sein Leben war nicht im Rodeozirkel. Es war hier bei ihr und ihren Jungs und irgendwie würde er es ihr beweisen.

KAPITEL ZWANZIG

„Mama, wo ist Chance?", fragte Gavin. Es war Heiligabend, und sie brachte sie in ihre Betten.

„Er sollte zum Geburtstag vom Jesuskind hier sein", sagte Jack.

Beide Jungen lagen zusammengekauert und starrten sie mit großen Augen an. Sie hatten in den letzten zwei Tagen wiederholt nach Chance gefragt. Seit Dottie sie am Morgen nach dem Ball nach Hause gebracht hatte, waren sie verwirrt.

Sie hatte zu lange gewartet, um zu erkennen, dass der beste Weg, sie zu beschützen, darin bestand, auf Nummer sicher zu gehen. Chance war anderer Meinung, doch sie konnte nicht anders. Sie war überzeugt, sie hatte zu lange gewartet, und jetzt wusste sie, dass diese Trennung ihnen wehtun würde. Doch es würde nicht so weh tun, wie es hätte können, wenn sie Chance weiterhin gedatet und es nicht funktioniert hätte. Nein.

Trotz der Tatsache, dass es ihnen jetzt wehtun würde, wusste sie, dass es so besser war. Ihr eigenes Herz – nun, daran konnte sie jetzt nicht denken.

Der Gedanke, tatsächlich die Grenze zu überschreiten und die Kontrolle über ihr Leben an jemand anderen zu übergeben, machte ihr Todesangst. Ja, Rose und Stacy waren über ihre Erlebnisse hinweggekommen. Doch jeder ging anders mit Misshandlung und Kummer um. Sie hatte geglaubt, sie sei die stärkste der Frauen, als sie in den Bus gestiegen und nach Mule Hollow gefahren war. Nun, sie war es nicht. Sie konnte ihre Gefühle über die Vergangenheit nicht loswerden, und sie konnte keine Beziehung haben, ganz gleich wie sehr sie wollte, dass es funktionierte.

Trotzdem hasste sie es, Gavin und Jack sagen zu müssen, dass Chance nicht mehr vorbeikommen würde. Und sie brachte es nicht über sich, es ihnen jetzt, am Vorabend von Weihnachten, zu sagen. Aber was sollte sie tun? Sie hatte es sich selbst eingebrockt.

Sie setzte sich auf die Kante von Jacks Bett, das nur eine Armlänge von Gavins entfernt war. „Chance wird morgen früh nicht hier sein", sagte sie sanft und sah, wie ihre Mienen sofort traurig wurden.

„Aber warum?", fragte Jack.

Gavin setzte sich auf. „Er hat es versprochen!"

Weil ich nicht erlauben kann, dass er kommt.

„Aber der Weihnachtsmann kommt und wir werden

die Geschichte vom Jesuskind lesen, denn darum geht es an Weihnachten wirklich", sagte Jack feierlich.

Sie strich sein Haar glatt und küsste ihn auf den Kopf. Dann ging sie zu Gavins Bett und umarmte ihn. „Kommt, legt euch wieder hin. Morgen früh reden wir weiter, aber jetzt müsst ihr beide schlafen."

„Er wird kommen", sagte Gavin. „Er sagte, das Wort eines Mannes ist bindend."

„Ja", sagte Jack und sprang auf. „Seine *Inteckität* bedeutet ihm alles. Gott will, dass wir so aufwachsen."

Lynns Magen drehte sich um, und ihr Herz fühlte sich schwerer an, als es ohnehin schon war, was kaum zu fassen war. „Es hört sich so an, als hättet ihr diese Woche viele interessante Gespräche geführt."

Die Augen beider Jungen waren ernst. „Wir wollen, dass Chance unser Daddy ist, Mama", sagte Gavin.

„Wir haben Gott darum gebeten", sagte Jack. „Und den Weihnachtsmann auch."

Lynn schluckte den Kloß in ihrem Hals hinunter, spürte die heißen Tränen, die losgelassen werden wollten, und das Brennen in ihrem Herzen – sie wollte es auch für sie. Sie wollte Chance, aber … sie musste die richtige Wahl treffen.

„Lasst uns unsere Gebete sprechen, und dann schlafen wir. Morgen wird ein guter Tag." Sie verdrängte andere Gedanken und konzentrierte sich auf die Feier der Geburt Jesu.

Beide Jungen schlossen die Augen und beteten, dass Chance ihr Daddy werden würde.

Lynn schlief kaum. Sie legte sich hin, doch ihr Herz war schwer, und ihre Gedanken kreisten. Sie hatte Chance so sehr vermisst, seit sie ihn weggeschickt hatte. Seit sie ihn weggeschickt hatte, wiederholte sie den Vers an der Wand des Frauenhauses immer wieder in ihrem Kopf: „Denn ich bin mir wohl bewusst der Gedanken, die ich gegen euch hege, sagt der Herr, Gedanken zum Heil und nicht zum Unheil, euch eine hoffnungsreiche Zukunft zu gewähren." Nachdem sie hierher ins Frauenhaus gekommen war, hatte sie sich mit ihrem ganzen Herzen an diesen Vers geklammert. Aber sie hatte geglaubt, hier in diesem Haus mit ihren Jungs ihre Zukunft zu sehen. Und dann war Chance auf den Plan getreten, und all der Schmerz ihrer Vergangenheit war aufgewirbelt worden, und die Klarheit, die sie gefunden zu haben geglaubt hatte, war so trüb wie Flussbettschlamm.

Sie hatte um Frieden gebetet, um ihr durch diese Tage zu helfen, und sie hatte ihn nicht gefunden. Chance wegzuschicken hatte es nur noch schlimmer gemacht.

Vielleicht musst du den Pastor und deinen Ex separat betrachten. Kurt Holdings Worte hallten in ihrem Kopf wider.

Chance hatte ihren Jungs die ganze Woche

beigebracht, wie ein Mann sein sollte. Dinge, die ihr Daddy ihnen nie beigebracht hatte. Chance hatte sie nicht nur durch seine Worte, sondern auch durch seine Taten gelehrt. Ein Mann von Integrität. Das war er. Und sie hatte ihn abgewiesen.

Es war fünf Uhr, als sie etwas aufschreckte. Sie blickte auf die Uhr und stellte fest, dass sie irgendwann eingeschlafen war.

„*Lynn.*"

Ein Klopfen an ihrem Fenster ließ sie hochschnellen, und sie war sich sicher, Chance ihren Namen rufen zu hören. *Was?*

Sie kletterte aus dem Bett und eilte zum Fenster. Sie zog ihren Hausmantel über ihren roten Flanellpyjama und spähte durch den Vorhang. Tatsächlich stand Chance in der fahlen Dunkelheit des Morgens. Tiny saß zu seinen Füßen und sah ihn liebevoll an.

Als Chance Lynn sah, lächelte er. „Können wir reden?", fragte er.

Sie nickte, ließ den Vorhang fallen und brach sich fast das Genick, als sie zur Hintertür rannte. Er war hier!

Sie entriegelte die Tür und eilte hinaus auf die kleine Veranda. Chance stand da und wartete, stark und ruhig.

„Du bist gekommen." Ihre Worte waren atemlos.

Er nickte und sah angesichts ihrer Begrüßung ein wenig verwirrt aus. „Lynn, ich liebe dich. Es bringt mich um, mich von dir und den Jungs fernzuhalten, aber ich tue es, weil du mich darum gebeten hast. Aber ich habe ihnen mein Wort gegeben, also muss ich dich fragen, ob ich nachher für eine Weile kommen kann."

Er war gekommen. Die Worte hallten in ihrem Herzen und Kopf nach. *Er war gekommen. Er hatte ihren Söhnen gegenüber Wort gehalten. Und er bat sie um Erlaubnis. Er liebte sie ... er liebte ihre Jungs.*

Sie brachte kein Wort heraus. So viel war in ihrem Herzen. So viel sagte ihr, dass das nicht funktionieren würde. So viel sagte ihr, dass mit ihm alles gut werden würde.

Chance trat auf die Veranda, berührte sie aber nicht. „Lynn, ich kann das nicht ertragen. Du liebst mich." In seinen Worten lag eine Eindringlichkeit, die sie herausforderte, die Wahrheit zu leugnen. „Ich weiß, dass Vertrauen schwer für dich ist, aber kannst du bitte sehen, dass ich dir niemals wehtun werde? Ich möchte der Mann sein, der an deiner Seite steht. Ich möchte dich beschützen, nicht dir schaden."

Chance ging auf ein Knie und nahm ihre Hand, und ihr Herz hörte auf zu schlagen. „Ich bitte dich, mich zu heiraten, Lynn. Ich lege dir mein Herz zu Füßen, damit es keinen Zweifel gibt, was meine Absichten sind. Ich liebe dich. Ich liebe deine Jungs, und ich liebe deinen

Hund. Ich liebe das Gesamtpaket."

„Oh Chance."

„Ich denke immer, dass ich bei Randy nicht alles gegeben habe. Ich denke immer, ich hätte mehr tun können … dass ich, wenn ich nur noch eine Chance gehabt hätte, zu ihm durchgekommen wäre. Und dann hat es mich letzte Nacht getroffen, dass Er sie mir gegeben hat. Als Randy mich gebeten hat, mit ihm am Tor zu stehen, war das meine Chance, und ich habe mit ihm gebetet. Vielleicht hat sich dadurch sein Herz geöffnet. Ich werde es nie erfahren, aber Gott hat mir gegeben, worüber ich die ganze Zeit getrauert habe, eine letzte Chance mit ihm. Ich muss einfach meinen Frieden damit schließen. Aber ich kann uns nicht aufgeben. Nicht, bis ich alles gegeben habe. Ich werde nicht aufhören, bis du weißt, dass du mir alles bedeutest. Ich lege alle Karten auf den Tisch." Seine tiefe Stimme war rau vor Emotionen.

Lynn konnte nicht atmen.

„Ich liebe dich, Lynn. Ich werde es langsam und geduldig angehen. Ich werde so lange auf deine Liebe warten, wie ich muss. Auf dein Herz."

Lynn weinte, als ihr Herz weit aufplatzte und all ihre Mauern weggewischt waren. Sie legte ihre Hände um sein Gesicht. Tränen verschleierten ihre Sicht, als sie sich vorbeugte und ihn küsste.

„Ich liebe dich, Chance. Ich liebe dich so sehr."

Er küsste sie, stand dabei auf und zog sie an sich.

„*Tiny!*" Zwei hohe Stimmen quietschten aus dem Haus. Lynn wirbelte herum, und sie und Chance eilten hinein, um nachzusehen, was los war. Sie hatte die Tür offen gelassen, und Tiny hatte es als Einladung verstanden. Das Kalb von einem Hund duckte sich und sah aus, als wäre es mitten im Schritt stehengeblieben, nachdem Gavin und Jack ihn bemerkt hatten. Aus seinem Maul hing ein Filz aus roten Flusen, die er aus dem Mülleimer neben dem Trockner gestohlen hatte. Er sah sie alle mit schuldbewusstem Blick an.

Lynn eilte zu ihm und nahm ihm sanft den Filz aus seinem Mund. „Gib mir das, junger Mann, bevor du daran erstickst."

Gehorsam öffnete er das Maul und gab seine Beute auf.

„Chance!", riefen die Jungs, als ihnen klar wurde, dass er hinter ihr in die Küche gekommen war. Im Chor riefen sie: „Du bist gekommen!" und stürzten sich auf ihn.

Lachend fing er sie auf und hob sie hoch, einen in jedem Arm. „Ich habe euch doch gesagt, dass ich kommen würde, oder?", fragte er und blickte von einem zum anderen.

Lynn hatte noch nie einen schöneren Anblick gesehen als ihre Jungs, die ihn mit Blicken voller Liebe und Bewunderung anstarrten, dass es ihr Herz höher schlagen ließ. Das war es. Das war ihr Herzenswunsch.

„Nicht weinen, Mom", sagte Jack und streckte ihr eine Hand entgegen. „Du kannst uns auch umarmen."

Auch Gavin streckte die Hand nach ihr aus. Chance trug sie zu ihr, und sofort wurde sie in einer Gruppenumarmung verschlungen. Nein. Einer Familienumarmung ...

Chance küsste sie zärtlich, und beide Jungen quietschten so laut, dass ihr fast das Trommelfell platzte.

„Wirst du unser Daddy sein?", fragte Gavin.

„Ja", sagte Jack. „Wir haben dich nicht auf unsere Liste für den Weihnachtsmann gesetzt. Wir haben Gott um dich gebeten."

Chance sah sie mit einem langsamen, selbstsicheren Grinsen an. „Das hängt von eurer Mutter ab. Was sagst du, Lynn?"

„Sag ja, Mama", flüsterte Gavin, sein Herz in seinen Augen.

Jack berührte ihre Wange, seine dunklen Brauen senkten sich über ernste, flehende Augen. „Ja, Mama. Bist du nicht in ihn verliebt?"

Chance zog eine Augenbraue hoch. „Ich mag, wie ihr Jungs denkt. Aber Leute, eure Mama braucht mehr Zeit."

„Nein!", platzte sie heraus, und alle drei Jungs starrten sie geschockt an. „Ich meine, nein, ich brauche nicht mehr Zeit. Ja, ich liebe dich, und ja, ich werde dich heiraten."

Gavin und Jack stießen ohrenbetäubende Freudenschreie aus, und Lynn wusste, als sie in Chance' wunderschöne grüne Augen blickte, die so voller Liebe waren, dass ihr Leben – und ihr Gehör – nie wieder so sein würde wie früher.

„Können wir jetzt ein Baby aus dem Krankenhaus holen?", fragte Gavin und unterbrach den Moment.

„Ja", stimmte Jack zu. „Wir haben Mr. Applegate gefragt, warum wir kein Baby wie Tater haben könnten, und er sagte, sobald ihr verheiratet seid, würde uns das Krankenhaus eins geben."

Gavin grinste. „Tater ist so brav. Miss Lacy hat gesagt, dass er gar nicht weint. Können wir so einen wie ihn haben?"

Chance blickte von einem Kind zum nächsten und grinste dann. „Hey, ich bin vollkommen einverstanden damit. Aber lasst uns erst einmal heiraten."

Lynn konnte nicht anders – sie lachte. „Der Meinung bin ich auch."

Chance setzte die Jungs ab. „Leute, wie wäre es, wenn ich und eure Mutter über unser Hochzeitsdatum sprechen, und dann treffen wir uns alle am Weihnachtsbaum."

Sie nickten, dann rannten sie ins Wohnzimmer und

sangen: „Wir bekommen einen Tater Tot, wir bekommen einen Tater Tot!"

„Ich hoffe, du weißt, was du tust!", lachte Lynn, als er seine Arme um ihre Taille legte und sie an sich zog, ihr Ohr küsste und Schmetterlinge in ihrem Bauch flattern ließ.

„Ich weiß genau, was ich tue. Ich habe vor, den Rest meines Lebens damit zu verbringen, dich zu lieben."

„Gut, das will ich auch." Sie küsste ihn, langsam und zärtlich, und zum ersten Mal seit sehr langer Zeit trat sie aus dem Yaupon-Dickicht heraus und auf eine lichte Weide. Es war ein wunderschöner Anblick.

Chance nahm ihre Hand und führte sie ins Wohnzimmer, wo ihre Jungs warteten. „Aber nur damit du es weißt", sagte Lynn glücklich. „Wir nennen unser Baby nicht Tater Tot."

Chance zwinkerte ihr zu. „Das ist okay, Lacy und Clint haben das schon beansprucht. Mir persönlich gefällt Spud Turner besser … Klingt für mich wie ein Rodeo-Champion."

Lynn lachte über das fröhliche Geplapper ihrer Jungs im Hintergrund. „Oh, Chance", sagte sie. „Was für ein wunderbares, wunderbares Leben wir haben werden – aber wenn du glaubst, dass du meine Jungs auf einen Bullen setzen kannst, das kannst du vergessen!"

„Darlin', wir sind uns in allen Punkten einig."

Sie lachte. „Nicht in allen Punkten. Spud? Nein, wir nennen unser Kind nicht Spud."

„Wie wäre es dann mit Idaho? Das klingt auch gut für das Rodeo. Oder Tex."

Sie lachte wieder. „Gib auf, Chance."

Bei dem Wort Rodeo hörten beide Jungen auf, ihre Geschenke anzustarren, und drehten sich um. „Gehen wir zum Rodeo?"

„Natürlich tun wir das", antwortete Chance. „Aber nicht heute. Heute setzen wir uns zusammen, und ich werde euch alles über die Geburt des Jesuskindes erzählen, wie ich es versprochen habe."

„Das hört sich gut an", gurrte Jack und kroch dicht an Chance heran, als er sich auf Lynns Sofa setzte. Lynn lächelte zufrieden und erlaubte ihrem Herzen, sich mit all den Segnungen füllen, die ihr geschenkt worden waren. Und sie wusste, dass sie nicht mehr an ihrer Vergangenheit festhalten wollte.

Gavin nahm das Bibelbilderbuch vom Tisch, das er in Erwartung, dass Chance kommen würde, auf den Sofatisch gelegt hatte, und dann kroch er hoch aufs Sofa, um sich auf Chance' andere Seite zu setzen. Er gab ihm das Buch und sah dann nachdenklich aus.

„Glaubst du, Gott hat sich überlegt, Baby Jesus Tater zu nennen?"

„Ich wette, das hat er", sagte Jack gedehnt. „Es ist

ein wirklich guter Name. Ich mag ihn!"

Lynn begegnete Chance' tanzendem Blick über Gavins Kopf hinweg und kicherte. „Bist du sicher, dass du dafür bereit bist? Für uns?"

Chance sah sie ernst an. „Darlin', ich war mein ganzes Leben lang für euch bereit."

Weitere Bücher von Debra Clopton

Turner Creek Ranch Serie - Die Cowboys von Mule Hollow
Schätze mich, Cowboy
Rette mich, Cowboy
Mach mich ganz, Cowboy
Schmeichle mir, Cowboy

Windswept Bay
Von Diesem Moment An
Irgendwo Mit Dir
Mit Diesem Kuss & Für Immer Und Ewig
Warten Auf Liebe
Mit Diesem Ring
Mit Diesem Versprechen
Mit Diesem Schwur
Mit Diesem Wunsch
Mit dieser Ewigkeit

Die Cowboys von Ransom Creek
Ihr Cowboy-Held (Vorgeschichte)
Braut zu mieten
Cooper
Shane
Vance
Drake
Brice

Die Holden Brüder – Die Cowboys von Mule Hollow
Das Herz eines Cowboys
„Das Vertrauen eines Cowboys"
Die Wahre Liebe Eines Cowboys

Die Cowboys von Mule Hollow Serie
Liebe Mich, Cowboy
Tanz Mit Mir, Cowboy
Immer Ärger mit Lacy Brown
… plus Baby macht fünf
Mein Herz gehört dir, Cowboy
Halt mich, Cowboy
Sei mein, Cowboy
Operation: Bis Weihnachten Verheiratet
Verehre Mich, Cowboy
Überrasch Mich, Cowboy
Sing für mich, Cowboy
Komm zu mir zurück, Cowboy
Reit mit mir, Cowboy

New Horizon Ranch Serie
Ein Cowboy für Maddie
Ein Cowgirl für Rafe
Ein Cowgirl für Chase
Ein Cowgirl für Ty
Eine Familie für Dalton
Eine Tierärztin für Treb
Maddies geheimes Baby
Ein Cowgirl für Austin

Über die Autorin

Die Bestseller-Autorin Debra Clopton hat bereits über 2,5 Millionen Bücher verkauft. Ihr Buch OPERATION: MARRIED BY CHRISTMAS soll sogar als ABC Familienfilm verfilmt werden. Debra ist bekannt für ihre modernen Westernromanzen, texanischen Cowboys und temperamentvollen Heldinnen. Romantik und eine Prise Humor werden immer miteinander verflochten, um den Leser zum Lächeln zu bringen. Als Texanerin in sechster Generation lebt sie mit ihrem Ehemann auf einer Ranch im Herzen von Texas und freut sich immer über Zuschriften von ihren Lesern.

Besuche Debras Website unter
debraclopton.com/deutsch

Melde dich für ihren Newsletter
www.subscribepage.com/KostenloseTexascowboyromantik

Triff sie auf Facebook unter
www.facebook.com/debra.clopton.5

Folge ihr auf Twitter unter @debraclopton

Kontaktiere sie unter debraclopton@ymail.com